KB272694

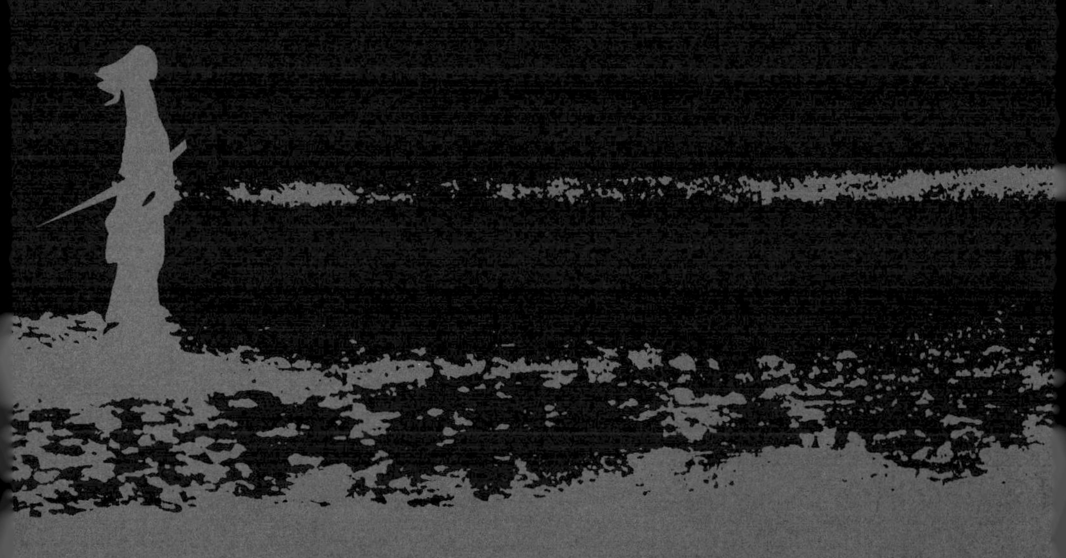

청평조

清平調詞

구름 닮은 옷차림 꽃과 같은 생김새

봄바람 난간을 스쳐 가고 이슬 맺힌 꽃 짙어만 가네

만약 군옥산 머리에서 만나지 않았다면

정녕 요대의 달빛 아래서 만날 수 있으리

雲想衣裳花想容
春風拂檻露華濃
若非群玉山頭見
會向瑤臺月下逢

御氣衝霄

어기충소 3
태을 新무협 판타지 소설

초판 1쇄 찍은 날 § 2005년 11월 28일
초판 1쇄 펴낸 날 § 2005년 12월 8일

지은이 § 태을
펴낸이 § 서경석

편집장 § 문혜영
편집책임 § 한지윤
편집 § 이재권 · 유경화 · 심재영

펴낸곳 § 도서출판 청어람
등록번호 § 제1081-1-89호
등록일자 § 1999. 5. 31
어람번호 § 제2-0754호

주소 § 경기도 부천시 원미구 심곡1동 350-1 남성B/D 3F (우) 420-011
전화 § 032-656-4452 팩스 § 032-656-4453
http://www.chungeoram.com
E-mail § eoram99@chollian.net

ISBN 89-5831-797-3 04810
ISBN 89-5831-794-9 (세트)

어기충소

御氣衝霄

3

욱일형산(旭日衡山)

Fantastic Oriental Heroes

태율 新무협 판타지 소설

도서출판 청어람

목차

第十八章

불구대천(不俱戴天)

진영인이 천천히 돌아섰다. 그리고 자신을 노려보는 단리혁과 시선을 마주했다.

"형님을 죽인 자는 형산파의 일대제자라 들었는데, 이렇게 젊은 사람이라니… 정말 의외로군."

천천히 입을 여는 단리혁의 모습은 조금 전의 그가 아니었다. 그토록 보기 좋았던 미소는 온데간데없이 사라지고 차가운 얼굴에는 자욱한 살기만이 자리잡고 있었다.

진영인의 눈빛이 무겁게 가라앉았다.

'복수라……'

진영인은 착잡한 마음을 금할 수가 없었다. 단리호를 죽일 당시 맛보았던 혼란스러운 감정의 단편들을 떠올렸기 때문이다.

진영인이 눈을 감았다.

크게 심호흡을 한 다음 진영인은 천천히 눈을 떴다.

깊게 가라앉은 그의 눈빛은 그 어떤 흔들림도, 일말의 망설임도 찾아볼 수 없었다. 이미 단리혁과의 관계는 돌이킬 수 없다는 것을 깨달은 것이다.

"물러서라, 아정."

진영인의 말에 단리정이 고개를 끄덕이고는 재빨리 뒤로 물러섰다.

걱정스러운 눈빛으로 자신을 바라보는 제자를 향해 한차례 웃어준 진영인은 고개를 돌려 단리혁을 바라봤다.

뚫어져라 자신을 응시하는 두 눈에서는 섬뜩한 혈광(血光)이 줄기줄기 흘러내리고 있었다. 두 손 역시 금방이라도 핏물이 떨어질 것처럼 붉게 변해 있었다.

혈육을 잃은 단리혁의 심정을 누구보다 공감할 수 있다는 사실이 한편으로는 얄궂었지만 진영인은 검을 들어 단리혁을 가리키는 것으로 대답을 대신했다. 자신 또한 복수라는 피의 굴레에 스스로 뛰어들지 않았던가.

진영인이 입을 열었다.

"오시오."

순간, 단리혁의 눈에서 일렁이던 혈광이 폭발하듯 짙어졌다. 진영인을 향해 신형을 날리며 손을 내뻗은 것도 그와 동시였다.

쐐액!

단리혁의 손가락이 공기를 찢어발겼다.

단순한 초식이야말로 일격필살의 선결 조건. 더구나 일직선으로 짓쳐들어오는 단리혁의 공격에는 무시할 수 없는 힘이 담겨 있었다.

이에 진영인은 비스듬히 검을 쳐올려 격운전상(激雲纏相)의 초식으로 맞서갔다.

카라라락!

마치 구름 속에서 번개가 격렬하게 얽히듯 진영인의 검과 단리혁의 핏빛 손이 어지럽게 섞이며 거친 소음이 터져 나왔다. 동시에 분분히 솟구친 먼지가 이들을 집어삼켰다.

"이해할 수 없군. 겨우 이 정도 검에 형님이 당하다니."

진영인의 검을 움켜쥔 채 단리혁이 입을 열었다. 하지만 그는 이내 생각을 달리해야 했다. 검파로부터 시작된 푸른 서기가 빠른 속도로 검신을 타고 올라오고 있었기 때문이다.

째앵!

날카로운 울음을 토한 자전뇌검이 크게 요동치며 단리혁의 손을 벗어났다.

츠츠츠!

동시에 달빛처럼 싸늘한 검기가 밀려왔다.

"흥!"

짜자작!

코웃음을 친 단리혁은 재빨리 상체를 틀어 검기를 피하는 한편 옆구리를 노리고 날아드는 검기를 혈영수(血影手)로 잡아 찢었다. 그리고 공격 직후 고스란히 드러난 진영인의 허점을 놓치지 않았다.

"죽어라!"

순식간에 거리를 좁힌 단리혁은 살기 어린 눈빛을 번뜩이며 진영인의 가슴을 향해 세차게 손을 휘둘렀다. 그러자 칼날같이 예리한 경기가 진영인의 앞가슴을 베어왔다.

와해된 검기의 틈을 비집고 들어오는 혈라분영수(血羅分影手)의 변화는 눈으로 쫓기 힘들 만큼 어지러웠다.

찌익!

진영인의 앞섶이 길게 찢어지며 맨살이 드러났다.

'끝났군.'

단리혁은 자신의 승리를 믿어 의심치 않았다. 이처럼 가까운 간격에서 검을 휘둘러 수비하기란 결코 쉽지 않았기 때문이다. 더구나 회오리처럼 끊임없이 회전하는 경기의 칼날은 어지간한 철판쯤은 가볍게 찢고도 남을 위력이 담겨 있었다.

하나 생사를 가늠하는 대결에서 지나친 과신이 얼마나 위험한 것인지를 깨닫는 데는 그리 오랜 시간이 걸리지 않았다.

카앙!

"……!"

뜻밖에 들려온 무거운 금속성과 손끝에 전해지는 묵직한 충격!

뭔가 상황이 잘못되고 있다는 것을 단리혁이 직감했을 때 진영인은 이미 훌쩍 물러서서 검을 휘두를 공간을 확보한 뒤였고, 단리혁은 자신이 진영인의 검격 안에 완벽히 노출되어 있음을 깨달았다.

퍼엉!

가슴에 산매장을 허용한 단리혁의 신형이 허공에 떠올랐다.

오 장 정도를 날아간 단리혁은 허공에서 몸을 뒤집어 바닥에 착지했다. 하지만 산매장의 여력을 완전히 흩어내지 못해 일 장에 이르는 깊은 족적을 남기며 주르륵 뒤로 밀려났다.

"호신강기(護身剛氣)인가."

그다지 큰 타격을 받지 않은 것 같은 단리혁의 모습에 진영인은 감탄성을 터뜨렸다.

이에 단리혁의 눈썹이 꿈틀거렸다.

"지금 나와 장난하자는 것인가?"

낮게 으르렁거리는 그의 음성에는 자존심이 상한 기색이 역력했다.

진영인은 처음부터 일부러 허점을 드러내 단리혁의 공격을 유도한 것이었다. 제아무리 무수한 변화를 지닌 혈라분영수라 하더라도 진영인이 내보인 빈틈만큼 공격의 궤도가 제한적일 수밖에 없었고, 이미 진영인이 이를 읽어낸 이상 큰 위험이 될 수 없었다. 하지만 단리혁이 분노하는 이유는 따로 있었다.

아무리 자신이 호신강기로 몸을 보호하고 있다 하지만 이미 이기생형의 경지에 이른 진영인이라면 충분히 치명적인 일격을 가할 수 있었다. 하지만 진영인은 검이 아닌 장력으로 자신을 공격했고, 이것이 그의 자존심에 생채기를 남긴 것이다.

진영인은 고요하게 가라앉은 눈을 들어 단리혁을 바라봤다.

"확실히 그대의 무위는 형을 앞서고 있군. 하지만 지금 당신의 실력으로는 무리요."

"……."

단리혁은 잠시 말이 없었다.

잠시 후 단리혁은 침울하게 가라앉은 눈을 들어 진영인을 바라봤다.

"어째서… 어째서 당신 정도의 무위를 지닌 사람이 형님을 죽인 것인가? 당신이라면 형님을 죽이지 않고도 충분히 돌려보낼 수 있었을 텐데!"

진영인은 무거운 표정으로 한숨을 터뜨렸다.

"돌아가시오. 형산의 문은 항상 열어두겠소. 복수를 원한다면 언제든 나를 찾으시오."

“크큭, 위선자.”

비웃음과 함께 살기를 피워 올리는 단리혁을 향해 진영인이 소리쳤다.

“내가 손속에 여유를 두는 것은 여기까지요!”

“닥쳐라!”

진영인의 경고를 무시한 채 단리혁이 한줄기 빛살처럼 쇄도해 왔다.

더 이상 말로는 설득할 수 없음을 깨달은 진영인은 나직이 탄식을 터뜨렸다. 하지만 새파란 한광을 머금은 그의 검은 추호의 망설임도 없었다.

우우우웅!

웅혼한 검명과 함께 진영인의 손에 들린 검이 진동의 폭을 넓혀갔다. 그리고 이내 이 장의 공간을 가득 메운 검영이 희뿌연 운무처럼 단리혁을 휩쓸어갔다.

“……!”

예상을 뛰어넘는 위력을 보이는 운뢰중첩(雲雷重疊)의 검식 앞에 단리혁은 일순 주춤하는 듯했으나 이내 붉게 물든 두 손으로 정면에서 짓쳐드는 검기의 구름을 후려쳤다.

콰앙!

치이익!

달아오른 쇠를 찬물 속에 집어넣은 것처럼 날카로운 소성이 터져 나왔다.

검기를 찢어발기며 조금씩 전진하던 단리혁의 얼굴이 창백하게 변했다. 겹치고 겹친 검기의 해일(海溢)은 끝을 짐작할 수 없었던 것이다. 더구나 전신을 찍어 누르는 지독한 압력은 조금도 줄어들지 않았다. 오히려 시간이 갈수록 더욱 거세지고 있었다.

전진하던 단리혁의 신형이 결국 멈춰 섰다.

"크윽!"

단리혁의 입술을 비집고 고통스러운 신음이 흘러나왔다. 전력을 다하는 듯 진영인을 향해 두 손을 내민 채 끊임없이 진기를 발출하고 있는 그의 안색은 밀랍보다 하얗게 변해 있었다.

허리 역시 반 이상이나 뒤로 젖혀진 상태였다.

두 발은 이미 무릎까지 흙바닥을 파고든 지 오래였다. 팽팽하게 부풀어 오른 장포는 금세라도 찢어질 것처럼 펄럭이고 있었고 필사적으로 버티는 그의 코에서는 연신 코피가 흘러내려 앞섶을 붉게 물들였다.

짜자작!

검기에 스친 단리혁의 장포가 갈가리 찢겨지며 상체가 맨살을 드러냈다. 그리고 점차 그의 전신에도 검기에 스친 자상이 늘어갔다.

"크아악!"

단리혁은 상처 입은 야수처럼 고함을 지르며 눈앞의 운무를 걷어내려 했다. 하지만 힘의 차이는 극명했다. 단리혁의 손톱이 갈라지며 붉은 핏물이 손가락을 타고 흘러내렸다.

'한계인가…….'

단리혁은 질끈 눈을 감았다.

하나 그도 잠시.

"……?"

천천히 눈을 뜬 단리혁의 눈에 의아함이 떠올랐다. 금방이라도 자신을 갈가리 난도질할 것 같던 가공할 검기의 소용돌이가 씻은 듯 사라졌기 때문이다.

"나를 모욕하는 건가."

어느새 등 뒤로 검을 거두고 훌쩍 물러서 있는 진영인을 향해 단리혁이 으르렁거렸다. 죽음을 직감한 단리혁이 끌어올린 내력을 풀어버리는 순간, 진영인 역시 검기를 흩어버린 것이다.

진영인은 말없이 단리혁을 바라봤다.

심유하게 가라앉은 진영인의 눈빛과 시선을 마주한 단리혁은 풀풀 마른 웃음을 흘리며 신형을 바로 세웠다.

"형산의 검이 이 정도였나?"

내력을 발출하는 것보다 거두는 것이 어렵다는 것은 무공에 입문한 초보들도 아는 사실. 더구나 그처럼 폭풍 같은 검기를 어렵지 않게 흩어낸 진영인의 부위는 자신의 예상을 훨씬 상회하고 있었다.

"군자의 복수는 십 년이 지나도 늦지 않는다 했소. 더 이상의 충고는 없소. 그러니 돌아가시오."

"십 년… 십 년이라……."

혼잣말을 읊조리던 단리혁이 고개를 저었다.

"난 군자도 아닐뿐더러, 십 년이나 기다릴 만큼 여유도 없소. 내게 주어진 기회, 당신에게 복수할 기회는 지금뿐이오."

진영인은 인상을 찌푸렸다. 쓸데없는 고집으로 자신의 명을 재촉하는 단리혁의 모습이 안타까웠기 때문이다.

자연 입을 여는 진영인의 음성은 매우 차가웠다.

"분명 혈라강기는 무서운 무공이오. 하지만 당신의 성취는 나를 상대할 만큼 높지 않소. 게다가 지금의 성치 않은 몸으로 나와 싸울 수 있다 생각하는 거요?"

"당신은 잘못 생각하고 있는 게 있어."

진영인의 말을 자르며 단리혁이 다시금 입을 열었다.

"나는 이미 삼 년 전에 혈라강기의 대성을 이루었지. 다만 제약이 따르기에 기껏해야 육성 정도의 무공만을 쓸 수 있었을 뿐."

"허풍이 심하군."

"크큭… 허풍이 아니란 것을 증명해 주지."

그 말을 끝으로 단리혁은 눈을 감았다. 그리고 두 팔을 벌린 채 한동안 미동도 하지 않았다.

막 입을 열어 단리혁을 꾸짖으려던 진영인의 눈에 이채가 떠오른 것도 그때였다.

고오오오!

실낱처럼 단리혁 주위를 맴돌던 기류가 일순 강렬한 용권풍(龍卷風: 회오리바람)을 이루며 단리혁을 휘감았다. 동시에 단리혁으로부터 느껴지는 기파가 폭발하듯 급증했다.

번쩍.

단리혁이 눈을 떴다.

"……!"

진영인은 놀라움을 금할 수 없었다. 유리알처럼 투명한 단리혁의 눈동자 때문이 아니었다.

그의 전신에서 뿜어지는 섬뜩한 기파!

안개처럼 흘러내리는 핏빛 기운이 주위를 적시며 더없이 붉은 음영을 드리우고 있었다. 그리고 이는 투기도, 그렇다고 살기도 아니었다.

"마기(魔氣)!"

경악성을 터뜨린 진영인이 다시금 입을 열었다.

"어리석군! 스스로 파멸을 자초할 셈인가!"

"크큭."

진영인의 일갈에 단리혁이 웃음을 터뜨렸다.

혀로 붉은 입술을 축이는 단리혁의 얼굴에 사이하기 그지없는 미소가 떠올랐다.

단리혁의 투명한 눈동자가 진영인을 향했다.

"혈라강기는 마공이야. 대부분의 마공이 으레 그렇듯, 속성을 이루기엔 빠르지만 대성을 이루긴 어렵지. 주화입마. 바로 이와 같은 부작용 때문이야. 그래서 이를 보완하기 위해 혈라강기의 정수라 할 수 있는 혈라인(血羅絪)을 물려주는 방법이 나오게 된 것이지. 하지만 난 혈라인을 전해 받지 못했거든. 부친께서는 자신의 혈라인은 형님께만 물려주셨으니까. 그래서 난 강해지기 위해 스스로 혈라강기를 대성할 수밖에 없었어."

"……."

"하지만 나 역시 스스로 마인(魔人)이 되는 것을 원치 않기에 스스로 제약을 걸어두었던 거지."

진영인은 침음성을 흘렸다. 지금 이 순간에도 단리혁의 마기는 더욱 강해지고 있었기 때문이다.

진영인이 인상을 찌푸렸다.

"스스로를 내던져 버릴 만큼 복수가 그리 중요하던가?"

"크큭, 당신으로부터 그런 말을 듣다니 의외로군."

"무슨 말이지?"

진영인의 반문에 단리혁이 비웃음을 머금고 입을 열었다.

"지금의 내 눈엔 보이거든. 당신의 가슴속 깊은 곳에 꿈틀대는 흉포한 짐승이."

"그런 도발에 넘어가리라 생각하는가?"

"도발? 후후훗."

사이한 웃음을 흘리던 단리혁이 돌연 고함을 질렀다.

"언제까지 군자의 탈을 쓰고 있을 참인가? 자, 어서 짐승의 이빨을 드러내라! 나를 좀 더 미치게 해달라고!"

쾌애애액!

단리혁이 손을 뿌리자 음험하기 이를 데 없는 한줄기 기운이 진영인을 향해 쇄도했다.

콰앙!

주르륵.

검으로 단리혁의 공격을 막아낸 진영인은 휘청이는 검을 들고 일 장이나 뒤로 밀려났다.

그런 진영인을 향해 단리혁이 입을 열었다.

"아직도 흥이 나질 않는가 보군. 좋아, 그렇다면 이건 어때? 너를 죽인 후 나는 곧바로 형산을 찾을 것이다. 그리고 한 놈도 남김없이 죽여 형산의 산문에 걸어놓으리라. 물론 그전에 네 제자는 이미 들짐승의 밥이 되어 있겠지."

진영인의 눈에서 새파란 한광이 튀어 올랐다.

"내가 사람을 잘못 봤군."

"크크큭… 혈채(血債)도 빚이라는 걸 모르나 보군. 모든 빚에는 이자가 붙는 법이지."

진영인은 검을 들어 올렸다.

단리혁이 사문을 언급하는 순간 진영인의 분노는 이미 비등점을 넘어섰던 것이다.

양손을 늘어뜨린 채 단리혁은 서서히 진영인과의 거리를 좁혀갔다.

은은히 감도는 혈광과 함께 지독한 마기를 흘리는 단리혁의 눈빛은 보는 이의 간담을 서늘하게 하는 위험이 도사리고 있었다.

"그럼 시작해 볼까."

단리혁의 말에 진영인은 아무런 대꾸도 하지 않았다. 대신 비스듬히 검극을 기울여 뇌운검결의 기수식을 취했을 뿐이다.

단리혁 역시 늘어뜨리고 있던 양손을 들어 올렸다.

처음 그의 손에서 아지랑이처럼 일렁이던 핏빛 기류는 그가 한 걸음씩 옮길 때마다 더욱 짙어져, 금세라도 핏물이 뚝뚝 떨어질 것처럼 그의 양손을 휘감고 있었다.

조금 전과는 비교도 되지 않을 만큼 선명한 혈라강기를 바라보며 진영인은 새삼 경각심을 일깨웠다.

순간,

"받아봐라!"

싸늘한 일갈과 함께 단리혁의 손에서 붉은 섬광이 피어올랐다.

진영인은 급히 뒤로 물러섰다.

꽈앙!

귀청이 떨어질 것만 같은 폭음과 함께 부서진 돌 조각이 사방으로 비산했다.

본능적으로 단리혁의 일격을 피하긴 했으나 진영인은 내심 당황하지 않을 수 없었다. 그 위력도 위력이었지만 아무런 사전 동작 없이 시전된 단리혁의 공격은 그 궤도를 전혀 예측할 수 없었기 때문이다.

'음…….'

진영인은 침음성을 삼켰다. 조금만 늦었다면 미처 방비할 틈도 없이 단리혁의 공격에 속절없이 당하고 말았으리라.

진영인이 피하리라는 것을 예상했었는지 단리혁은 곧장 신형을 날려 공격을 이어갔다.

파앗!

또다시 단리혁의 손에서 핏빛 섬광이 번뜩였다. 순간 진영인은 지금까지 경험하지 못했던 음산한 기류에 전신이 노출된 듯한 느낌을 받았다.

하지만 언제까지 물러설 수만은 없는 노릇.

진영인은 전면을 뒤덮은 핏빛 강기를 향해 검을 찔러갔다.

까앙!

거친 금속성이 터져 나오며 진영인은 손목이 시큰해지는 것을 느꼈다. 충격을 견디지 못한 그의 검은 금세라도 부러질 것처럼 크게 휘청였고, 자신의 의지와는 상관없이 진영인은 네 걸음이나 물러서고 말았다.

"크큭."

뒤로 물러서는 진영인을 바라보며 웃음을 흘린 단리혁은 일말의 여유도 주지 않고 재차 진영인을 향해 신형을 날렸다. 그리고 또다시 단리혁의 손에서 붉은 섬광이 폭사되었다.

검으로 반격하기엔 이미 늦었기에 진영인은 급히 뇌정단공을 끌어올려 산매장을 내갈겼다.

콰앙!

세찬 경기가 주위의 먼지를 휩쓸어 올렸다.

"크윽!"

답답한 신음 소리와 함께 진영인은 바닥에 깊은 족적을 남기며 삼장이나 밀려났다.

"사부님!"

"괜찮다, 아정."

놀란 제자를 안심시킨 진영인은 은은히 저려오는 왼손을 쥐었다 펴며 단리혁을 바라봤다.

십이성의 내력을 싣지 않았다면 이번 일격을 버텨내지 못했을 것이 틀림없었다. 더구나 진영인은 권장보다는 검을 극성으로 익혔기 때문에 익숙지 못한 단리혁의 공격에 대처하는 것이 늦을 수밖에 없었다.

우우우웅.

진영인의 손에 들린 검이 웅혼한 울음을 토했다. 동시에 검을 휘어감은 한 자 남짓한 푸른 서기가 한 자가량 더욱 늘어나며 뚜렷한 검의 형체를 갖추어갔다.

"검강인가……."

나직이 뇌까린 단리혁의 입매에 보일 듯 말 듯한 웃음이 걸쳐졌다.

먼저 움직인 것은 진영인이었다.

"하압!"

기합성과 함께 신형을 날린 진영인의 손에서 뇌운검결의 수순을 밟지 않고 시전된 낙뢰토염이 곧장 단리혁의 목을 향해 날아들었다.

츄악!

붉은 피가 바닥에 뿌려졌다.

"……!"

진영인은 놀라움을 금할 수 없었다. 아슬하게 단리혁의 목을 비껴간 검은 그의 피부를 찢었을 뿐, 이렇다 할 타격을 주지 못했던 것이다. 하지만 그보다 놀라운 것은 핏빛으로 물든 단리혁의 손이 검강을 움켜쥐고도 무사하다는 것이었다.

“검강도 별것 아니군.”

태연히 입을 여는 단리혁의 모습은 진영인에게는 충격이었다. 아무리 완성을 이루지 못했다곤 하나 검강은 검강이었다. 이처럼 쉽게 막힐 만큼 호락호락한 것이 아니었던 것이다.

치이이익!

검강을 휘어 감은 핏빛 서기 사이에서 새하얀 불꽃이 튀어 오르며 자전뇌검이 마치 괴로워하듯 요동쳤다.

‘이대로는 검이 부서지고 만다!’

진영인이 급히 검강을 흩어내자 비로소 자전뇌검은 단리혁의 손아귀에서 벗어날 수 있었다. 하지만 이때를 기다렸다는 듯이 단리혁은 진영인을 향해 바짝 밀착하며 무시무시한 기세로 갈고리 같은 손을 휘둘렀다.

“흡!”

진영인은 급히 땅을 박차며 물러서는 한편 패뢰파천의 초식으로 검막을 시전했다. 그러나 이미 내력을 거두어들인 뒤라 검막의 위력은 눈에 띄게 약했고, 단리혁은 두 손으로 이를 무참히 찢어발겼다.

콰직!

“크윽!”

왼쪽 어깨에 일격을 허용한 진영인은 그대로 피 안개를 뿌리며 훌훌 날아갔다.

허공에서 간신히 균형을 잡은 진영인은 바닥에 착지하자마자 한 모금의 피를 토했다.

“단리혁……!”

이윽고 천천히 고개를 드는 진영인의 눈에서 가공할 한광이 흘러내리기 시작했다.

꿀꺽.

멀리서 이를 지켜보던 단리정은 자신도 모르게 마른침을 삼켰다. 그들과 상당한 거리를 두고 있음에도 불구하고 숨 막힐 듯한 살기를 뿜어내는 단리혁의 기세 앞에 주눅이 들었던 것이다.

'사부님…….'

걱정스러운 마음에 진영인을 향해 고개를 돌린 단리정은 이내 안도하며 가슴을 쓸어내렸다. 단리혁의 시선을 정면으로 받으며 서 있는 진영인의 모습은 추호의 흔들림도 찾아볼 수 없었던 것이다.

오히려 얼음장처럼 차가운 눈빛을 뿌리며 사위를 압도하는 존재감은 단리혁에게 전혀 밀리지 않았다.

진영인은 형산을 떠난 이후 처음으로 살의를 느끼고 있었다.

고통이 분노를 끌어내고 있었다. 그리고 끊임없이 신경을 자극하는 단리혁의 마기는 마음 깊은 곳에 잠재된 살심(殺心)을 일깨웠고, 진영인이 스스로 봉인했던 살검(殺劍)의 구속력을 송두리째 뒤흔들고 있었다.

증폭된 진영인의 기파를 읽었음일까.

그그그그.

단리혁이 극성으로 혈라강기를 끌어올리자 주위가 일순 진공이 된 것처럼 작은 돌 조각들이 허공으로 떠올랐다.

"끝이다!"

단리혁은 그대로 진영인을 향해 십이성 내력이 실린 일장을 내갈겼다.

콰르르!

소용돌이처럼 빠르게 회전하는 와선강기(渦旋罡氣)는 거칠게 바닥을 긁으며 진영인을 향해 달려들었다.

한순간 진영인의 눈에 주위의 경물이 일그러져 보였다. 와선강기에 실려 있는 힘에 의해 순간적으로 대기가 비틀렸기 때문이다.

그만큼 단리혁의 장공은 가공할 위력을 담고 있었다.

그러나 진영인은 일말의 망설임도 없이 핏빛 소용돌이 속으로 뛰어들었다. 그리고 그의 손에 들려 있던 자전뇌검이 푸른 검광을 뿌렸다.

번쩍!

몇 줄기의 섬광이 가공할 장력의 소용돌이 속에서 폭사되었다.

키이이익!

동시에 귀청이 찢어질 것만 같은 거친 소음이 터져 나오며 갈가리 찢긴 와선강기가 주변을 삼켰다.

꽈과과과광!

수십 개의 벽력탄이 동시에 터진 것처럼 사방에서 돌 조각과 흙먼지가 솟구쳤다.

피웃!

그리고 채 가라앉지 않은 흙먼지를 뚫고 한줄기 푸른 검광이 단리혁의 가슴을 향해 날아들었다.

"……!"

단리혁의 눈이 더없이 크게 홉떠졌다. 지금까지 자신이 알던 검이 아니었다. 진영인의 반격이 심상치 않으리라 예상은 했지만 이처럼 독랄하고 무서운 검이라니!

쓰컥!

순식간에 부딪친 두 사람의 움직임이 멈췄다.

그렇게 얼마나 시간이 흘렀을까.

이윽고 단리혁이 입을 열었다.

"형산의 검은… 무섭군……."

푸하학!

돌연 단리혁의 등에서 짙은 피 안개가 뿜어졌다. 그리곤 진영인이 그의 가슴을 꿰뚫은 검을 뽑아 들자 단리혁의 신형은 그대로 바닥에 무너졌다.

쓰러져 있는 단리혁을 바라보는 진영인은 입맛이 몹시 썼다. 아울러 가슴속을 답답하게 메운 착잡함을 금할 수 없었다.

"하아……."

이윽고 무거운 한숨과 함께 돌아선 진영인은 멀리서 이를 지켜보고 있던 자신의 제자를 향해 걸음을 옮기기 시작했다. 하지만 진영인은 이내 의아한 눈으로 단리정을 바라봤다.

자신을 피해 물러서는 단리정의 두 눈에 떠오른 감정. 그것은 명백한 두려움이었던 것이다.

"아정?"

"사부님 얼굴이……."

은은히 떨리는 단리정의 음성은 잔뜩 겁에 질려 있었다.

"내 얼굴?"

진영인은 검을 들어 검신에 투영된 자신의 얼굴을 바라봤다. 그리고 자신조차 크게 놀라 일순 할 말을 잃었다.

"이건……!"

붉게 충혈된 두 눈에서 이글거리는 지독한 살기! 그리고 야차처럼 일그러진 얼굴!

문득 진영인은 오래전 호약란의 결계로 인해 사질들이 위험에 처했을 때를 떠올렸다.

'그때도 그랬다. 당시 내 모습을 보고 사질들이 겁을 먹었었지. 이건 대체……'

그때였다.

"사부님! 조심하세요!"

갑작스런 단리정의 외침과 동시에 진영인은 자신의 등 뒤로 날아드는 칼날 같은 예기를 느꼈다.

쩌엉!

신형을 돌려 검으로 날카로운 경기를 쳐낸 진영인은 방금 작열했던 핏빛 광채의 잔상이 검을 타고 희미하게 흐르는 것을 발견했다.

"혈라강기?"

진영인은 이내 천천히 신형을 일으키는 단리혁의 모습을 확인할 수 있었다. 조금 전의 혈라강기를 뿌린 것은 단리혁이 틀림없었다. 아직도 그의 손에서는 핏빛 서기가 아지랑이처럼 일렁이고 있었던 것이다.

도저히 믿을 수 없는 광경이었다. 심장에 구멍이 나고도 살아 있다니! 정녕 기사(奇事)가 아닐 수 없었다.

"어떻게……!"

"내장역위증(內臟逆位症)일세."

진영인의 반문에 대답한 것은 단리혁이 아니었다. 투명한 단리혁의 눈동자는 지독한 살기를 흘릴 뿐 이지라곤 찾아볼 수 없었기 때문이다.

낯선 노인의 음성을 쫓아 시선을 옮긴 진영인은 단리혁의 뒤쪽에 모습을 나타낸 초로의 노인을 발견할 수 있었다.

그는 학사와 같은 차림을 하고 있었는데, 특이한 점이라면 두 눈을 흑색 면포로 감고 있는 장님이라는 것과 등 뒤에 악사들에게나 어울릴 법한 칠현금을 메고 있다는 점이었다. 하지만 앞을 볼 수 없음에도 불구하고 그의 움직임은 그 어떤 제약도 받지 않는 듯했다.

"내장역위증은 선천적으로 내장이 반대로 위치해 있는 병일세. 그래서 그의 심장 역시 왼쪽이 아닌 오른쪽에 치우쳐 있지. 자네는 그의 심장을 베지 못했어."

진영인은 앞을 보지 못하는 그가 어떻게 이처럼 상황을 자세히 알고 있는지 의아했다. 더불어 이처럼 가까이 접근할 때까지 전혀 기척을 감지할 수 없었던 노인의 정체 역시 궁금했다.

이때 등에 메고 있던 칠현금을 풀어내며 노인이 혀를 끌탕 쳤다.

"쯧쯧, 이미 글렀군. 비록 육신은 살아 있지만 정신은 이미 마기에 잠식당해 버렸어. 이건 자네 책임일세."

"무슨 뜻입니까?"

"자네의 무른 손속을 탓하는 것일세. 지금 그에겐 이성이라곤 남아 있지 않아. 단지 피를 갈구하는 본능에 따라 움직이는 악귀일 뿐이지. 최후의 순간에 자네가 그의 목을 치는 것을 주저하지 않았다면 그 아이는 이처럼 불쌍한 꼴을 당하지 않아도 되었을 거야."

말을 마친 노인은 작은 돌 조각을 들어 단리혁의 등을 향해 던졌다.

팍삭!

가공할 속도로 날아간 돌멩이는 단리혁의 주위를 감돌며 아지랑이처럼 일렁이던 핏빛 강기에 부딪쳐 가루가 되었다. 동시에 유리처럼 투명한 단리혁의 시선이 노인을 향했다.

"크아악!"

괴성과 함께 단리혁이 노인을 향해 신형을 날렸다.

노인의 입매에 희미한 미소가 떠오르나 싶더니,

쫘라라락!

자신이 들고 있던 칠현금의 줄을 거칠게 잡아 뜯었다.

"……!"

진영인은 눈을 부릅떴다. 그 어떤 소음도, 기척도 없었다. 하지만 노인이 서 있던 주변, 오 장에 달하는 공간 안에 존재하던 모든 사물이 가루가 되어 흩날리고 있었다. 뿐만 아니라 단리혁이 뿌린 혈라강기 역시 보이지 않는 벽에 부딪쳐 허공에 묶여 있었다.

"음공(音功)!"

이처럼 가공할 음공이 존재한다는 것을 진영인은 믿을 수 없었다.

노인은 손가락을 멈추지 않았다.

디디딩.

계속해서 금을 타는 노인의 손이 점점 빨라지면서 처음엔 부드럽게 시작했던 칠현금 소리가 점차 가늘고 높아지며 종국에는 귀신이 울부짖는 듯한 호곡성으로 바뀌어갔다.

화르륵!

허공에 묶여 있던 단리혁의 혈라강기가 흩어지며 하얀 불꽃으로 폭발했다.

그리고 어느 순간 칠현금의 음향이 사라졌다. 단리혁 역시 거짓말처럼 그 자리에 멈춰 서 있었다.

"왜? 놀랍나?"

웃음을 머금은 노인이 재차 입을 열었다.

"강한 것을 상대하는 데에는 두 가지 방법이 있지. 하나는 그보다 강한 것으로 꺾어버리는 것이요, 다른 하나는 부드러움으로 강함을 무력화시키는 것이다. 이를 가리켜 유능제강(柔能制剛)이라 한다. 어때? 어디서 많이 들어본 말 같지?"

이때 뿌연 흙먼지 속에서 반짝이는 무언가가 진영인의 눈에 들어왔다. 그제야 진영인은 칠현금을 구성하고 있던 일곱 개의 현이 하나도 남아 있지 않다는 것을 깨달았다.

"월광사?"

"호오? 월광사를 알아?"

진영인이 월광사를 언급하자 노인은 의외란 듯이 감탄성을 터뜨렸다. 진영인은 노인의 칠현금의 현이 월광사로 만들어진 것이라는 사실과 그 월광사가 거미줄처럼 단리혁을 옭아매고 있다는 것을 알아챈 것이다.

"흐음… 월광사의 존재를 아는 사람은 그리 많지 않을 텐데……."

수염을 쓰다듬으며 생각을 정리하던 노인이 다시금 입을 열었다.

"혹시 자네 최근에 매우 못된 짓을 한 적이 있었나?"

영문을 몰라 의아해하는 진영인을 향해 노인의 말이 이어졌다.

"예를 들어 허락없이 처녀의 입술을 훔쳤다던가……."

일순 진영인의 눈빛이 차갑게 가라앉았다.

"껄껄, 곧바로 부정하지 못하는 걸 보니 찔리는 게 있는 모양일세."

무엇이 그리 유쾌한지 노인은 웃음을 터뜨렸다. 미묘한 진영인의 표정 변화를 마치 자신의 눈으로 본 것 같은 행동이었다.

노인이 진영인을 향해 의미심장한 미소를 지어 보였다.

"예끼, 이런 몹쓸 녀석 같으니라고. 명색이 형산의 일대제자라는 놈이 천하를 훔칠 생각은 하지 않고 기껏 처녀의 입술이나 훔쳐? 그런 건 치졸한 색마들이나 하는 짓이야."

진영인은 말없이 노인을 바라보며 그의 정체를 유추하기 시작했다.

이때 노인이 입을 열어 스스로 결정적인 실마리를 제공했다.

"풍람과 약란이 이를 갈고 있더구만. 다음에 만나면 조심하게. 한 녀석은 눈을 잃었고, 한 녀석은 입술을 잃었으니까 말일세. 내 제자라서 하는 말은 아니지만 꽤나 무서운 녀석들이거든."

"신풍마유!"

"바로 맞혔네. 내가 유철악일세."

흡족한 듯 고개를 끄덕인 유철악은 허공에 묶여 있는 단리혁을 향해 다가섰다.

스르릉.

유철악이 칠현금을 건드리자 그 안에 숨겨져 있던 비수가 모습을 드러냈다.

비수를 뽑아 든 유철악이 진영인을 향해 입을 열었다.

"아마 단리설이란 아이로부터 내 이야기를 들었겠지? 하지만 다른 이에게 함부로 누설하진 말게나. 사대명왕의 정확한 신분을 아는 사람은 그리 많지 않거든. 알려져서도 안 되고 말이야. 만약 자네가 말을 조심하지 않는다면 자넨 나와 적으로 만나야 할 걸세."

"그를 어찌하려 하십니까?"

유철악이 진영인을 향해 빙그레 웃음을 머금었다.

"내 정체를 알고도 공대를 하다니, 예의를 아는 젊은이로군. 마음에 들어."

말을 마친 유철악은 비수를 들어 올려 곧장 단리혁의 미간을 찔러갔다.

따앙!

차가운 금속성과 함께 단리혁의 머리가 뒤로 젖혀졌다. 그리곤 이내 월광사에 묶인 채 허공에서 축 늘어졌다.

"걱정 말게. 죽이진 않아. 다만 이 녀석은 갈 곳이 따로 정해져 있거든."

말없이 자신을 응시하는 진영인을 향해 유철악이 말을 이어갔다.

"이 아이에 대해 들어본 게 몇 가지 있지. 내장역위증을 가지고 태어난 이 아이는 자신의 생명이 길지가 않은 것을 스스로도 알고 있었던 모양이야. 그래서 뛰어난 무재를 타고났음에도 불구하고 자신을 숨긴 채 가문을 위해 형에게 모든 것을 양보한 것 같더군. 하지만 스스로 혈라강기를 대성할 줄이야……. 천성은 쉽게 바꿀 수 없지. 아무리 부리와 발톱을 숨겼다 해도 매는 죽을 때까지 매인 거야."

그제야 진영인은 단리혁이 자신의 권고를 무시한 채 복수를 고집한 이유를 알 수 있었다. 군자의 복수는 십 년이 지나도 늦지 않는다는 말 따위는 애초부터 그에게는 해당되지 않는 이야기였던 것이다.

여전히 인자한 웃음을 머금은 채로 유철악이 진영인을 향해 다가섰다.

"자, 그럼 이제 우리 이야기를 해볼까?"

第十九章
백절불굴(百折不屈)

진영인과 일 장의 거리를 남겨두고 멈춰 선 유철악은 묘한 웃음을 머금은 채 진영인을 바라봤다.

두 눈을 면포로 감고 있음에도 불구하고 진영인은 유철악의 칼날 같은 눈빛을 느낄 수 있었다.

잠시 뜸을 들이던 유철악이 입을 열었다.

"대체 어떤 놈이 가뜩이나 악화일로(惡化一路)를 치닫고 있는 정사 무림을 뒤흔드나 했더니 바로 네놈이었구나."

"무슨 말입니까?"

"당금의 위태로운 대립 상황에 네가 불을 당기고 있음을 모른단 말이냐?"

진영인이 입을 다물자 유철악은 여전히 부드럽게 웃으며 고개를 끄덕였다.

"네 의도는 성공했으니 이제 그만 하거라. 더 이상 설친다면 흑무련
에서도 결코 좌시하지 않을 것이야."

"저는 흑무련을 두려워하지 않습니다."

"클클, 아이야. 흑무련은 네가 생각하는 것만큼 호락호락한 곳이 아
니란다. 쓸데없는 고집은 부리지 않는 것이 좋아."

협박성 짙은 유철악의 말에 진영인은 인상을 찌푸렸다.

이에 유철악이 자신의 수염을 쓰다듬으며 입을 열었다.

"단리세가가 형산을 친 것이 흑무련의 의지가 아님을 너도 잘 알고
있을 것이다. 최근 흑무련은 다시금 휘하의 세가들과 문파들을 주시하
고 있으니 더 이상 단리세가도 섣불리 움직이지는 못할 터. 당분간 단
리세가가 네 사문을 어찌할 수는 없을 테니 너 역시 굳이 쓸데없는 분
란을 야기시킬 필요가 없다."

"하고 싶은 말은 그것뿐입니까?"

"아니, 몇 가지 더 있다."

헛기침으로 목을 가다듬은 유철악이 다시금 입을 열었다.

"무당산의 속가 문파인 운영표국의 표사들이 무당산 근처 방현 인근
에서 시신으로 발견된 일은 너도 알고 있겠지? 세상에 알려진 것과 달
리 흑무련은 그 사건에 개입되어 있지 않다."

"하지만 증거가 있지 않습니까?"

"증거?"

"시신에서 찾은 상처는 흑무련의 무인들이 사용하는 무공에 당한 것
이었습니다. 게다가 근처에는 흑무련의 암기인 탈혼시가 발견되었지
요. 이는 어떻게 설명하실 겁니까?"

"쯧쯧, 그렇게 빤히 증거를 남길 만큼 흑무련의 정예는 어리석지 않

다. 이건 누군가가 정파와 사파를 이간질시키기 위해 음모를 꾸민 것
이야.”
　“누가, 무엇 때문에 정파와 사파를 이간질시킨단 말입니까?”
　“그거야 내가 알 수 없는 일이지.”
　“천마성을 향한 무당파 명도 진인의 실종도 흑무련과 관련이 없다
하실 겁니까?”
　“쯧쯧, 자넨 평생을 속고만 살았나?”
　“흑무련의 사대명왕이 하는 말을 곧이곧대로 믿을 만큼 저는 어리석
지 않습니다.”
　가시를 품은 진영인의 말에 유철악이 인상을 찌푸렸다.
　“믿고 말고는 자네 마음일세. 하지만 명도 진인은 천마성을 방문한
사실도 없을뿐더러, 그가 천마성으로 향했다는 이야기 역시 그가 실종
된 뒤 알았다네.”
　“그다지 설득력이 없어 보이는군요.”
　“흠…….”
　턱을 매만지며 잠시 생각에 잠겨 있던 유철악이 다시금 진영인을 향
해 입을 열었다.
　“여튼 이것만 알아둬라. 위에 언급했던 상황들로 인해 지금의 호북
무림은 팽팽한 대립 상황에 놓여 있다. 네가 이곳 호북의 흑무련 지부
였던 철산장과 노룡산채를 박살 내는 바람에 흑무련은 바짝 신경이 곤
두서 있지. 지금처럼 양측의 오해와 갈등이 극에 이른 상황에서 이는
자칫 정파무림과 흑무련 사이의 전면전으로도 치달을 수 있음을 명심
하거라.”
　“마치 흑무련은 평화를 지키고 싶다는 말로 들리는군요.”

"왜? 믿지 못하겠나?"

"솔직히 그렇습니다."

"쯧쯧, 편견과 아집이야말로 사람을 망치는 지름길이지."

진영인은 대답하지 않았다. 흑무련으로 인해 빚어진 정사대전. 그리고 이로 인해 불행을 겪어야 했던 형산의 아픈 과거를 기억하는 이상 유철악의 말을 믿을 수 없었던 것이다.

그런 진영인의 마음을 읽었음인지 유철악이 빙그레 웃음을 머금었다.

"너는 지금의 강호무림이 평화로운 이유가 누구 때문이라 생각하느냐?"

"패황 공야휘, 그 사람 덕분이라 말하고 싶은 겁니까?"

"바로 맞혔다."

고개를 끄덕인 유철악은 기특하다는 듯이 진영인을 향해 고개를 끄덕였다.

"정사대전 당시 만약 그분께서 상호불가침을 제안하여 그처럼 지겨운 싸움을 끝내지 않았다면 지금의 정파는 뿌리까지 불타 존재하지 못할 것이다. 누가 뭐라고 해도 정사대전의 끝 자락에서는 흑무련의 무력이 구대문파를 비롯한 정파를 압도하고 있었으니까 말이다."

"하지만 애초부터 그가 흑무련을 규합해 정사대전을 일으키지 않았다면 서로가 불필요한 희생은 치르지 않아도 되었을 겁니다."

"그거야 이유가 있지. 하지만 지금은 설명할 필요를 느끼지 못하겠군."

"필요를 느끼지 못하는 게 아니라 사실은 답변이 궁색한 것이 아닙니까?"

돌연 유철악이 얼굴에서 웃음을 지우며 싸늘한 살기를 피워 올렸다.

"말을 함부로 하는구나. 네 녀석을 죽이지 않겠다고 그들과 약속은 했지만 서너 곳 부러뜨려 혼쭐을 내줄 수는 있지."

이미 유철악의 무위를 눈으로 확인했던 진영인은 자욱한 살기를 담은 그의 말에 새삼 늦췄던 경계심을 다잡으며 유철악을 노려봤다.

달라진 진영인의 기세를 읽었음인지 유철악의 입매에 흐릿한 웃음이 맺혔다.

"자신있느냐?"

유철악의 질문에 진영인은 검을 들어 그를 가리키는 것으로 대답을 대신했다.

"껄껄! 아주 당돌한 녀석일세. 하지만 내상을 입은 몸으로 얼마나 버틸 수 있을까?"

유철악의 말에 진영인은 가슴 한구석이 서늘해지는 것을 느꼈다. 비록 앞은 볼 수 없지만 유철악이 이미 자신의 부상을 훤히 꿰뚫고 있었던 것이다. 이는 마치 보이지 않는 어딘가에 제삼의 눈을 지니고 있어 정확히 자신의 상태를 살피고 있는 것만 같았다. 하지만 유철악은 자신의 살기를 흩어버리며 들고 있던 비수를 칠현금 안에 갈무리했다.

"관두지. 원래는 감히 겁없이 분탕질을 치는 놈을 잡아갈 요량이었다만 네 녀석이란 걸 알았다면 이처럼 늙은 몸을 이끌고 예까지 달려오지 않았을 것이다."

진영인은 의아함을 금치 못했다. 마치 오래전부터 자신에 대해 알고 있음을 언뜻 내비친 유철악의 말투 때문이다.

"저를 아십니까?"

"질문의 순서가 틀렸다."

"······?"

유철악은 의미심장한 표정을 짓더니 혼잣말을 중얼거리듯 입을 열었다.

"나라면 '왜 저 수상한 늙은이가 당금의 상황들을 이처럼 자세히 설명할까?' 라고 먼저 의심했을 텐데······."

진영인은 말없이 유철악을 응시했다. 도무지 그의 속내를 짐작할 수가 없었던 것이다. 그와 이야기를 나누기 시작한 이후 대화의 주도권을 쥔 사람은 시종일관 유철악이었고 진영인의 그에게 끌려 다니는 입장이었다.

자신을 노려보는 진영인의 눈빛을 느꼈음인지 유철악이 먼저 입을 열었다.

"좋아, 말해 주지. 나는 너를 안다고도 할 수 있고, 모른다고도 할 수 있다. 너에 대한 이야기는 진즉부터 들어왔으나 너를 만나는 것은 이번이 처음이기 때문이다."

"노선배와 약속했던 그들은 누구입니까?"

"한 사람은 여인이요, 한 사람은 노인이다. 두 사람 모두 너와 안면이 있는 사람들이지. 하지만 여기까지다. 정 알고 싶다면 무당산 근처의 죽산(竹山)을 찾아라. 그 약속의 당사자 중 한 명과 만날 수 있을 것이다."

모호한 유철악의 대답은 오히려 궁금증만 증폭시킬 뿐이었다. 그러나 진영인은 차분하게 입을 열었다.

"제가 노선배라면 '건방진 정파의 어린 놈' 에게 굳이 이와 같은 번거로움을 무릅쓰고 정보를 흘리진 않을 것입니다. 과연 그것이 호의(好意)인지, 악의(惡意)인지 노선배의 진정한 저의가 궁금하군요."

진영인이 자신의 말투를 따라 하며 은근히 비꼬자 유철악은 너털웃음을 터뜨렸다.

“저런, 나쁜 것만 금방 배우는군.”

설레설레 고개를 젓던 유철악이 웃음을 머금고 진영인을 바라봤다.

“흑무련의 진정한 적은 정파무림이 아니다. 그리고 정파무림의 적 역시 흑무련이 아니지. 보이지 않는 곳에서 당금 무림의 평화와 질서를 뒤흔드는 무리가 존재하는 것은 틀림없다. 하지만 소위 정파라고 자처하는 놈들은 하나같이 쓸데없는 명분과 고집을 앞세워 흑무련 사람이라 하면 무조건 색안경을 끼고 바라보지. 하지만 자네라면 다른 것 같아서 말이야. 서로가 적대시하는 마당에 흑도문파의 사람을 도와주고, 제자까지 삼는 것은 어지간히 사고가 열린 사람이 아니라면 힘든 일이거든. 하지만 무엇보다 우선시되는 이유는 자네가 다름 아닌 형산 문하이기 때문이야.”

영문을 알 수 없어 의아해하는 진영인을 향해 유철악이 말을 이어갔다.

“지금 형산은 힘을 키우고 있다 들었다. 하지만 이는 자칫 지금까지 겨우겨우 유지하던 정파와 사파무림의 균형을 송두리째 뒤흔들 수 있는 위험한 생각이야. 듣자 하니 자네는 장문령을 지니고 있다 하더군. 그렇단 이야기는 그만큼 자네의 사문으로부터 신뢰를 얻고 있다 봐도 무방하겠지. 그만큼 영향력도 있을 테고 말이야.”

순간 진영인의 얼굴에 차가운 조소가 떠올랐다.

“진정 무림의 평화를 위하시는 분 같군요.”

“왜 아니겠나?”

“만약 기련십마를 비롯한 흑무련의 무인들이 형산을 침범하는 일이 없었다면 저는 그 말을 믿었을지도 모릅니다. 하지만 이미 돌아올 수 없는 강을 넘었습니다. 형산이 흑무련의 의도대로 움직이는 일은 결코 없을 것입니다.”

단호한 진영인의 말에 유철악이 인상을 찡그렸다.

“꼴에 정파라 이건가?”

진영인의 얼굴이 와락 일그러졌다.

“형산을 모욕하지 마시오!”

진영인의 일갈에 좀처럼 웃음을 잃지 않던 유철악 역시 노화를 터뜨렸다.

꽈앙!

칠현금을 들어 바닥을 내려친 유철악이 버럭 고함을 질렀다.

“아무리 힘을 기른다 해도 형산이 구대문파 중 하나로 인정받을 수 있을 것 같은가? 어림없지. 말이 좋아 오악검파지 형산은 여전히 구대문파의 말석조차 차지하지 못할 것이다!”

“무슨 뜻이오?”

“소림이 없어지고 화산이 사라져 칠대문파라 불리우는 한이 있어도 그 빈자리를 형산이 메우는 것을 나머지 문파들이 용납하지 않을 거란 말이다.”

의아해하는 진영인을 향해 오히려 유철악이 재차 질문을 던졌다.

“자네에게 묻지. 이십 년 전 정사대전을 치를 당시 형산은 그 어떤 문파 못지않게 선두에서 흑무련과 싸워왔고 많은 승리를 거두었네. 지닌 힘으로 따지자면야 점창이나 청성파 따위와는 비교도 되지 않을 만큼 욱일승천의 기세를 지니고 있었지. 하지만 구대문파에 포함될 수 없었다. 여전히 오악검파라는 빛 좋은 개살구에 불과했지. 그 이유가 무엇 때문이라 생각하느냐?”

진영인은 일순 말문이 막혔다. 자신 역시 오래전부터 이에 대해 의아하게 생각해 왔었으나 명확한 이유를 알아내지 못했기 때문이다.

"그것은 형산이 삼백 년 전 멸망한 마교의 후예들이 세운 문파이기 때문이다."

피식.

이어진 유철악의 말에 진영인은 어이가 없어 실소를 흘렸다.

"겨우 생각해 낸 말이 그것이오?"

조소를 담은 진영인의 말에 유철악이 사이한 미소와 함께 고개를 끄덕였다.

"자신의 사문 내력조차 제대로 알지 못하는 녀석에게 장문령을 지니게 하다니, 형산도 어지간히 인재가 없는 모양이군."

"나를 모욕하는 건 참을 수 있으나 사문을 모욕하는 건 결코 그냥 보아 넘길 수 없소."

진영인의 엄포에 유철악의 입매에 걸린 미소가 더욱 짙어졌다.

"좋아, 증거를 보여주지."

찌익!

돌연 유철악이 자신의 눈을 가리고 있던 면포를 잡아 뜯었다.

"……!"

진영인은 할 말을 잃었다.

유리처럼 투명한 유철악의 눈동자 때문이었다.

"흐흐, 놀랐느냐? 마공이 극에 다다른 자만이 지니는 마안(魔眼)이다."

진영인은 가슴이 몹시 쿵쾅거렸다. 유철악이 마안을 드러내자 그의 전신에서 단리혁과는 비교도 되지 않을 만큼 강렬한 마기가 뭉클거리

며 쏟아졌고, 이를 마주한 순간 가슴 깊은 곳에서 솟구친 묘한 울렁임
이 온몸을 지배했기 때문이다.

챙!

갑자기 비수를 뽑아 든 유철악이 진영인을 향해 비수를 들어 올렸다.

"봐라, 네 모습을."

진영인은 유철악의 비수에 비친 자신의 얼굴을 눈에 담는 순간 망치
로 뒤통수를 얻어맞은 것 같은 강한 충격을 느껴야만 했다.

야차와 같은 무서운 표정. 그 표정의 주인은 틀림없는 자신이었다.

"믿지 못하겠다는 얼굴이군. 자신의 근본을 뿌리부터 뒤흔드는 말일
테니 받아들이기 어렵겠지. 하지만 누구보다 네 녀석이 스스로 알고
있지 않느냐. 네가 아무리 애써 진실을 외면한다 해도 지금 네가 흘리
는 마기는 무엇으로 설명할 생각이냐?"

유철악의 말에 진영인은 비로소 주화입마에 들어서기 직전, 단리혁
이 남긴 말의 의미를 깨달을 수 있었다.

진영인이 고개를 숙여 자신의 손을 내려다봤다. 손끝에서 일렁이는
기운. 뇌정단공의 익숙한 느낌 가운데 희미하게 섞여 있는 마기를 읽
어낸 진영인의 얼굴은 눈에 띄게 당황한 모습이 역력했다.

"형산파는 오악검파 중 하나인 정파가 틀림없다. 뇌정단공 역시 분
명 마공이 아니지. 그리고 너는 뇌정단공 외에 마공을 익힌 적이 없었
을 것이다. 그런데 이상하지? 어째서 네게 나나 저 친구와 같은 마기가
느껴지는 것일까?"

"이건……."

당황하여 말을 잇지 못하는 진영인을 향해 유철악은 안타까운 듯이
입을 열었다.

"어차피 너는 그들과 마찬가지로 형산에는 머물지 못할 운명인 게
야."

말을 마친 유철악은 자신의 소매를 찢어 눈을 감쌌다.

"마음이 약할수록 힘에 쉽게 심취하기 마련이고 그 이면에는 늘 어
두운 심마가 도사리고 있다. 그리고 그 어두운 면은 사람의 약한 마음
을 집요하게 파고들어 정작 본인은 이를 느끼지 못할 만큼 더딘 변화
를 가져오지. 보아하니 자네의 성취는 검강의 초입에 이르러 있는 것
같네만, 사실은 이보다 더 높은 경지를 추구하고 있겠지? 이미 그 순간
자네는 힘의 이면에 존재하는 어둠에 젖고 만 거야."

착잡한 감정이 묻어나는 얼굴로 유철악이 말을 이어갔다.

"흑무련에는 영뢰옥(永牢獄)이라는 곳이 존재한다. 누구나 한번쯤은
들어봤을 거마들이 갇혀 있는 곳이지. 마공을 익혀 한때 강호를 질타
하던 그들도 지나치게 힘에 집착한 나머지 넘지 말아야 할 선을 넘어
마인이 되어버렸다. 오로지 파괴적인 본성에 눈을 뜬 그들은 세상에
해악을 끼치는 악귀들일 뿐. 만약 지금의 천마성주가 영뢰옥을 만들어
그들을 가두지 않았다면 당금 무림은 정사대전 때와는 비교도 되지 않
는 혼란에 잠겨 있을 것이다."

말을 마친 유철악은 오 장쯤 떨어진 흙 바닥에 일장을 내갈겼다.

콰앙!

그의 손에서 뿜어진 흑색 강기가 반 장 깊이의 구덩이를 만들었고,
유철악은 곳곳에 흩어져 있는 추명대의 시신들을 그곳에 던져 넣었다.
그리고 허공을 쓸어내는 그의 손을 따라 강력한 경력이 일어나 구덩이
를 메웠다.

시신들을 처리한 유철악이 진영인을 향해 다가왔다.

“진실을 마주할 용기가 있다면 죽산을 찾아라. 이미 흑무련의 눈이 너를 쫓고 있으니 그곳에 이르면 그들이 먼저 네게 연락을 취해올 것이다. 모든 판단과 결정은 그때 해도 늦지 않을 터.”

“그런데 당신은 어째서 영뢰옥에 갇히지 않았소?”

“응?”

예상치 못한 진영인의 질문에 유철악의 얼굴에 흥미롭다는 감정이 떠올랐다. 그도 그럴 것이 큰 충격을 받았으리라 예상했던 진영인의 음성에서는 뜻밖에도 흔들림을 찾아볼 수 없었던 것이다.

아니나 다를까. 천천히 고개를 들어 올린 진영인은 그 짧은 순간 평정을 회복해 맑고 깊게 가라앉은 눈빛으로 유철악을 바라보고 있었다.

“호오… 이건 정말 의외로군?”

내심 감탄하며 유철악이 입을 열었다.

“흔치는 않지만, 간혹 주화입마를 넘어서서 극마(克魔)의 경지를 이룬 사람들이 존재한다. 내가 그렇고 그 친구가 그렇다. 극마의 경지에 이른 사람은 마기에 지배를 받지 않는다. 오히려 자신의 의지로 마기를 다룰 수 있지.”

진영인이 고개를 끄덕였다.

그런 그를 향해 이번엔 유철악이 질문을 던졌다.

“질질 짜며 운명이 어떻고 하늘이 준 시련이 어떻고 외쳐 대는 허약한 꼴을 기대한 것은 아니네만 최소한 정신적으로는 큰 타격을 입었을 것이라 생각했는데 자네의 모습은 내 예상을 훨씬 앞질러 가는군. 어떻게 그리 의연할 수 있는 건가?”

“대답할 필요를 느끼지 못하겠군요.”

딱 부러지는 진영인의 말에 유철악은 한 방 맞은 듯한 표정을 지어 보였다.

"허허, 그 친구 참. 나 유철악을 상대로 받은 만큼 돌려주겠다는 심산일세?"

이때 진영인이 조용히 웃으며 입을 열었다.

"노선배께서는 제게 친구 분처럼 형산에 머물지 못할 운명이라 하셨습니다. 그렇다면 그분도 형산 문하셨습니까?"

"그렇다 들었네."

"그리고 그분 역시 극마의 경지를 이루셨다고 하셨지요?"

"틀림없네."

고개를 끄덕인 유철악은 이어질 진영인의 말을 기다렸다. 그리고 돌아온 진영인의 대답에 새삼 그에 대한 자신의 평가를 달리해야만 했다.

"저는 형산 문하입니다. 그 어떤 상황에서도 제 가슴에는 형산이 존재합니다. 과거 모든 무림인의 지탄을 받았던 마교의 후신이라 해도 제 가슴속에 있는 형산의 의미는 변하지 않을 것입니다. 그분 역시 마찬가지였을 겁니다. 어떤 연유로 형산을 등졌는지 알 수 없지만 그분 또한 자신이 스스로 형산 문하임을 잊은 적이 없었을 것입니다. 비록 그분에 대해 알지 못하지만 저는 이를 믿어 의심치 않습니다. 그것은 제가 그분과 같은 형산 문하이기 때문입니다."

무슨 말을 하나 싶어 진영인의 말을 새겨듣던 유철악은 처음에는 실망하여 인상을 찌푸렸고, 이내 어이가 없어 실소를 머금었다. 하지만 결국 껄껄 크게 웃음을 터뜨렸다.

궤변도 이런 궤변이 없었다. 하지만 가슴속에서 솟구친 진심이 묻어나는 진영인의 확고한 어조에는 강한 설득력이 있었다.

"하하하, 내가 어리석은 질문을 던졌군. 그야말로 우문현답(愚問賢

쏨)이야.”

그렇게 한참 동안 웃던 유철악이 한숨과 함께 혀를 끌탕 쳤다.

“쯧쯧, 이런 놈을 상대로 이를 갈고 있는 여우 같은 계집애와 곰처럼 미련한 녀석이 불쌍하군.”

여우와 곰이 호약란과 마풍람을 가리키는 것임을 깨달은 진영인이 자신도 모르게 빙그레 웃음을 머금었다.

이윽고 정신을 잃은 단리혁을 짊어진 채 유철악이 돌아섰다. 그리고 떠나기 전 이 말을 남기는 것을 잊지 않았다.

“밑지는 장사를 했군. 솔직하게 말하마. 죽산에서 너를 기다리는 사람은 단리성을 쓰는 계집애와 그녀의 조부인 천마성주다. 한번쯤 만나 보는 것도 나쁘지 않을 거야.”

그 말을 끝으로 유철악은 신형을 날렸다. 마치 처음부터 존재하지 않았던 것처럼 눈앞에서 사라지는 그의 신법은 신풍마유라는 별호가 무색치 않았다.

잠시나마 유철악이 사라진 곳을 응시하던 진영인이 천천히 돌아섰다. 그리고 단리정을 향해 손을 내밀었다.

“누나가 보고 싶겠지?”

여느 때와 다름없이 부드러운 미소를 머금고 있는 사부의 모습에 단리정이 환하게 웃으며 고개를 끄덕였다.

그렇게 그들은 죽산을 향해 걸음을 옮기기 시작했다.

진영인이 형산을 떠나온 지 한 달 하고 칠 일째 되는 날이었다.

*　　　*　　　*

“수고했어, 사제들.”

얼빠진 듯한 안자명과 안지명의 얼굴을 보며 하운지는 더없이 화사한 미소를 배어 물었다.

반면 엉덩방아를 찧은 채 바닥에 주저앉아 있던 쌍둥이 형제는 믿을 수 없다는 표정으로 하운지를 바라볼 뿐이었다.

“지명아.”

안자명이 안지명을 불렀다.

“응.”

안지명이 멍한 얼굴로 대답했다.

“우리 정말 진 거야?”

“아마도.”

이번엔 안지명이 고개를 들어 비무를 참관하던 곽범태를 향해 질문을 던졌다.

“사형, 우리 진 거 맞아요?”

“마, 맞아. 너, 너희가 졌어.”

빙그레 웃음을 머금은 곽범태는 손을 들어 연무장을 가리켰다.

곽범태의 손을 따라 고개를 돌린 쌍둥이 형제는 이내 서로의 얼굴을 마주 보며 한숨을 터뜨렸다. 마치 폭약이 터진 것처럼 박살난 청석판과 그 사이로 피어오르는 하얀 연기. 그것이 하운지와의 비무가 만들어낸 결과임을 누구보다 잘 아는 까닭이다.

“하아…….”

땅이 꺼져라 한숨을 내쉰 안자명이 안지명을 향해 작게 속삭였다.

“좋은 시절도 다 갔군.”

“누가 아니래. 사저가 저렇게 강해질 줄 누가 알았겠어.”

“그럼 약속대로 앞으로 설거지는 일체 우리 몫인 거야?”

“그러게 왜 그런 쓸데없는 내기를 해?”

“뭐야? 평생 설거지 안 해도 되겠다고 좋아하던 게 누군데?”

투닥거리는 그들을 향해 하운지가 사근사근한 표정으로 다가섰다.

“사제들, 승복하지 못하겠다면 다시 해도 좋아.”

순간 안자명과 안지명의 얼굴이 핼쑥해졌다. 하운지가 손을 휘두를 때마다 눈앞에서 번쩍이던 다섯 줄기의 뇌전과 그 안에 담겨 있던 무시무시한 위력을 새삼 떠올렸던 것이다.

“하하. 사저, 우린 사내대장부예요. 한입으로 두말을 하지 않는다구요. 그렇지, 지명?”

“그럼. 일구이언(一口二言)은 견부지자(犬父之子)라고 했잖아. 개새끼가 될 수는 없지.”

하지만 이어진 하운지 말에 이들의 얼굴에서 식은땀이 흘러내렸다.

“고마워, 사제들. 앞으로도 자주 부탁해.”

“뭐, 뭘요?”

하운지의 미소가 더욱 짙어졌다.

“어머? 벌써 잊은 거야? 실전 감각을 익히기 위해 비무보다 좋은 방법이 없다고 내게 가르쳐 준 건 사제들이었잖아?”

사악.

안자명과 안지명의 얼굴에서 핏기 가시는 소리가 들리는 듯했다.

사실 오랫동안 하운지에게 시달려 온 그들 형제는 혈산대부와 귀영마창의 묘용을 알아낸 이후 이때를 놓칠세라 줄기차게 하운지에게 비무를 요청해 왔던 것이다.

진영인이 사문을 떠난 이후 곽범태를 비롯한 자신들은 하루가 달리 무위가 높아지고 있었으나 하운지는 한동안 제자리걸음을 반복하고 있었다. 이로 인해 매번 패배를 경험하던 하운지는 몹시 자존심이 상해 있었다.

하지만 미령이라는 여인이 남긴 오뢰정인의 초식과 운용법을 얻은 이후 하운지는 다시금 그들보다 우위에 설 수 있었고, 그간 받았던 설움을 고스란히 돌려줄 셈이었다.

거의 울 듯한 얼굴로 자신을 바라보는 안자명과 안지명의 모습에 하운지는 고소하다는 듯이 생글거렸다.

"저런, 난리도 아니로구나."

이때 연무장에 들어선 운검을 향해 곽범태와 하운지가 예의를 갖춰 그를 맞았다. 하지만 안자명과 안지명은 벌떡 일어나 운검을 향해 달려갔다.

"사백님!"

동시에 외치는 그들의 음성에 의아한 표정을 짓던 운검은 이내 실소를 금치 못했다. 마치 억울함을 하소연하는 듯한 그들의 음성 때문이었다.

"이제 우리가 기댈 곳은 사백님밖에 없습니다."

"무슨 말이냐?"

운검의 반문에 안지명이 곽범태를 가리키며 입을 열었다.

"우리도 사형과 같은 필살기가 필요해요."

"그래요. 저희에게도 우공이산(愚公移山) 같은 초식을 가르쳐 주세요."

운검은 설레설레 고개를 흔들었다.

“운지에게 아주 제대로 당한 모양이로구나.”

말을 마친 운검은 품속에서 작은 책자를 꺼내 안지명과 안자명에게 내밀었다.

“그렇지 않아도 기존의 초식만으로는 너무 단조로운 것 같아 몇 가지를 더 연구해 봤다. 시간이 부족해 다소 불안정한 건 사실이지만 위력만으로 따진다면 범태의 우공이산에도 크게 뒤지지 않을 것이다. 연습해 보고 이상한 점이나 기존의 무리에 어긋나는 점을 발견하면 나에게 묻도록 하거라.”

“오옷!”

언제 그랬냐는 듯 안자명과 안지명의 얼굴이 금세 환해졌다.

“역시 사백님밖에 없어요.”

쌍둥이 아니랄까 봐 동시에 외친 안자명과 안지명은 의미심장한 표정으로 하운지를 바라봤다.

“흐흐, 사저. 딱 보름만 기다리세요.”

“다음엔 설거지뿐만 아니라 산문의 수리와 조사전 청소까지 걸고 내기해요.”

“지금 당장 해도 난 상관없는데?”

흠칫.

얼굴은 웃고 있었으나 가늘게 뜬 하운지의 눈에서 흘러내리는 날카로운 눈빛을 읽어낸 안자명과 안지명은 천천히 뒷걸음질치기 시작했다. 그리고 어느 순간 쏜살같이 달아나기 시작했다.

“보름 후에 봐요!”

어느새 담을 돌아 사라진 그들의 음성에 하운지를 비롯한 운검과 곽범태의 입매에 슬며시 웃음이 떠올랐다.

이윽고 운검이 곽범태를 향해 신형을 돌렸다.

"그간의 성취는 어떠하느냐?"

"그, 글쎄요."

어리숙한 웃음을 머금고 머리를 긁적이는 곽범태를 대신해 하운지가 입을 열었다.

"눈에 띄게 달라진 점은 없지만 강맹하던 도기가 좀 더 부드러워진 것 같아요. 초식의 연계도 이젠 자연스럽고요."

"한번 보여주겠느냐?"

운검의 말에 고개를 끄덕인 곽범태는 자신의 도를 거머쥐고 연무장 가운데로 나섰다.

"후읍."

크게 숨을 들이마신 곽범태는 손에 들린 도를 대각선으로 기울여 뇌룡도결(雷龍刀訣)의 기수식을 취했다. 동시에 곽범태의 도에서 푸르스름한 기운이 일렁이기 시작했다.

쿠웅!

연무장을 울리는 진각과 함께 그 반탄력으로 인해 조각난 청석판이 허공으로 떠올랐다.

순간 곽범태의 손에 들려 있던 도가 살아 있는 한 마리 용처럼 꿈틀거렸다.

쩌저저정!

푸른 잔영을 남기며 허공에 떠오른 청석판을 가루로 만든 도는 이내 강맹한 기세로 대기를 갈랐다.

츠츠츠츠!

자욱한 먼지가 연무장을 뒤덮나 싶더니, 어느 순간 강맹하기 이를 데 없는 도기(刀氣)의 파도가 먼지 속에서 번뜩였다.

콰앙!

이윽고 지축을 흔드는 충격음과 함께 곽범태의 도가 멈추었다. 그리고 자욱한 먼지 속에서 곽범태가 걸어나왔다.

"더, 더 해요?"

곽범태의 질문에 운검이 고개를 돌려 연무장을 바라봤다. 그리곤 고개를 흔들었다. 뇌룡개안(雷龍開眼)의 기수식을 시작으로 뇌룡출해(雷龍出海)와 뇌룡탐일(雷龍眈日), 뇌룡섬단(雷龍剡旦)으로 이어진 세 초식의 조합만으로도 이미 연무장은 폐허와 다를 바 없이 변해 버렸던 것이다.

"적당히 힘을 조절하지 그랬느냐."

운검이 혀를 차자 곽범태는 그제야 연무장이 박살나 있는 것을 깨달았다.

머쓱한 표정으로 머리를 긁적이는 곽범태를 향해 운검이 입을 열었다.

"중간에 뇌룡사일(雷龍射日)을 생략하고 곧바로 뇌룡섬단으로 초식을 연계해 위력을 높이고자 하는 의도는 좋았다. 하지만 도의 방향을 바꾸는 데 있어 힘의 가감이 약간 미숙한 것 같구나. 약간이었지만 투로(套路)가 흔들려 보였다."

"더 연습해야죠."

사람 좋은 웃음을 머금은 곽범태의 모습에 운검은 고개를 끄덕였다.

"그와 같은 우직함이 네 장점이지. 그건 그렇고 우공이산은 얼마나 네 것으로 만들었느냐?"

"하, 한 칠 할 정도까지밖에……."

운검의 눈에 언뜻 놀라운 감정이 떠올랐다.

우공이산. 안자명과 안지명에게 합격술을 가르치다 우연히 떠오른 초식이었다. 하지만 안자명과 안지명은 이를 소화해 내지 못했고, 운검은 시험 삼아 곽범태에게 이를 가르쳤다.

처음엔 곽범태도 이를 익히지 못했다. 하지만 타고난 끈기로 곽범태는 결국 이를 자신의 것으로 만들어가기 시작했다.

우공이 산을 옮긴다라는 우스꽝스러운 초식명 역시 이 때문에 붙여졌다. 하루 종일 침식조차 잊은 채 여기에 매달려 있는 곽범태를 보며 안자명과 안지명이 붙여준 이름이었던 것이다. 그러나 점차 시간이 지날수록 곽범태는 천부적인 신력과 인내를 바탕으로 우공이산을 무서운 초식으로 탈바꿈시켰다.

뇌운검결 역시 패도적인 검공이었으나 가장 무거운 초식인 운뢰중첩조차 위력으로만 따진다면 우공이산에 미치지 못할 정도였다. 불과 두 달 남짓한 시간 만에 이를 칠 할 이상 익혔다니, 운검은 곽범태가 대견스러운 한편 그 노력에 감탄하지 않을 수 없었다.

우공이산.

우직한 곽범태에게 더없이 어울리는 초식이었다.

휘청.

"사백님!"

흐뭇한 표정을 짓고 있던 운검이 갑자기 비틀거리자 하운지가 재빨리 그를 부축했다.

"괜찮으세요?"

"잠시 현기증이 찾아온 모양이다. 걱정할 것 없다."

"하지만……."

잠시 말끝을 흐리던 하운지가 걱정스러운 표정으로 운검을 바라봤다.

"최근 들어 사백님께서 쉬는 걸 보지 못했어요. 건강도 좋지 않으신데 너무 무리하시는 것 아닌가요?"

"지명과 자명이 하도 초식을 내놓으라 닦달을 해대니 쉴 틈이 어디 있겠느냐."

운검이 빙그레 웃으며 하운지의 어깨를 두드렸다.

"내 몸 상태는 내가 더 잘 아니 염려할 것 없다. 내 삶을 통틀어 지금처럼 즐거운 기분을 맛보는 게 얼마 만이던가 싶다. 내가 조금 부지런을 떨면 그만큼 나아지는 너희들의 모습을 볼 수 있고, 이는 나의 기쁨이자 하루하루를 살아가는 원동력이 된다. 그러니 너희는 지금처럼 열심히 무공을 익히면 된다. 그걸로 나는 충분히 보상을 받고 있단다."

가슴 한 켠을 따듯하게 적시는 운검의 말에도 불구하고 하운지는 얼굴에서 근심 어린 기색을 지워낼 수 없었다. 그도 그럴 것이 형산혈사 이후 운검은 하루도 편히 쉰 적이 없이 바쁘게 지내왔던 것이다.

그 때문일까.

운검의 몸은 하루가 갈수록 여위어갔고 얼굴도 더욱 창백해졌다.

지금도 그랬다. 자신의 어깨를 두드리는 운검의 손은 바짝 마른 장작처럼 매우 가늘어 하운지는 몹시 마음이 아팠다.

그런 그녀의 마음을 읽었음인지 운검은 애써 화제를 돌렸다.

"사실 바쁘기로 따지자면 형산에서 가장 바쁜 사람은 풍검 사제지. 오늘도 너희들의 사부는 모습을 보이지 않는구나."

하운지는 안타까운 마음을 속으로 삭이며 고개를 끄덕였다.

"덕분에 텅 빈 연무장이 전부 우리 차지가 되었죠."

운검이 웃으며 고개를 끄덕였다.

"아마 지금쯤 산속에서 악귀처럼 으르렁거리며 새로 온 제자들을 닦달하고 있을 게 틀림없다. 하지만 그만큼 형산은 강해지겠지."

운검이 다시금 입을 열었다.

"그가 너희에게 무심한 것 같아도 사실은……."

"알고 있어요. 저희들을 믿기 때문이라는 걸."

재빠른 하운지의 대답에 운검은 흡족한 미소를 지어 보였다.

"당분간 그 말썽꾸러기 녀석들은 모습을 보이지 않을 테니 나도 이 참에 휴식을 좀 취해야겠다. 그럼 저녁 식사 때 보자꾸나."

"살펴가세요."

"사, 살펴가십시오."

곽범태와 하운지의 인사를 받으며 운검이 돌아섰다.

자신의 처소인 자운정 쪽으로 걸음을 옮기는 운검을 바라보는 곽범태와 하운지의 눈빛에 더없이 복잡한 심경이 드러났다. 약간은 지쳐 보이는 운검 뒷모습과 늘 웃음으로 자신의 약한 모습을 감추는 또 다른 사내의 모습이 겹쳐 보였던 까닭이다.

휘이이잉.

어디선가 불어온 차가운 바람이 하운지의 머리카락을 흩날렸다.

원단을 지나 이월로 접어들며 형산은 본격적인 겨울이 시작되고 있었다. 그만큼 가슴속의 그리움은 더욱 깊어지고 있었다.

"사형."

"응?"

"잘 계시겠죠?"

"누, 누구?"

의아한 얼굴로 반문하던 곽범태는 하운지의 눈에 아련히 서려 있는 애틋한 감정을 읽어낼 수 있었다.

"그, 그럼. 부, 분명… 아무 탈도 없으실 거야."

"언제쯤 다시 만날 수 있을까요?"

"그, 글쎄……."

말끝을 흐리며 손가락을 꼽아보던 곽범태가 웃으며 입을 열었다.

"여, 영인 사숙께서… 사문을 떠난 게… 오늘로 석 달 하고 이십 일이니 앞으로 한 달 뒤면… 보, 볼 수 있겠네.".

나직한 한숨과 함께 하운지는 고개를 끄덕였다. 하지만 이내 그녀는 무거운 마음을 털어내며 곽범태를 향해 신형을 돌렸다.

"사형, 저와 비무하실래요?"

잠시 하운지를 바라보던 곽범태는 조용히 웃으며 연무장 가운데로 걸어나갔다. 비무를 통해서라도 잠시나마 진영인에 대한 그리움을 잊어보려는 그녀의 마음을 짐작했기 때문이다.

게다가 이대제자들 가운데서 이제 그와의 비무를 감당할 수 있는 건 현재로선 하운지가 유일했다. 가뜩이나 비무에 굶주려 있던 곽범태가 이를 거절할 리 없었다.

곽범태가 도를 들어 하운지를 가리켰다.

"그, 그럼 시작해 볼까?"

웃으며 고개를 끄덕인 하운지가 곽범태를 향해 걸음을 옮기기 시작했다.

"시작하죠."

*　　　　*　　　　*

연일 몰아친 한파로 거리는 매우 을씨년스러웠고, 사람의 발길이 끊긴 객점은 매우 한산했다.

덜컹.

굳게 닫아놓은 창문이 바람에 흔들렸다. 보이지 않는 창문의 틈새로 스며드는 한기만으로도 바깥의 추위가 얼마나 혹독한지 여실히 느낄 수 있었다.

우우우웅—

이따금씩 벽을 스치며 울어대는 바람 소리는 가뜩이나 냉랭한 객점 안을 더욱 을씨년스럽게 만들었다.

"이걸로라도 언 몸을 좀 녹이시구려."

어린아이가 추위에 떠는 모습이 안쓰러웠음인지 후덕한 인상의 객점 주인이 숯이 담긴 화로를 내왔다.

"고맙습니다."

웃으며 화로를 받아 든 진영인은 오들오들 떨고 있는 제자의 발치에 이를 내려놓았다.

"손을 이리 주거라."

손을 내민 단리정은 진영인의 손을 통해 흘러들어 오는 따듯하고도 부드러운 기운에 비로소 오한을 떨쳐 낼 수 있었다.

"이십 리쯤 떨어진 곳에 본 파의 속가 상단이 있다. 본래는 그곳에 머물려 했는데 날씨가 이래서야 도저히 움직일 수 없겠구나. 눈보라가 그칠 때까지 여기서 지내자."

말을 마친 진영인은 주전자를 집어 단리정 앞에 놓여 있는 잔에 차를 따랐다. 하지만 추운 날씨 탓인지 차는 이미 온기를 잃어 싸늘하게 식어 있었다.

진영인은 찻잔을 양손으로 감싼 다음 진기를 끌어올렸다. 그러자 찻잔에서 모락모락 김이 피어오르기 시작했다. 뇌정단공으로 삼매진화를 일으켜 차를 데운 것이다.

단리정을 향해 찻잔을 내밀며 진영인이 빙그레 웃음을 머금었다.

"나는 언제쯤 이와 같은 호사를 누려볼까?"

단리정이 마주 웃으며 입을 열었다.

"몇 년만 기다리세요."

"그래, 나도 제자가 데운 차를 한번 마셔봤으면 좋겠구나."

두 사람의 대화는 이어지지 않았다. 갑자기 문이 열리며 십여 명의 장한들이 객점 안으로 들어섰기 때문이다.

추위를 대비해 두터운 가죽 옷을 껴입은 그들은 이내 비어 있는 탁자에 자리를 잡고 머리와 어깨에 내려앉은 눈을 털어내기 시작했다.

"망할, 이러다 날짜에 맞추지 못할지도 모르겠군."

"그래도 눈보라를 뚫고 여기까지 왔으니 다행 아닌가. 나흘을 연이어 눈을 퍼부었으니 하늘도 이제 좀 잠잠해질 때가 되었네."

등에 메고 있던 짐들을 풀어내는 그들은 한눈에 봐도 먼 곳을 오가며 발품을 파는 장사치들이 틀림없었다.

갑작스레 들이닥친 손님들로 인해 객점 주인이 바빠졌다. 음식과 술을 주문받고 난로에 불을 지폈다.

이윽고 주문했던 음식이 나오자 장한들은 왁자지껄 떠들기 시작했다.

"아까 하던 이야기나 마저 해보게."

"무슨 이야기?"

"한창 재미있는 대목에서 잘라놓고 시치미 떼긴가?"

"아! 그 이야기 말이군. 내가 어디까지 했더라?"

"무당의 속가인 태극문의 관주가 철장금도에게 죽었다는 이야기까지 했네."

그들에게서 조옥린이 언급되자 진영인은 고개를 돌려 그들을 바라봤다.

일행이 내민 한잔의 술로 목을 축인 사내가 손짓을 섞어가며 입을 여는 것이 보였다.

"아주 대단했다더군. 그래도 태극문이라면 인근에서 알아주는 무관인 데다, 그곳의 관주인 심옥당도 꽤나 유명한 고수인데 철장금도에게는 한참 못미쳤던 모양이야. 단 일 초도 막지 못하고 가슴에서 피를 뿌리며 즉사했다더군."

"저런. 그의 손속은 매우 잔인하군."

"누가 아니래. 심옥당뿐만이 아니야. 철장금도와 싸운 사람은 하나같이 죽음을 피하지 못했다네. 백발선랑(白髮仙娘) 장과두, 할심독검(割心毒劍) 고현, 벽력도(霹靂刀) 이정문, 육난음(陸蘭音) 이세적. 하나같이 이름만 들어도 쟁쟁한 인물들이지."

"계속하게."

"그런데 그런 철장금도가 중과부적의 상대를 만날 줄 누가 알았겠는가?"

"철장금도가 패했단 말인가?"

"심옥당과 싸울 당시 마침 그 자리에 무당의 청심투룡이 있었다 하더군."

"청심투룡이라면 당금 후기지수 중에서 가장 빛을 발한다는 이성(二星) 아닌가?"

"그렇지. 화산이신룡의 맏이인 정남영과 더불어 후기지수 중 가장 강하다고 알려진 인물이지."

"그래서 어떻게 되었나?"

"뻔한 것 아닌가. 아무리 철장금도라 하더라도 수백 년을 이어온 무당의 저력과 비교하기엔 이르지. 그는 청심투룡에게 이렇다 할 힘도 써보지 못하고 패배했다더군."

"오, 과연."

"하지만 놀라기는 아직 이르네."

"아직 남은 이야기가 있나?"

"물론. 진짜 재미있는 건 지금부터일세."

잠시 뜸을 들이던 사내는 이내 쉬지 않고 말을 쏟아냈다.

"청심투룡에게 패하고 부상을 입은 철장금도는 한동안 조용하다 갑자기 한 달 뒤 무산에 모습을 드러냈네. 그리곤 악명 높은 무산사귀(巫山四鬼)와 싸워 그들을 모두 염왕 앞으로 보내 버렸지."

"무산사귀!"

한때 무산 일대를 공포로 몰고 갔던 네 명의 흉인(凶人). 과거 정사대전 당시 구대문파의 하나인 청성파 장로 세 명을 상대로 혈전을 벌인 그들의 무위는 지금도 호사가들 사이에서 자주 언급되고 있었다. 비록 서로가 목숨을 잃지는 않았으나 그들과 겨뤘던 청성의 장로들은 그 후 두 달간의 치료를 요하는 부상을 입어 한동안 무림은 이로 인해 매우 시끄러웠다.

"그것뿐만이 아닐세. 철장금도는 무산사귀의 시체를 앞에 두고 청심투룡에게 다시금 비무를 신청하겠다고 언급했다네."

"저런! 그렇다면 청심투룡은 그 비무를 받아들였나?"

"그거야 알 수 없지. 하지만 조만간 이곳 죽산에서 한바탕 큰 소동이 벌어질 것만은 틀림없네. 최근 들어 이 근처에서 그를 목격했다는 이야기가 간간이 흘러나오는 걸 보면 말일세."

"아, 안타깝군. 상단의 일만 바쁘지 않다면 이곳에 며칠 묵었으면 좋으련만."

"허허, 우리 같은 범인들은 그들의 비무를 관전할 자격이 없다네."

"이거 왜 이래? 나도 예전에 표국에 몸담은 적이 있었네. 비록 쟁자수에 그쳤지만 엄연히 강호인이라고."

"아서, 이 사람아. 칼밥은 아무나 먹고사는 줄 아나?"

그들의 이야기를 듣던 진영인은 조용히 웃음을 머금었다.

"사부님."

"응?"

"저 아저씨들이 말했던 사람이……."

진영인이 고개를 끄덕였다.

"네가 생각하는 그가 맞을 것이다."

"아!"

단리정의 눈에 금세 생기가 떠올랐다.

"그분도 죽산에 계신다니 어쩌면 오다가다 마주칠 수도 있겠네요?"

어린애다운 단리정의 말에 진영인은 웃으며 입을 열었다.

"강호가 얼마나 넓은지 아느냐? 이곳 죽산만 하더라도 십만 명이 넘는 사람이 살고 있다. 죽산을 한 바퀴 도는 데만 해도 하루는 족히 걸릴 텐데 그처럼 쉽게 조우할 수 있다면……."

털컹.

휘이이잉―

객점의 문이 열리며 눈보라가 바람에 쓸려 안으로 들어왔다. 그리고 그 사이로 피풍의(避風衣)로 전신을 두른 사내가 들어섰다. 그 바람에 말을 끝맺지 못한 진영인은 눈을 들어 문 쪽을 바라봤고, 막 객점 안으로 들어서는 사내와 시선이 마주쳤다.

진영인은 쓴웃음을 머금었다. 자신과 시선이 마주친 사내의 얼굴에서 잠시 놀란 빛이 스치더니 곧장 자신을 향해 다가왔기 때문이다.

"이것 참. 말하기가 무색하군."

"네?"

의아한 표정으로 반문한 단리정은 이내 진영인의 맞은편 탁자에 걸터앉는 사내를 발견할 수 있었다.

"어?"

"오랜만이구나."

단리정의 눈이 더없이 크게 떠졌다. 그도 그럴 것이, 눈앞에 앉아 있는 사내의 얼굴과 허리에 매달려 있는 한 자루 도가 눈에 익었기 때문이다.

"아니, 나는 되었소."

진영인이 찻주전자를 집어 들자 조옥린이 손을 저어 만류했다. 그리고 대신 술을 주문했다.

객점 주인이 술을 내오자 조옥린은 말없이 잔을 채워 진영인을 향해 내밀었다. 이에 진영인은 조용히 웃으며 잔을 받았고, 두 사람은 한참 동안 말없이 술잔을 기울일 뿐이었다.

이미 눈빛을 통해 수많은 말을 주고받은 그들에게 있어 많은 말은 필요하지 않았다. 그저 서로의 잔에 술을 채우고 상대가 채워준 잔을 말없이 비우는 것이 전부였다.

"형장도 꽤나 피곤하게 사는구려."

진영인의 말에 잠시 의아한 표정을 짓던 조옥린은 이내 피식 웃음을 터뜨렸다. 아직도 뒤쪽에서는 먼저 자리를 잡은 상인들이 철장금도 운운하며 자신에 대한 이야기를 나누고 있었던 것이다.

"사람마다 나름의 사정이란 게 있는 법 아니겠소?"

그때였다.

갑자기 상인 일행 사이에서 목소리가 높아지기 시작했다.

"누가 뭐래도 철장금도는 살인귀야!"

"무슨 소린가? 그에게 죽은 사람은 모두가 몹쓸 놈들뿐이었다고!"

"그럼 심옥당은? 그는 어엿한 무당의 속가제자일세!"

"뭐, 그놈도 남 몰래 죽을 짓을 했나 보지."

싸움이란 으레 사소한 일로 불거지는 법이다. 처음에 조옥린을 살인 귀라 몰아붙였던 장한이 씩씩거리며 주위를 둘러보더니 진영인 일행이 앉아 있는 탁자를 향해 다가섰다.

"형장들, 뭐 하나 물읍시다."

진영인이 자신을 바라보자 술기운이 올라 불쾌해진 얼굴로 장한이 입을 열었다.

"철장금도에 대해 어떻게 생각하시오? 눈 하나 깜짝 않고 사람을 죽이는 놈이 영웅으로 추앙받다니 정말 우습지 않소? 나는 형장들의 고견을 듣고 싶소."

진영인은 난처한 표정으로 조옥린을 바라봤다. 하지만 의외로 조옥린은 화를 내지 않았다.

"그는 악인이오."

조옥린의 대답에 사내는 만족스러운 얼굴로 고개를 끄덕이더니 다시금 자신의 일행에게 돌아가 고래고래 소리를 질러댔다.

"들었지? 누가 뭐래도 그놈은 희대의 살인마야!"

"쯧쯧, 그만 하게. 술도 못하는 친구가 과하게 마셨군. 모르는 사람들 앞에서 이 무슨 실례인가."

고개를 숙여 대신 사과하는 장년인을 향해 조용히 웃어 보인 진영인은 조용히 술잔을 비우는 조옥린을 말없이 바라봤다.

그런 진영인의 눈빛을 느꼈음인지 조옥린이 슬쩍 입을 열었다.

"피가 뿌려질 줄 알았소?"

"솔직히 약간은 우려했다오."

탁.

술잔을 내려놓은 조옥린은 피식 웃으며 진영인을 바라봤다.

"나는 무공을 모르는 이를 핍박하는 자를 가장 혐오하오."

그걸로 끝이었다. 조옥린은 더 이상 입을 열지 않았다.

진영인은 과묵한 이 사내가 마음에 들었다.

"지나친 술은 정기를 해치는 법. 그만 하는 게 좋을 것 같소."

조옥린이 자신을 바라보자 진영인이 웃으며 말을 이었다.

"더구나 내상을 다스리는 데 있어 술은 독과도 다름없소."

"흥!"

진영인의 충고에도 불구하고 한차례 코웃음을 친 조옥린은 고집스럽게 자신의 잔을 전부 비워냈다. 그리곤 다소 못마땅한 표정으로 진영인을 바라봤다.

"귀하가 상관할 바가 아니오."

"물론이오."

진영인은 고개를 끄덕였고, 조옥린은 다시금 빈 잔에 술을 채우기 시작했다. 하지만 이어진 진영인의 말에 불쾌한 듯 인상을 찌푸렸다.

"그런 몸으로 청심투룡과 싸울 생각이오?"

"왜? 이번에도 질 것 같소?"

"나는 다만 자신의 몸도 돌보지 않는 당신의 자세가 상대에 대한 예의가 아닌 것 같다고 느껴지는구려."

잠시 말없이 진영인을 바라보던 조옥린은 천천히 고개를 끄덕였다. 그리곤 잔을 들어 바닥에 술을 쏟아버렸다.

그런 그를 향해 진영인이 다시금 입을 열었다.

"실례가 되지 않는다면 어째서 그토록 비무에 집착하는지 물어도……."

"실례요."

차갑게 자신의 말을 자르는 조옥린의 모습에 진영인은 쓴웃음을 머금었다.

문득 생각나는 바가 있어 진영인은 품속을 뒤졌다. 그리고 형산을 떠나기 전 운검이 쥐어준 치상단을 꺼내 들었다.

단리혁과의 결전 이후 입은 내상을 치료하느라 한 개를 사용해서 아홉 알의 치상단이 남아 있었다.

이미 이기생형의 경지에 이른 진영인조차 단리혁의 일장에 피를 토했을 만큼 그의 공격은 매서웠다. 그리고 이로 인한 내상도 결코 가볍지 않았다. 하지만 치상단의 효과는 대단했다. 예전 같으면 사흘 이상을 정양해야만 나을 수 있을 법한 내상조차 치상단을 복용하고 운기를 하자 반나절 만에 내상을 완치할 수 있었던 것이다.

조옥린은 진영인이 내민 치상단을 바라보며 인상을 찌푸렸다.

"쓸데없는 호의는 거절하오."

하지만 진영인은 정나미 떨어지는 차가운 조옥린의 말에도 불구하고 말없이 웃으며 내밀었던 손을 거두지 않았다.

이때 말없이 두 사람을 바라보던 단리정이 조옥린을 향해 입을 열었다.

"상대의 호의를 받아들이지 못하는 사람은 다른 사람에게도 호의를 베풀지 못한다고 들었어요."

"누가 그런 말을 하더냐?"

"우리 사부님이요."

조옥린은 고개를 돌려 진영인을 바라봤다.

이에 진영인이 치상단을 탁자에 올려놓으며 입을 열었다.

"강호의 일이란 한시 앞을 모르는 법이라 언제 무슨 일이 닥칠지 모르는 법이오. 나 역시 언제 귀하에게 도움을 받을지 모르는 법. 사전에 포섭을 해둬야 나중에 유용히 도움을 받지 않겠소?"

이윽고 싸늘하던 조옥린의 얼굴에 희미한 미소가 떠올랐다.

"내가 사람을 잘못 봤군. 아주 계산적인 사람이었어."

말을 마친 조옥린은 치상단을 집어 입으로 가져갔다. 그리고 차와 함께 씹어 삼켰다.

눈을 감고 운기조식을 취하던 조옥린은 약 일각의 시간이 흘러 눈을 떴다.

왈칵.

한 모금의 피를 토한 조옥린은 오랫동안 얹혀 있던 가시가 내려간 것처럼 더없이 속이 후련해지는 것을 느꼈다.

조옥린은 이내 놀란 눈으로 진영인을 바라봤다.

"내게 먹인 치상단의 이름이 뭐요?"

"딱히 이름은 정해져 있지 않소."

"음……."

조옥린은 한차례 신음을 흘렸다. 사실 그는 청운과의 비무에서 적지 않은 내상을 입었고, 이를 완전히 치료하기도 전에 무산사귀와 격전을 치러야만 했다. 그로 인해 내상은 더욱 깊어져, 이를 치료하기 위해 수차례 운기요상을 시도했으나 그 효과는 극히 미미했던 것이다.

하지만 진영인이 건넨 치상단을 복용한 뒤 운기요상을 하자 거짓말처럼 내상이 완치되었다. 실제로 방금 전 그가 토했던 피는 한 달 전부터 가슴의 옥당혈을 막고 있던 울혈이었고, 그로 인해 부자연스러웠던 진기의 흐름도 다시금 기맥이 제자리를 찾자 이전처럼 거침이 없었다.

한차례 찻물로 입 안의 핏물을 헹궈낸 조옥린이 진영인을 향해 입을 열었다.

"왜 그렇게 비무에 집착하느냐 물었소?"

조옥린은 지금까지 가슴에만 담아놓았던, 누구에게도 언급한 적 없는 자신의 과거를 설명하기 시작했다.

第二十章

일촌광음(一寸光陰)

"들어보았을지 모르겠지만 나는 산서조가(山西趙家) 사람이오."

"산서조가라면 장법으로 유명한?"

진영인의 반문에 조옥린이 고개를 끄덕였다.

산서조가. 비록 오대세가에는 미치지 못하나 나름대로의 독창적인 장법을 기반으로 강시당과 더불어 오랜 세월 산서 일대의 패주로 군림하던 집안이었다. 하지만 십 년 전부터 급속히 가세가 기울기 시작하더니 지금은 완전히 몰락하여 강호에서 이름을 찾을 수 없는 곳이 되고 말았다.

"그런 표정 할 것 없소."

씁쓸한 웃음과 함께 조옥린이 말을 이어갔다.

"조가의 몰락은 스스로 자처한 것과 다름없었소. 조가와 강시당이 대대로 앙숙이라는 것은 진 형도 잘 알 것이오."

진영인이 고개를 끄덕였다.

나직이 한숨을 흘린 조옥린이 다시금 입을 열었다.

"정사대전이 끝난 이후 강시당은 스스로 흑무련에 귀의했소. 하지만 우리는 그들과 같은 하늘을 지고 살 수 없었기에 흑무련의 힘을 업은 강시당과 계속 맞서야만 했소. 강시당은 나날이 강해졌고, 이에 위기를 느낀 우리는 힘을 기르기 위한 일환으로 새로운 무공을 연구하기 시작했소."

한 모금의 차로 목을 축인 조옥린의 시선은 어느새 과거의 기억을 더듬고 있었다.

"그렇게 해서 만들어진 것이 양인상(兩刃掌)이오."

"양인장?"

조옥린이 고개를 끄덕였다.

"기존의 우리가 지녔던 장법인 유마투심장(類蟆透心掌)과 달리 양인장은 매우 패도적인 장법으로, 근본적인 성질부터가 달랐소. 하지만 오랜 세월을 연성해야 하는 유마투심장과는 달리 속성이 가능했고, 그 위력 또한 유마투심장을 훨씬 상회하는 것이어서 대부분의 사람들이 이것을 익히기 시작했소. 하지만 여기에는 큰 부작용이 있었소."

조옥린은 탁자 위에 자신의 손을 올리더니 소매를 걷어 올렸다. 그러자 흉측한 상처의 흔적들이 모습을 드러냈고, 이에 진영인은 침음성을 흘렸다.

"음……."

"처음 양인장을 시전했을 당시 생긴 것이오. 부러진 뼈가 피부를 찢고 나왔었지."

인상을 찡그린 진영인을 향해 조옥린이 씁쓸하게 웃어 보였다.

"믿을지 모르겠지만 당시 내 나이 열다섯. 양인장은 삼성의 성취를 이룬 상태였소. 하지만 양인장의 위력만큼은 확실했지. 나는 한 팔을 잃은 대신 커다란 화강암에 두 자 깊이의 장인(掌印)을 새길 수 있었소."

"삼성의 성취만으로 말이오?"

진영인은 놀라움을 금할 수 없었다. 화강암은 돌 중에서도 가장 단단한 편에 속하는 암석이었다. 거기에 두 자 깊이의 장인이라니. 아무리 극성으로 익힌 산매장이라 하더라도 기껏해야 한 치 정도가 가능할 것이다.

조옥린이 고개를 끄덕였다.

"그렇소. 두 개의 날이라는 무공명과 정확히 맞아떨어지는 결과였소. 양인장을 시전하면 상대에게 주는 충격을 시전자 역시 고스란히 감내해야만 하는 위험한 무공이었지. 성취가 높아지면 높아질수록 그 반탄력 역시 높아지는… 상당한 대가를 치러야만 하는 무공이오. 어느 날 강시당이 본 가를 침입했을 때 우리 가문의 식솔 중 한 명이 육성에 이른 양인장을 펼치는 것을 본 적이 있었소."

"그는 어찌 되었소?"

"그의 상대는 강시당의 강시들 중에서도 가장 단단하다는 철골강시(鐵骨殭屍)였는데 단 일 장에 가슴에 구멍이 뚫려 움직이지 못했소. 하지만 그 역시 되돌아온 반탄력에 사지가 찢겨 죽고 말았소. 식솔 일곱 명이 이틀에 걸쳐서야 그의 온전한 시신들을 모을 수 있을 만큼 처참했지."

"어리석구려."

진영인이 혀를 차자 조옥린이 고개를 저었다.

“어쩔 수 없었소. 확실히 양인장을 익힌 이후 강시당은 함부로 우리를 건드릴 수 없었으니까. 물론 우리도 희생을 치러야 하지만 강시당은 더욱 큰 손해를 보기 때문이오. 열다섯 소년이 자신의 팔을 희생하여 강시당의 장로들을 쓰러뜨린다 가정해 보시오.”

확실히 위협적인 무공이었다.

“그럼 어째서 산서조가는 그처럼 무서운 무공을 얻고도 몰락한 것이오?”

진영인의 말이 끝나기 무섭게 조옥린의 눈에서 섬전 같은 한광이 일렁였다.

“훗날 알게 된 것이지만 양인장은 우리가 만들어낸 것이 아닌 외부에서 유입된 것이었소. 이는 우리 가문을 멸문시킨 흉수들을 추적하면서 서장의 천축에 이르러서야 알게 된 사실이오.”

“흉수? 그렇다면 조가가 몰락한 것에 음모가 개입되어 있단 말이오?”

“그렇소. 당시의 가주였던 나의 부친은 긴 연구 끝에 양인장의 부작용을 최소화하는 방법을 알아낼 수 있었소. 그것은 유능제강과 이화접목(移花接木)과도 같은 원리로 양인장을 발출한 이후 돌아오는 반탄력을 분산시켜 흩어버리는 데 있었소. 유마투심장은 본래 음유한 내공에 바탕을 둔 암경 위주의 무공. 충분히 가능성이 보였소. 실제로 아버님은 이를 통해 양인장을 십성까지 익혀내셨고, 양인장을 발출한 이후 내상을 입는 것에 그칠 수 있었소.”

잠시 말을 멈춘 조옥린의 얼굴에 진한 아픔이 배어 나왔다.

“어느 날 일단의 무리들이 본 가를 습격했소. 우리는 이에 맞섰으나 그들의 무위는 본 가를 압도하고 있었소. 결국 우리는 양인장을 쓰기 시작했고, 상당수에 이르는 식솔들의 목숨을 대가로 간신히 적들을 물리칠 수 있었소. 하지만 다음날도, 그리고 다다음 날도 그들은 계속해서 새로운 무인들을 우리 조가에 투입했소. 그들의 인해전술 앞에 결국 조가는 무너졌고 나만이 유일하게 살아남았소."

"흉수의 목적이 무엇인지는 밝혀졌소?"

"아버님은 죽기 직전 그들의 우두머리를 사로잡았소. 그제야 아버님과 나는 흉수에게 속았음을 깨달았소. 그들은 단지 양인장을 실험하기 위해 본 가에 이를 흘린 것이고, 우리가 양인장을 제대로 다룰 수 있게 되자 위협을 느껴 우리를 멸문시킨 것이었소."

"그런……."

"홀로 살아남은 나는 양인장을 연마하기 시작했소. 단시간에 강해질 수 있는 방법은 그것밖에 없었기에……. 그리고 동시에 도법을 익히기 시작했소. 마음대로 구사하기엔 양인장은 너무나 위험한 무공이었기 때문이오."

"그렇다면 흉수의 정체는?"

"나 역시 정확히는 모르오. 하지만 그들의 흔적을 추적하던 중 일부가 천축과 연관이 있다는 것을 알아낸 나는 곧장 서장으로 향했고, 거기에서 양인장이 어디에 근원을 둔 무공인지를 알아낼 수 있었소."

"혹시?"

진영인의 반문에 조옥린이 고개를 끄덕였다.

"그렇소. 소뢰음사요."

진영인은 자신도 모르게 인상을 찡그렸다.

소뢰음사.

중원에 소림사가 있다면 천축에는 소뢰음사가 있다 할 만큼 오랜 역사와 전통을 지닌 곳이었다. 다만 그들은 기본적으로 중원의 불교와 교리를 달리하기에 지금까지 이렇다 할 특별한 교류가 없었다.

천축은 중원과 달리 또 다른 강호였고 소뢰음사가 그 중심에 있었다.

그들의 무공은 매우 괴이하여 기본적인 무리(武理) 자체가 중원과 크게 다르다 들었다. 하지만 소뢰음사의 승려들은 소림과 마찬가지로 무공은 열반에 들기 위한 수련 과정일 뿐 평화를 존중하는 사람들이어서 지금까지 중원과 그 어떤 마찰도 빚은 적이 없었다.

이때 조옥린이 씁쓸한 미소를 떠올리며 입을 열었다.

"하지만 결국 흉수의 흔적을 놓쳐 버렸소. 이후 나는 중원으로 돌아와 흉수를 알아내기 위해 백방으로 돌아다니며 정보를 모으기 시작했소. 그리고 희미한 혐의의 가닥이 흑무련을 향하고 있음을 알게 되었소."

"아, 그래서……."

진영인은 그제야 조옥린이 강호를 떠도는 이유를 알 수 있었다. 백발선랑, 할심독검, 벽력도 이정문, 육난음과 무산사귀까지… 모두가 흑무련에 속했거나 속했던 인물들이었다. 하지만 이내 의문점이 생겼다.

"그렇다면 흑무련의 무인들을 전부 적으로 간주한 것이오?"

"그렇지 않소."

고개를 저은 조옥린이 다시금 말문을 열었다.

"진 형이 아시다시피 우리는 정파가 아니오. 강시당이 흑무련에 귀속되기 전까지는 흑무련과 대립하지 않았소. 앞에 언급했던 자들은 과거 부친과 상당한 교분이 있던 자들이었소. 그리고 공교롭게도 양인장을 처음 본 가가 익히기 시작했을 당시 그자들이 본 가에 머물고 있었소."

"이상하군. 그때라면 이미 조가는 흑무련과 대립하고 있었을 텐데."

"강시당만이라면 몰라도 흑무련 전체를 적으로 돌리기엔 무리가 있었소. 그래서 그들은 빈객 형식으로 초대해 흑무련과의 충돌을 최대로 줄이고자 했던 것이오."

"하지만 그것만으로 흉수가 흑무련과 관련이 있다고 단정하기엔 이르지 않소?"

"반쯤은 짐작이었소. 하지만 그들과 싸우며 점점 확신할 수 있었소. 그들이 사용하는 무공. 그것은 분명 과거 본 가를 공격했던 복면인들과 같은 것이었기 때문이오. 그들이 음모에 얼마나 개입해 있는지는 모르지만 그들은 조가를 멸문시키려 했소."

"그렇다면 청심투룡의 일은 어찌 된 것이오? 혹시?"

진영인의 질문에 조옥린은 빙그레 웃으며 고개를 흔들었다.

"무당은 조가의 멸문과 하등 상관이 없소."

"그럼 어째서 그와의 비무에 집착하는 것이오?"

조옥린은 말없이 진영인을 바라보는 것으로 대답을 대신했다.

그렇게 한참 동안 말이 없던 조옥린이 오히려 진영인을 향해 질문을 던졌다.

"진 형의 사문이 멸문해 진 형 홀로 남았다고 가정해 봅시다. 그렇다면 더 이상 형산은 존재하지 않는 것입니까?"

"……!"

그제야 진영인은 조옥린의 심정을 이해할 수 있었다.

조옥린은 산서조가의 의지를 이어가는 유일한 사람. 언젠가 산서조가를 다시 일으켜야 하는 의무와 책임감이 그의 어깨에 실려 있었다.

따라서 그의 패배는 곧 산서조가의 패배. 그래서 조옥린은 가문의 명예를 위해 청운과의 비무를 다시 치르고자 하는 것이었다.

'나와 같군……'

진영인은 조옥린에게 동질감을 느꼈다. 사문을 떠나기 전 사부인 송현자가 했던 말을 떠올렸기 때문이다.

'너의 말과 행동이 곧 형산의 의지가 될 것이다! 네가 곧 형산의 얼굴임을 기억하거라!'

진영인은 조용히 웃으며 조옥린을 바라봤다.

"그다지 유쾌한 가정은 아니구려."

비어 있는 조옥린의 잔에 차를 채우며 진영인이 입을 열었다.

"청심투룡이 결코 만만한 상대가 아님을 조 형이 누구보다 잘 알고 있을 것이오."

염려가 담긴 진영인의 말에 조옥린은 웃으며 잔을 받아 들었다.

"나는 도법보다 장법을 먼저 익혔소. 그리고 내게는 아직 한 팔이 남아 있소."

"양인장을 사용할 생각이오?"

진영인이 크게 놀라며 외치자 조옥린은 태연히 고개를 끄덕였다.

"나는 양인장을 십성의 경지까지 익혔소. 과거 내 아버지가 그랬던 것처럼 어느 정도 반탄력을 흘려낼 수 있으니 팔 병신이 되는 일은 없을 거요."

"하지만 아직 완전한 것이 아니지 않소?"

"당금 후기지수 중에 가장 강하다는 청심투룡이오. 그 정도 대가는 치러야 하지 않겠소?"

말을 마친 조옥린이 거의 들리지 않는 음성으로 중얼거렸다.

"물론 나는 후기지수 중 최강은 그가 아니라 생각하지만……."

그의 음성은 너무나 작아 진영인은 들을 수 없었다.

그때였다.

객점 문이 열리며 작은 소년이 뛰어들어 왔다. 잠시 두리번거리며 객점 안을 살피던 소년은 이내 목소리를 높여 누군가를 찾기 시작했다.

"진영인 대협이 누구시죠?"

진영인의 눈에 이채가 떠올랐다.

자신이 이곳 죽산에 도착한 지 불과 반나절도 지나지 않았다. 유철악의 말대로 단리설이 먼저 접촉해 오리란 것은 예상했지만 이처럼 빨리 자신을 찾아내리라고는 생각지 못했다.

진영인이 손짓으로 부르자 소년이 달려왔다.

"어떤 예쁜 누나가 이걸 전해달래요. 심부름 삯은 그분한테 이미 받았어요."

품속에서 서찰을 꺼내 진영인에게 내민 소년은 그대로 달아나듯 객점 밖으로 뛰어나갔다.

이때 조옥린이 빙그레 웃으며 신형을 일으켰다.

"연서(戀書)를 읽는 데 방해가 될 테니 난 이만……."

"이건 연서가 아니라……."

황급히 입을 열어 설명하려던 진영인은 웃음기 담긴 조옥린의 시선에 농담으로 맞받아쳤다.

"휴, 조 형이 내 심정을 어찌 알겠소. 여난을 피해 이곳에 이르렀건만 죽산에도 나를 사모하는 이가 있을 줄이야……."

피식 웃음을 흘린 조옥린은 설레설레 고개를 흔들며 신형을 돌렸다. 그리고 술값을 치르고 객점을 나섰다.

"약속했던 술은 분명히 샀소. 나중에 딴말 하지 마시오."

눈보라 속으로 나서는 조옥린의 등을 향해 진영인이 외쳤다.

"특별한 일이 없다면 청심투룡과의 비무는 관전하겠소!"

조옥린은 뒤도 돌아보지 않고 손을 흔들었다. 그리고 이내 눈보라 속으로 사라졌다.

"응?"

문득 주위가 조용해진 것을 깨달은 진영인은 얼빠진 듯한 표정으로 자신과 조옥린이 사라진 문을 번갈아 바라보는 상인들의 모습에 실소를 머금었다.

"걱정 마시오. 진짜 악인은 스스로를 악인이라 하지 않는 법이라오."

진영인의 말에 조옥린에 대해 이러쿵저러쿵 떠들어대던 상인들은 그제야 마음을 놓을 수 있었다.

조용히 웃으며 그들에게서 시선을 거둔 진영인은 서신을 펼쳐 들었다.

금일(今日) 미시(未時) 봉황루(鳳凰樓).

거창한 것을 기대한 건 아니었지만 서신에 적혀 있는 내용이 너무 간단해 진영인은 피식 웃음을 머금었다.

조바심을 내며 단리정이 질문을 던졌다.

"누나가 보낸 거죠?"

"그런 것 같구나."

품속에 서찰을 갈무리한 진영인은 단리정의 머리를 쓰다듬었다.

"좋겠구나. 이제 누나를 만날 수 있어서."

"네."

단리정이 웃으며 고개를 끄덕였다.

진영인도 빙그레 마주 웃었다. 제자의 밝은 모습이 더없이 보기 좋았던 것이다.

"그럼 아직 시간이 이르니 방에 올라가자꾸나."

진영인이 단리정의 손을 잡아 일으켰다. 그리고 이층으로 이어진 계단을 올라섰다.

세상이 온통 새하얗다.

뽀드득.

걸음을 옮길 때마다 발밑에서 부서지는 눈 소리가 기분 좋은 모양이다. 마치 물 만난 물고기처럼 단리정은 신이 나서 눈을 밟고 있었다.

"녀석, 그렇게 좋으냐?"

"그럼요. 아무도 걷지 않은 눈 위에 제가 처음으로 발자국을 남기고 있는걸요."

돌아온 대답에 진영인은 빙그레 웃음을 머금었다. 최근 들어 제법 점잖은 척했지만 역시 아이는 아이였다.

며칠 동안 쉬지 않고 내린 눈은 밤이 되어서야 그쳤다. 살을 에일 듯한 차가운 바람도 멎었고 하늘 역시 맑게 개어 있었다. 새하얀 눈 위에 반사되는 시린 별빛이 가슴까지 시원해지는, 그런 밤이었다. 하지만 진영인의 표정은 그리 밝지 못했다.

"아정."

"네?"

멀찍이 앞서 걷던 단리정이 돌아섰으나 막상 먼저 입을 열어 그를 불러 세운 진영인은 이내 쓸쓸하게 웃으며 고개를 저었다.

"아무것도 아니다."

의아한 얼굴로 고개를 갸웃거리던 단리정은 이내 깡총거리며 다시금 눈을 밟기 시작했다.

'모처럼 저렇게 기분이 들떠 있는데 괜히 찬물을 끼얹을 필요는 없겠지.'

진영인은 알고 있었다. 자신의 제자가 얼마나 혈육을 그리워하고 있었는지. 비록 말을 하진 않았으나 이따금씩 쓸쓸한 표정으로 먼 곳을 응시하는 제자의 눈 속에는 감출 수 없는 그리움이 담겨 있었고 이는 자신이 어떻게 해줄 수 없는 문제였다.

지금도 그랬다. 머지않아 누나를 만날 수 있다는 기대에 잔뜩 부풀어 있는 단리정에게 굳이 형산과 흑무련 사이의 불편한 관계를 일깨워 주고 싶지 않았다.

"사부님! 저기 봉황루가 보여요!"

단리정의 외침을 따라 고개를 돌린 진영인은 지붕에 날아갈 듯한 봉황 조각이 얹혀 있는 화려한 건물을 발견할 수 있었다.

쫘르륵.

진영인과 단리정이 주렴을 헤치며 봉황루 안으로 들어섰다.

순간 진영인의 눈에 이채가 떠올랐다.

화려한 외관만큼이나 넓은 실내. 그리고 스무 개의 탁자 중 세 개만을 차지한 십여 명의 상인들.

왁자지껄하게 떠들며 진영인에게는 눈길조차 주고 있지 않았으나 그들이 뿜어내는 기파는 일개 장사치가 지닐 만한 것이 아니었다.

‘이만한 자들을 호위로 대동하다니…… 과연 흑무련이군.’

진영인은 내심 감탄성을 터뜨렸다. 그들이 하나같이 무인검의 경지에 이르러 있음을 미루어 짐작하는 것은 어려운 일이 아니었던 것이다.

‘응?’

이때 진영인은 의아함을 느꼈다. 시종일관 자신에게 무관심한 척하는 대부분의 무인들과 달리 한 사람의 살기가 점점 증폭되고 있었던 것이다. 그리고 그 살기는 분명히 자신을 향하고 있었다.

살기를 쫓아 고개를 돌린 진영인은 한 사람과 시선이 마주쳤다.

타오르는 듯한 붉은 무복에 유달리 창백한 피부을 지닌 호리호리한 체구의 청년이었다.

진영인은 고개를 갸웃거렸다.

분명 어디선가 본 것 같은 느낌이 들었지만 그와 같은 인물은 기억에 없었던 것이다. 하지만 자신과 눈이 마주치는 순간 청년의 눈빛이 이글거리기 시작했다.

까드득!

아예 드러내 놓고 이빨까지 가는 것을 보니 사람을 잘못 본 것 같지는 않았다.

“나를 아시오?”

진영인의 질문에 청년이 자리를 박차고 일어섰다. 그리곤 잡아먹을 듯이 진영인을 노려봤다.

그때였다.

“이층으로 올라오세요.”

“누나!”

날아가듯 계단을 밟고 오르는 단리정의 모습에 진영인은 쓴웃음을 머금었다. 그리고 단리정을 품에 안는 단아한 모습의 여인을 바라봤다.

"오랜만이에요, 진 대협."

"오랜만이오, 단리 소저. 하지만 대협이란 호칭은 과분하구려. 그냥 예전처럼 불러주시오."

"예, 그렇게 하지요. 일단 이쪽으로 오르세요."

힐끔 고개를 돌려 여전히 자신을 노려보고 있는 청년을 향해 한차례 빙그레 웃어준 진영인은 이내 계단을 오르기 시작했다.

부르르.

'저 자식이!'

분노로 몸을 떨던 청년은 진영인이 이층으로 완전히 사라지자 끓어오르는 노화를 참지 못해 연신 씩씩거렸다.

'그래, 일단 이곳을 나가기만 해봐라. 그때의 치욕을 반드시 갚아주마.'

소매 속에 감춰진 자신의 병기를 으스러지게 쥐는 청년의 눈에서 싸늘한 독광(毒光)이 피어올랐다.

"얼굴이 많이 좋아졌구나."

"헤헤."

단리정의 얼굴을 쓰다듬던 단리설이 진영인을 향해 고개를 숙였다.

"아정을 이처럼 잘 돌봐주셔서 감사드립니다."

"사부가 제자를 챙기는 것은 당연한 일이오."

단리설의 얼굴이 어두워졌다. 마치 낯선 이를 대하듯 거리감이 느껴지는 진영인의 무뚝뚝한 음성 때문이었다.

"누나? 사부님?"

어색한 분위기를 느낀 단리정이 단리설과 진영인을 번갈아 바라봤다.

이에 진영인은 나직이 헛기침을 터뜨리며 입을 열었다.

"유 노선배에게 이야기를 들었소. 외조부께서 날 보자 한 이유가 무엇 때문이오?"

"일단 따듯한 차로 몸부터 녹이세요."

단리설은 조용히 웃으며 다기에 차를 채워 진영인을 향해 내밀었다. 하지만 진영인은 차를 거들떠보지도 않았다.

단리설의 얼굴에 씁쓸한 미소가 떠올랐다 사라졌다. 비록 말은 하지 않았으나 진영인의 가슴에 담겨 있는 흑무련에 대한 증오가 자신의 몇 마디 말로 사라지지 않으리란 것을 잘 아는 까닭이다.

단리설은 마음 한 켠이 저릿해지는 것을 느꼈지만 겉으론 이를 드러내지 않았다.

"당신을 보자고 한 것은 외조부님이 아니에요. 유 노인께 부탁한 건 저였어요."

이윽고 예의 차분한 미소와 함께 단리설이 말을 열었다.

"흑무련의 반도(叛徒)들이 귀 파를 침입한 것은 저나 할아버지도 매우 유감스럽게 생각하고 있어요."

"반도라……."

진영인의 입매에 차가운 미소가 맺혔다.

"적절한 표현이구려. 반도란 말로 흑무련은 책임을 떠안지 않아도 될 테니."

"그건……."

"그렇다면 철산장의 일은 어찌 설명하시겠소? 그들이 형산 속가인 금산철가를 무너뜨리는 것을 허락한 건 흑무련이 아니오?"

무거운 한숨을 터뜨린 단리설은 손 안에 든 찻잔을 만지작거리며 입을 열었다.

"그렇군요. 변명할 여지가 없네요."

힘없는 그녀의 음성에 진영인은 자신이 그녀를 너무 몰아붙인 것 같아 다소 미안한 생각이 들었다.

"사부님… 그러지 마세요."

"응?"

"누나는 나쁜 사람이 아니란 말이에요."

울먹거리며 자신을 바라보는 제자의 모습에 진영인은 쓰게 웃었다.

분명히 그랬다. 형산에서 있었던 혈사도, 금산철가의 일도 그녀가 개입한 것이 아니었다. 단지 그녀가 흑무련 사람이라는 이유만으로 그녀를 다그치다니… 평소의 자신답지 않은 행동이었다.

"미안하오, 단리 소저. 내가 심했던 것 같소."

"아니에요. 오히려 제가 사과해야죠."

자신을 빤히 바라보는 그녀의 눈빛에 오히려 진영인은 부끄러움을 느껴야만 했다. 아무런 사심도 깃들지 않은 그녀의 눈빛은 처음과 조금도 달라진 것이 없었지만 자신은 처음부터 편견을 가지고 그녀를 대했음을 새삼 깨달았던 것이다.

그제야 찻잔을 집어 들며 진영인이 입을 열었다.

"이제 눈은 괜찮소?"

"아! 예, 덕분에. 치료가 빨라 실명을 면할 수 있었다고 하더군요. 다시 한 번 감사드립니다."

“치료는 무슨, 제가 한 일이라곤 기껏해야…….”

웃으며 입을 열던 진영인의 표정이 난처함으로 일그러졌다. 푹 고개를 숙인 채 목덜미까지 붉게 달아오른 단리설의 모습 때문이었다.

‘아차!’

치료를 위해서라곤 하나 낯선 사내의 입술이 어깨에 닿은 일은 그녀에겐 매우 부끄러운 일일 것이다. 더구나 침이 박혀 있는 위치가 묘해서 자신은 그녀의 가슴에 얼굴을 묻다시피 하지 않았던가.

진영인은 얼굴이 몹시 화끈거렸다.

“앗! 뜨거!”

뜨거운 것은 얼굴뿐만이 아니었다. 무안함을 넘기기 위해 황급히 들이킨 차 역시 매우 뜨거웠던 것이다.

“쿠쿡!”

고개를 돌린 진영인은 손으로 입을 가린 채 웃고 있는 단리설의 모습을 볼 수 있었다.

“여전히 재미있는 분이시군요.”

멋쩍은 웃음을 흘리는 진영인을 향해 단리설이 손수건을 내밀었다.

손수건을 받아 든 진영인은 손등에 묻은 차를 닦아냈고, 덕분에 어색하던 분위기가 상당히 부드러워졌다.

“제가 진 공자를 이곳으로 부른 이유는…….”

이윽고 단리설이 진영인의 눈을 보며 입을 열었다.

“흑무련이 천마성과 삼대세가, 그리고 이곡과 삼방을 주축으로 이루어져 있다는 것은 알고 계시겠죠?”

“알고 있소.”

“최근 암중에서 움직이는 모종의 세력이 있어요.”

"암중이라면?"

"그에 대해서 알려진 건 별로 없어요. 하지만 그들은 정파와 흑무련 사이의 갈등을 야기시키고, 흑무련의 내부에서도 그 어떤 음모를 획책하고 있어요."

"계속하시오."

잠시 망설이는 듯싶던 단리설이 또박또박 말을 이어갔다.

"공자에겐 실례가 될지 모르겠지만… 단리세가가 형산을 치고, 공자가 강호에 나와 흑무련 휘하의 지부들에게 타격을 입힌 것이 어쩌면 모종의 세력이 꾸민 각본에 따라 이루어진 것이 아닌가 하는 의심이 들어요."

진영인은 인상을 찌푸렸다. 그녀의 말이 사실이라면 여태껏 자신과 형산이 그 암중의 세력에 의해 끌려 다녔다는 것과 크게 다르지 않았기 때문이다.

자신도 막상 이야기를 꺼내놓곤 미안했던지 단리설은 난처한 듯이 진영인의 말을 기다리고 있었다.

"음……."

잠시 침음성을 흘리던 진영인이 단리설을 마주 보며 입을 열었다.

"먼저 나에게 그와 같은 이야기를 하는 까닭을 알고 싶구려."

"유 노인에게 어느 정도 이야기는 들으셨겠죠?"

진영인이 고개를 끄덕이자 단리설은 본론을 꺼냈다.

"제 외조부님은 당신들이 생각하는 그런 분이 아니에요. 지금처럼 흑도와 정파가 균형을 이루며 평화를 모색하는 것이 그분이 바라시는 것이죠. 물론 소소한 대립과 충돌은 있을 수 있어요. 하지만 그 대부분이 정사대전과 같이 수많은 사람의 희생을 담보로 하는 전면전을 막기 위한 것이었어요."

"그런 분이 어째서 정사대전을 일으켰소?"

"거기엔 이유가 있어요."

"그 이유를 알고 싶소."

단리설은 잠시 망설였다. 그리고 진영인은 그녀의 대답을 재촉하지 않았다. 그녀가 지금 자신이 언급해도 되는 것인지를 놓고 고심을 거듭하고 있다는 것을 아는 까닭이다.

"좋아요. 말씀드리죠."

이윽고 단리설의 입에서 처절했던 정사대전의 이면에 숨겨져 있던 진실이 언급되기 시작했다.

"삼백여 년 전 마교가 멸망한 것은 알고 계실 거예요. 수많은 무림 문파와 강호인들이 마교 토벌에 참여했고, 근 십여 년에 걸친 싸움 끝에 결국 중원에서 마교를 몰아낼 수 있었죠."

"알고 있소."

"하지만 사실 이는 순수한 강호의 의지가 아니었어요. 그 일에는 당시의 조정이 깊이 관여했지요."

명나라를 세운 태조 주원장이 원나라로부터 탄압받던 백련의 힘을 얻어 명나라를 건국했고, 이후 백련의 저력을 두려워해 그들을 마교로 몰아 배척한 이야기는 강호인이라면 누구나 알고 있는 사실이었다.

"계속하시오."

"명나라를 세운 지 얼마 되지 않았기 때문에 주원장은 권력을 공고히 하는 데 많은 힘을 기울였어요. 그래서 관군만으로 백련을 토벌하기엔 힘이 부족한 것을 깨닫고 강호의 문파에 칙령을 띄웠죠. 이미 오래전부터 백련의 힘을 경원시하던 강호의 문파들은 이에 적극적으로 나서 관군과 함께 명교를 토벌했어요. 이를 통해 구대문파를 비롯한 정파는 명 황실로부터 특혜를 받을 수 있었어요. 강호에서의 일에 관에서 암묵적으로 묵과해 준다는……. 아울러 백련과 관계된 수많은 이익을 포상으로 얻어낼 수 있었지요.”

단리설이 설명을 이어갔다.

“백련의 주축은 힘없는 백성들이었어요. 이들의 힘겨운 삶을 지탱해 준 것이 백련의 종교적인 힘이었고, 이를 통해 이들은 단합된 힘을 끌어낼 수 있었죠. 그리고 이들은 점차 힘이 커지면서 기존의 기득권을 누리지 못했던 사파의 무인들을 포섭해 갔어요. 하지만 결국 조정과 구대문파에 패해 대부분이 청해 너머로 쫓겨났고, 무인들 역시 뿔뿔이 흩어졌지요. 그리고 그때부터 구심점을 잃어 힘이 약해진 사파에 대한 정파의 탄압이 시작되었어요.”

여기까지는 진영인 자신도 익히 아는 사실이었다.

한 모금의 차로 입술을 적신 단리설이 다시금 입을 열었다.

“흩어진 백련의 무인들 중에는 결국 관군을 피해 깊은 산속으로 도주한 이도 있었고, 조정과 정파로부터 철저히 배척당한 이들은 결국 자기들끼리 모여 삶을 꾸려 나가기 시작했죠. 저희 외조부께서는 사파 출신이셨어요. 가혹했던 정파의 탄압을 뼛속 깊이 새긴 분이시죠. 그분은 더 이상 이를 보고만 있을 수 없었어요. 그래서 천마성을 주축으로 흑무련을 규합하셨죠. 그리고 정파에 제안을 하셨어요.”

“제안?”

“네. 그들이 그 제안을 받아들여 정사대전이 시작된 것이지요.”

“자세히 설명해 주시겠소?”

“사실 당시의 흑무련은 불안정한 상태였어요. 외조부께서 힘으로 규합하긴 했지만 그들은 본래 얽매이는 것을 싫어하는 사파의 사람들. 흑무련을 더욱 공고히 하기 위해 외조부께서는 정사대전을 통해 흑무련을 반대하는 자들을 제거하고자 하신 거죠."

"그것을 통해 정파가 얻을 수 있는 건 무엇이었소?"

"자유예요."

"자유?"

"그래요. 백련 토벌은 조정의 지원을 등에 업은 것이었고, 이로 인해 상당한 시간이 지났음에도 정파는 황실과 관부로부터 자유로울 수가 없었어요. 의사 결정은 물론 문파의 수장을 결정하는 것마저도 황실의 개입이 이루어졌죠. 외조부께서는 정파 내부의 간자들, 다시 말해 황실이나 관부와 연관이 있는 사람들을 정사대전이라는 명분을 통해 제거하신 거예요. 이로 인해 정파와의 연계점을 잃은 황실과 조정은 오랜 세월 곪아왔던 환부를 도려낼 수 있었죠."

"으음……."

진영인은 침음성을 터뜨렸다. 정사대전의 이면에 이와 같은 내막이 있으리라곤 전혀 짐작하지 못했던 것이다. 하지만 이내 의아한 표정으로 단리설을 바라봤다.

"그렇다면 어째서 우리 형산은 그에 대해 아무것도 몰랐던 것이오?"

마치 그 질문을 예상했다는 듯이 단리설은 곧바로 대답했다.

"의사를 결정하는 과정에서 형산은 철저히 소외되었으니까요."

"혹시 형산이 백련의 후예이기 때문이오?"

"네? 형산이 백련의 후예라니요?"

단리설의 반문에 오히려 얼떨떨해진 것은 진영인이었다.

"유 선배가 말하길……."

진영인은 유철악과 자신이 나눈 이야기를 자세히 설명했다.

처음엔 말없이 듣기만 하던 단리설의 얼굴에 이내 미소가 떠올랐다.

"설마 그 말을 다 믿으시는 건 아니겠죠?"

단리설이 설레설레 고개를 저었다.

"그분에겐 몹쓸 버릇이 하나 있는데, 거짓말로 상대를 흔들어놓는 것을 즐긴다는 거예요. 진실과 거짓을 적당히 섞기 때문에 당사자는 한참이 지나서야 속았다는 사실을 깨닫지요."

"그럼 그가 나를 속인 것이오?"

"제가 아는 사실을 말씀드릴까요?"

"경청하겠소."

고개를 끄덕인 단리설은 부드러운 미소와 함께 이야기를 시작했다.

"형산를 세우신 뇌공(雷公) 하원일은 관부와 힘을 합쳐 백련을 토벌하는 정파를 매우 못마땅하게 생각하셨어요. 그래서 아예 그 일을 계기로 정파와 교류를 끊어버렸죠. 하지만 뼛속까지 무인이었던 그분은 명교의 멸망과 함께 그들의 뛰어난 무공이 사장되는 것은 매우 안타까워하셨다고 해요."

야릇한 기분이었다. 자신조차 모르고 있던 하원일의 일화를 흑무련의 여인으로부터 전해 듣다니……. 실제로 개파 조사인 하원일에 대해 알려진 사실들은 극히 적었고, 형산 문하 대부분이 자신과 크게 다르지 않았다.

"계속할까요?"

진영인이 고개를 끄덕이자 단리설이 설명을 이어갔다.

"자신들의 무공이 단절되는 것을 원치 않았던 것은 백련의 태상호법(太上護法) 역시 마찬가지였어요. 하지만 그는 이미 명교가 천운이 다했음을 느끼고 자신의 수하들과 함께 마지막까지 조정과 정파에 대항해 투쟁하려 했죠. 이를 만류한 사람이 뇌공이었어요. 그는 무인의 방식대로 백련의 태상호법과 비무를 벌였어요. 이틀 밤낮을 싸웠으나 그들은 승부를 내지 못했고, 결국 서로 양보하여 합의점을 찾았어요."

목이 말랐던지 단리설은 찻잔을 들었고 진영인은 그 뒤의 이야기가 몹시 궁금했다.

이를 눈치챈 단리설은 빙그레 웃으며 이야기를 계속했다.

"결국 태상호법은 수하들과 함께 장렬한 죽음을 맞았어요. 하지만 그는 후회없이 싸울 수 있었지요. 비급과 함께 뇌공에게 딸려 보낸 재능있는 제자들이 있었기 때문이에요."

"아!"

"명교가 멸망하고 이와 같은 사실이 정파에게도 알려지게 되었어요. 그들은 형산이 마교를 옹호한다며 그들을 매도했죠. 하지만 형산을 함부로 건드릴 수는 없었어요. 겨우 안정을 찾은 마당에 뇌공과 같은 강적을 적으로 돌리기엔 그들의 담은 너무 작았거든요."

진영인은 그동안 알게 모르게 가슴 한 켠을 답답하게 했던 미진함이 말끔하게 사라지는 것을 느끼며 환하게 웃었다.

"하하하, 그분이야말로 진정한 호협(浩俠)이셨군."

호탕한 진영인의 웃음을 마주한 단리설의 양 볼에 은은한 홍조가 떠올랐다.

'그는 이렇게 웃는구나.'

진영인의 음성은 기억하고 있었지만 얼굴은 오늘 처음 보는 그녀였다. 위험을 무릅쓰고 자신과 단리정에게 배풀었던 진영인의 호의. 그것은 그에 대한 미안함과 고마움으로 시작해 지금은 그 어떤 것과도 바꿀 수 없는 소중한 감정이 되어 있었다.

'저 웃음이 나를 위한 것이었다면 좋으련만……..'

단리설은 갑자기 명치 어림이 바늘로 찌른 듯 아파왔다. 너무도 극명히 엇갈린 지금의 자신과 진영인의 입장을 떠올리자 더없이 서글픈 생각이 들었고, 이는 고스란히 고통이 되어 돌아온 것이다.

"소저! 괜찮으시오?"

"신경 쓰지 않으셔도 돼요."

애써 고개를 젓긴 했으나 단리설의 얼굴은 매우 창백해 진영인은 걱정이 앞섰다.

"진맥 좀 해봅시다."

비록 의술은 잘 알지 못하나 그동안 운검의 어깨너머로 배운 게 있었기에 진영인은 대뜸 단리설의 손목을 잡았다. 하지만 진영인의 손이 자신의 팔목에 닿는 순간 단리설은 불에 덴 듯 놀라며 그의 손을 뿌리쳤다.

"어째서?"

의아한 얼굴로 묻는 진영인을 바라보며 단리설이 처연하게 웃어 보였다.

쿠웅!

그 순간 진영인은 가슴 한구석이 내려앉는 듯한 충격을 받았다. 아무리 눈치가 없는 그라지만 그녀의 눈빛에 담겨 있는 감정을 모를 정도로 바보는 아니었던 것이다.

"그, 그래서 정사대전이… 에, 그러니까… 의사 결정 과정에서……."

당황한 진영인은 두서없이 중얼거리며 애써 단리설의 눈빛을 외면

했고, 이에 단리설은 복잡한 눈으로 진영인을 바라보다 나직이 한숨을
내쉬었다.

"형산파는 처음부터 백련 토벌에 관련하지 않았으니 형산에 협조를
요청한 것은 오히려 자신들의 치부를 알릴 뿐이었죠. 그래서 형산에겐
비밀로 하고 정사대전을 시작한 거예요. 형산의 피해가 극히 미미했던
이유 역시 형산에는 황실이나 관부와 연관있는 이가 없었기 때문이
죠."

"그렇다면 결국 우리 형산파는 정파와 흑무련의 연극에 속아 그대
외조부의 권력을 다져준 꼴이 되었구려."

"나쁘게 말한다면 그렇죠."

진영인은 잠시 생각에 잠겼다.

단리설은 짐짓 차를 마시는 척했으나 그런 진영인의 옆모습을 훔쳐
보며 뛰는 마음을 달래고 있었다.

이윽고 진영인이 눈을 들어 단리설을 바라봤다.

"좋소, 소저의 충고는 감사히 받아들이겠소. 앞으로 섣불리 흑무련
과 충돌하는 일은 자제하겠소. 그리고 사부님과 사문의 어른들께도 이
와 같은 사실을 전하겠소."

"고맙습니다. 비록 정파와 사파가 물과 기름 같은 사이라지만 형산
은 제 동생이 머무는 곳. 저 역시 앞으로 형산에 관한 사항에는 신중에
신중을 기할 것을 약속하겠어요."

진영인은 웃으며 고개를 끄덕였다. 그리곤 이내 신형을 일으켰다.

"사부님?"

의아해하는 단리정의 머리를 쓰다듬으며 진영인이 입을 열었다.

"안이 몹시 덥구나. 나는 바람을 좀 쐬고 올 테니 누나와 단둘이 그

동안 밀린 이야기를 나누려무나.”

“네!”

단리정이 환하게 웃으며 고개를 끄덕였다. 아무래도 사부님이 계시면 이야기하는 데 있어 여러모로 신경 써야 할 부분이 있었다. 진영인이 먼저 알고 이를 배려해 주니 매우 고마웠던 것이다.

하지만 곧장 계단을 내려서는 진영인의 뒷모습을 응시하는 단리설의 얼굴에는 더없이 착잡한 감정이 빛이 떠올라 있었다. 진영인이 자리를 피하는 진정한 이유를 아는 까닭이다.

자신 때문이리라. 순간적으로 감정을 제어하지 못하고 속내를 드러내 그의 입장을 불편하게 만들었기 때문이리라.

“누나?”

“그래, 우리 아정. 누나 여기 있어.”

“이젠 정말 다 보이는 거지?”

“응. 아주아주 잘 보여.”

단리설이 고개를 끄덕이자 단리정이 씩 웃으며 입을 열었다.

“우리 사부님 잘생겼지?”

“그래, 그렇더구나.”

문득 단리설의 얼굴에 떠오른 쓸쓸한 미소를 발견한 단리정이 의아한 얼굴로 입을 열었다.

“누나, 왜 그래?”

“아무것도 아니야.”

단리정을 끌어안으며 단리설이 고개를 저었다.

그녀의 품에 안긴 채 단리정은 지금껏 가슴에 쌓아뒀던 이야기를 쉬지 않고 떠들기 시작했다. 이에 단리설은 고개를 끄덕이고, 때론 맞장구를 쳐주며 이야기를 듣고 있었으나 그녀의 시선은 진영인이 사라진 계단만을 향해 있었다.

"휴……."

진영인은 곧장 봉황루 밖으로 나섰다. 계단을 내려서면서도 내내 느껴지던 단리설의 시선이 부담스러웠기 때문이다.

뿌드득.

"응?"

문득 뒤에서 들려오는 소리에 고개를 돌린 진영인은 의아함을 금치 못했다. 처음 봉황루에 들어서며 마주쳤던 청년이 자신의 뒤를 따르고 있었던 것이다.

여전히 자신을 향해 살기 어린 눈으로 노려보는 청년의 모습에 진영인은 실소를 머금었다.

무인이라 해도 이만한 살기를 뿌리는 사람은 흔치 않았다. 그런데도 전혀 느끼질 못했으니…….

진영인은 단리설로 인해 자신이 얼마나 큰 혼란을 겪고 있는지를 비로소 깨달았다.

"형장도 소피가 마려운 게요? 그렇다면 그렇게 노려만 보지 말고 진즉에 물어보지 그러셨소."

주위를 두리번거리던 진영인이 한곳을 가리켰다.

"아! 저기 적당한 곳이 있구려. 마침 나도 소피가 마렵던 참이니 나란히 서서 볼일을 보면 되겠구려."

부르르!

진영인은 농담으로 복잡한 심사를 털어내려 했다. 하지만 진영인의 말에 청년의 얼굴이 붉게 달아오르며 어깨가 가늘게 떨리기 시작했다. 동시에 살기가 더욱 짙어졌다. 그러나 진영인은 여전히 유들하게 웃으며 입을 열었다.

"소피 볼 생각이 없는 모양이구려. 잘 생각하셨소. 자랑은 아니지만 지금까지 나는 크기로 져본 적이 없소이다. 만약 내 그것을 보면 형장은 기가 죽어 자신감을 잃고 말 것이오."

그 말을 끝으로 진영인은 신형을 돌려 다시금 걸음을 옮기기 시작했다.

뽀드득. 뽀드득.

그러나 여전히 귀에 익은 발자국 소리가 진영인의 뒤를 따르고 있었다.

그렇게 얼마나 걸었을까.

봉황루와 한참 떨어진 공터에 이른 진영인이 짜증스런 얼굴로 돌아섰다.

"볼일을 볼 것도 아니면서 왜 그리 남의 뒤를 졸졸 따라오는 것이오? 혹시 남의 그것을 엿보는 고약한 취미라도……."

"개자식."

대뜸 욕으로 자신의 말을 자른 청년을 향해 진영인이 인상을 찌푸렸다. 하지만 이내 이어진 청년의 음성이 어딘가 귀에 익었다.

"누가 네 물건 따위 보고 싶대? 죽여 버리겠어!"

"호약란?"

"내 이름 부르지 마! 누가 마음대로 부르래?"

쩌렁한 그녀의 일갈에 진영인은 어색한 웃음을 흘렸다.

"하하하, 호 소저셨구려. 그런데 그 모습은 어찌 된 거요? 남장하는 취미도 있었소?"

"언제까지 그 입을 놀릴 수 있는지 두고 보겠다."

"사실 움직이는 건 입이 아니라 혀라오."

"……!"

혀까지 내보이며 능청스레 대꾸하는 진영인의 모습에 호약란은 가장 생각하기 싫은 기억을 떠올리고 말았다.

허락없이 입 안에 들어와 마음대로 분탕질 치던 그 이물감!

결국 호약란은 이성의 끈을 놓아버렸다.

찌익!

호약란의 얼굴에 씌워져 있던 인피면구가 그녀의 손에 의해 찢겨졌다. 동시에 바람도 없는데 그녀의 장포가 미친 듯이 나부꼈고, 그녀의 머리카락은 어느새 귀신처럼 올올이 솟구쳐 있었다.

'골치 아프게 됐군.'

지독한 한광이 뚝뚝 흘러내리는 호약란의 눈을 보며 진영인은 내심 한숨을 터뜨렸다.

스륵.

이때 호약란의 소매로부터 은색 빛이 감도는 채찍이 모습을 드러냈다. 한 쌍의 은편(銀鞭)을 양손에 거머쥔 그녀의 모습에 진영인이 의아한 얼굴로 입을 열었다.

"채찍으로 무기를 바꾸셨구려. 하지만 무인이라면 모름지기 자신의 병기를 믿을 줄 알아야 하는 법. 효용만 따져 병기를 바꾸는 것은……."

농담을 꺼내던 진영인은 일순 망치로 얻어맞은 듯 멍해졌다. 순간적으로 번쩍 하며 한줄기 깨달음이 뇌리를 스쳤던 것이다.

'자신의 병기를 믿는다? 그렇군! 아즉검 검즉심! 나는 곧 검이고 검이 곧 마음인데, 나 스스로 검을 믿지 못한다면 어찌 마음을 믿고 나를 믿는다 할 수 있을까.'

고개를 숙인 진영인이 자신의 허리에 매어진 자전뇌검을 바라봤다.

문득 얼마 전 자신이 아정에게 일러줬던 말이 떠올랐다.

'검은 단순히 청강을 제련한 도구가 아니다. 검은 그 사람의 마음을 비추는 거울과도 같다. 검끝에 녹아 있는 모든 것이 그 사람을 나타낸다는 말이다.'

번쩍!

진영인의 눈에서 기광이 번뜩였다.

"진정한 고수는 나뭇가지로도 검강을 다룰 수 있다 했다. 그렇다! 그런 것이다! 검이 상할까 염려한 나의 어리석은 걱정이 검을 약하게 하고 마음을 약하게 한다! 제아무리 가냘픈 나뭇가지라 하더라도 검사의 손에 쥐어지면 곧 그의 마음이 되어야 하는 법!"

"뭐라고 중얼거리는 거야!"

째액!

뾰족한 호약란의 음성과 함께 날카로운 파공음이 차가운 겨울 공기를 찢었다.

쩌엉!

거친 충격음과 함께 채찍의 경력이 쓸어 올린 눈보라가 우수수 쏟아졌다. 그리고 그 속에서 진영인이 모습을 나타냈다.

진영인의 손에는 어느새 뽑아 든 자전뇌검이 들려 있었다. 하지만 멍한 눈으로 허공을 응시할 뿐 호약란에게는 시선조차 주지 않고 있었다.

"흥!"

싸늘한 코웃음과 함께 호약란의 손에 들려 있던 한 쌍의 은빛 채찍이 살아 있는 용처럼 꿈틀거리기 시작했다.

"죽엇!"

파바바박!

두 개의 채찍이 미친 듯이 요동치며 진영인을 향해 날아들었다. 새하얀 은빛 동체를 드러낸 두 마리 용은 흉포한 기세로 자신과 닿는 모든 것을 갈가리 찢으며 곧장 진영인의 목과 어깨를 향해 이빨을 들이댔다.

'그래, 그렇게 넋을 놓은 채 죽어라!'

호약란은 내심 쾌재를 불렀다. 자신의 쌍룡은편(雙龍銀鞭)이 지척에 이르렀음에도 진영인은 미동조차 하지 않고 있었던 것이다.

이제 곧 진영인은 갈가리 찢긴 고깃조각이 될 것이고, 새하얀 눈 위에 자욱한 피보라를 뿌리며 쓰러질 것이다.

꿈속에서도 이죽거리던 저 재수없는 놈의 얼굴도 이제는 보지 않아도 된다. 그동안 무수히 지내왔던 불면의 밤도 이젠 끝이다.

그때였다.

카앙! 캉!

차가운 금속성과 함께 그녀의 은편이 벽에 부딪친 것처럼 허공으로 튀어 올랐다. 잠시 후 채찍의 손잡이를 통해 전해진 저릿한 충격이 팔을 타고 찌르르 올라왔다.

"말도 안 돼!"

육안으로조차 쫓기 힘든 채찍의 궤적을 보지도 않고 쳐내다니! 게다가 팔을 타고 전해지는 이 충격은 뭐란 말인가.

“흥, 운이 좋군!”

겉으론 호기롭게 내뱉으며 호약란은 열심히 손가락을 움직였다. 은
편을 움켜쥐고 있던 손가락이 손잡이에 눌어붙은 것처럼 마비되어 있
었기 때문이다.

하지만 진영인은 여전히 일말의 대꾸조차 없었다.

‘저 자식이……!’

호약란의 눈에서 새파란 불꽃이 튀어 올랐다. 허공을 응시하던 진영
인의 얼굴에 떠오른 한줄기 미소를 발견했기 때문이다.

“감히… 나를… 비웃어?”

깨달음을 얻는 순간 찾아드는 염화미소(拈華微笑). 하지만 이를 알
리 없는 호약란은 그가 자신을 비웃고 있다 생각할 수밖에 없었다.

손가락의 마비 증상이 사라진 것을 깨달은 호약란은 십이성 내력을
끌어올려 은편에 흘려 넣기 시작했다.

뿌드득!

그러자 은편에서 섬뜩한 소리가 흘러나오며 마치 한 자루 창처럼 꼿
꼿이 서기 시작했다.

“죽엇!”

쾌애애액!

호약란의 외침과 함께 지금까지와는 비교도 되지 않을 만큼 무시무
시한 기운이 실린 은편이 시위를 떠난 화살처럼 이 장의 거리를 단숨
에 좁혀갔다.

순간, 채찍과 불과 한 치의 거리를 남겨두고 진영인의 손이 움직였
다. 그리고 진영인의 움직임에 모든 신경을 집중하고 있던 호약란은
이를 놓치지 않았다.

"걸렸군!"

투웅.

호약란의 손에서 시작한 진동이 손잡이와 채찍을 타고 물결처럼 전해지더니 채찍 끝을 때렸다.

뻐엉!

압축된 공기가 폭발하는 소리가 들리나 싶더니,

촤라라라라락!

귀청을 긁어대는 소음과 함께 반짝이는 은빛 섬광이 진영인을 포함한 일 장의 공간을 뒤덮었다.

씨익.

자신도 모르게 호약란의 입가에 미소가 떠올랐다. 그녀는 자신의 승리를 믿어 의심치 않았기 때문이다.

월광난무(月光亂舞)!

이 순간을 위해 준비했던 가장 잔인하고 위력적인 초식.

사실 쌍룡은편은 수만 가닥의 월광사를 꼬아 만든 물건이었다. 자체로도 뛰어난 견고함과 예리함을 자랑하는 월광사였기에 쌍룡은편은 검기에도 흠집 하나 나지 않을 만큼 단단하고 질겼다. 하지만 진정한 무서움은 채찍의 매듭인 편극(鞭極)에 숨어 있었다.

전신 내력이 실린 채찍의 속도에 폭발력이 더해진 월광사는 그야말로 소리보다 빠른 속도로 확산되며 그 예리한 날에 걸린 것은 무엇이든 가차없이 찢어발긴다.

하지만…….

따다다다다당!

연달아 따가운 소음이 터져 나오며 진영인의 주변을 휘어 감던 월광사가 토막토막 잘리기 시작했다.

"이익!"

이를 악문 호약란은 남은 힘을 쥐어짜 월광사를 잡아당겼다.

피잉!

쫘라라락!

그녀의 손을 따라 팽팽해진 월광사가 수백 줄기의 검기처럼 진영인을 향해 쏟아졌다.

콰아앙!

지축을 뒤흔드는 폭발음이 터져 나왔다.

쿵쿵쿵쿵!

왈칵!

연달아 네 걸음이나 물러선 호약란은 그대로 한 모금의 피를 토했다.

"어떻게……."

도저히 이해할 수 없는 상황이었다.

호약란은 눈을 들어 용권풍처럼 휘몰아치는 경기와 이에 휩쓸려 십장 높이까지 치솟은 눈송이를 바라봤다.

"아……!"

별이 내리고 있었다.

가닥가닥 잘려 눈송이와 함께 나풀거리며 떨어지는 월광사.

눈에 반사된 별빛을 머금고 있는 월광사는 마치 수만 개의 물고기 비늘처럼 허공에서 반짝이며 쏟아지고 있었다.

환상적인 아름다움을 눈에 담은 호약란은 자신의 부상조차 잊은 채, 그야말로 넋을 잃은 표정으로 전면을 응시했다.

어느 순간 월광사가 별빛을 잃었다. 그리곤 그보다 더욱 밝은 선명한 빛에 물들어 호약란의 시야를 현란하게 어지럽혔다.

그제야 호약란은 정신을 회복했다. 그리고 눈앞의 광경에 벌린 입을 다물지 못했다.

진영인의 검에 맺혀 있는 푸른 기운.

이전처럼 흐릿하고 불완전한 서기가 아니었다. 눈부신 광채를 뿌리며 바닥에 쌓인 눈을 푸른빛으로 물들인 그것은 완벽한 검의 형상을 갖추고 있었다.

호약란은 믿을 수 없었다.

'설마… 아니겠지? 그래, 아닐 거야. 불과 삼 개월뿐이었는데 검강이라니……. 그럴 리가 없잖아?'

호약란은 애써 현실을 외면했다.

분명히 석 달 전의 진영인은 검강의 초입에 들어서 있었다. 하지만 아직 자신들의 상대는 아니었다. 방심한 마풍람이 그의 임기응변에 당황하지 않았다면, 그리고 자신이 내상을 입지 않았다면 언제고 마음만 먹으면 죽일 수 있으리라 생각했다.

휘이잉—

한줄기 차가운 삭풍이 그녀의 뺨을 훑고 지나갔다.

그 차가운 겨울바람이 호약란을 현실로 이끌었다. 하지만 무엇보다 그녀를 허무하게 만든 것은 가닥가닥 끊어진 월광사도, 진영인의 검강도 아니었다.

"어? 호 소저?"

고개를 돌린 진영인이 의아한 얼굴로 말을 이었다.

"아까 무슨 말을 하려 했었소? 잠시 딴 데 정신을 파느라 자세히 듣지 못했소. 미안한데 다시 한 번 말씀해 주시겠소?”

“다, 당신… 기억하지 못하는 거야?”

“뭘 말이오?”

반문하던 진영인이 눈 위에 흩어져 있는 월광사를 발견했다.

“어라? 분명히 월광사는 구하기 힘든 물건 아니었소? 이런 귀한 걸 토막 내버리다니……. 무인이라면 아무리 화가 나도 자신의 병기를 아낄 줄 알아야 하는 법이오. 그러고 보니 채찍도 보이지 않는구려. 어디다 두셨소?”

“네가……. ”

“내가?”

“네가……. 으아아아아!”

진영인의 얼굴을 바라보던 호약란이 돌연 미친 듯이 몸을 날려왔다.

“헛!”

진영인은 급히 옆으로 비켜섰고, 내상을 입고 있던 호약란은 아슬하게 진영인을 스쳐 그대로 차가운 눈 바닥에 처박히고 말았다.

“호 소저! 갑자기 미쳤소? 호 소저 같은 고수가 이렇게 막무가내로 달려들다니……. 그리고 이렇게 꼴사나운 모습으로…….”

하지만 호약란은 그 어떤 대꾸조차 할 수 없었다.

화가 나고 분했다. 그리고 무엇보다 서러웠다. 자신은 이처럼 죽을 힘을 다했는데, 상대는 기억조차 못하고 있었으니…….

더구나 제정신도 아닌 놈에게 패한 현실이 그녀의 자존심에 깊은 생채기를 남겼다. 그리고 무엇보다 영문을 모르겠다는 듯이 자신을 바라보는 저 뻔뻔한 사내의 얼굴!

“영영!”

“허… 이것 참……..”

그처럼 표독스럽던 호약란이 갑자기 울음을 터뜨리자 진영인은 몹시 난처했다.

‘혹시…….’

자신의 손에 자전뇌검이 들려 있다는 것을 뒤늦게 깨달은 진영인은 뇌정단공을 끌어올렸다. 그리고 주저하지 않고 검에 모든 진기를 흘려 넣었다.

우우우웅!

웅혼한 검명을 토하며 자전뇌검이 두 자나 길어졌다.

“……!”

진영인조차 스스로 놀라움을 금치 못했다.

검신에 맺혀 있는 것은 분명한 검강이었다.

“우아아아앙!”

진영인의 검강이 다시금 푸른 빛을 뿌리자 호약란은 아예 목을 놓아 울기 시작했다.

그제야 진영인은 어느 정도 상황을 짐작할 수 있었다.

씁쓸한 웃음을 머금은 채 진영인은 호약란의 울음이 잦아들 때를 기다렸다. 그러나 한번 터져 나온 그녀의 울음은 좀처럼 그칠 줄 몰랐고, 근 일각이 지나서야 훌쩍이며 눈물을 찍어내기 시작했다.

“괜찮소, 호 소저?”

“몰라! 이 나쁜 놈!”

퉁퉁 부어오른 눈으로 차갑게 쏘아붙인 호약란은 이내 주섬주섬 바닥에 떨어져 있는 월광사를 집어 모으기 시작했다. 본래 육안으로는 잘 보이지도 않는 월광사다. 거기에 수십만 가닥을 나뉜 데다 하얀 눈

위에 뿌려져 있으니… 월광사를 회수한다는 것은 거의 불가능에 가까
웠다. 하지만 호약란은 고집스럽게 손을 멈추지 않았다.

"흑……."

한참 동안 눈밭을 뒤지던 호약란이 또다시 울먹이기 시작했다. 해도
해도 끝이 보이지 않는 것이다.

멀찍이 서서 그 모습을 지켜보던 진영인은 고소를 머금었다.

분명히 자신을 죽이려던 여자였다. 그리고 그녀로 인해 자신의 사질
들이 위험했던 적도 있었다. 하지만 지금의 처량한 모습을 보고 있자
니 도저히 미워할래야 미워할 수가 없었다.

세상엔 천적(天敵)이란 게 존재한다. 사람 사이 역시 그렇디 들은 적
이 있다. 아마도 그녀의 타고난 천적은 자신이 아닐까 하는 생각을 떠
올리며 진영인은 조용히 웃었다.

"뭐 하는 거야? 저리 안 가?"

"혼자서 어느 세월에 이걸 다 주우려 하는 거요?"

"누가 도와달래!"

앙칼지게 외친 호약란이 진영인을 향해 손에 쥔 월광사를 홱 뿌렸
다. 비록 토막으로 잘리긴 했으나 월광사는 예리함을 잃지 않았다. 하
지만 호약란은 내상을 입고 있어 진기가 실리지 않은 월광사는 암기의
위력을 낼 수 없었다.

애써 모은 월광사가 바람에 날려가자 호약란의 눈에 또다시 눈물이
그렁이기 시작했다.

그때였다.

"크윽……."

멀지 않은 곳에서 억눌린 듯한 신음 소리가 들려왔다.

호약란과 진영인의 신형이 신음 소리가 들려온 곳을 향해 동시에 움직였다.

"무슨 일이냐!"

호약란의 외침에 피투성이의 사내가 힘겹게 입을 열었다.

"크윽… 대공녀께서… 납치……."

"무슨 소리야?"

끄르륵.

피거품을 게워내며 절명한 사내는 분명 상인으로 위장하고 있던 흑무련의 호위무사였다.

그렇다면 단리정과 단리설은…….

진영인이 벌떡 신형을 일으켰다. 순간 호약란의 손이 진영인의 소매를 잡아챘다.

"나도… 데려가……."

진영인은 급히 품속에서 치상단을 꺼내 호약란에게 내밀었다. 그리고 의아한 눈으로 바라보는 호약란을 향해 다그치듯 입을 열었다.

"이것을 먹고 운기조식을 취하시오. 그리고 내상이 나으면 봉황루로 오시오."

호약란은 잠시 망설이는 듯했으나 촌각을 다투는 상황에서 주저할 틈이 없었다.

호약란은 치상단을 삼켰고, 진영인은 그녀를 남긴 채 봉황루 쪽으로 신형을 날렸다.

第二十一章

일취월장(日就月將)

“음……!”

봉황루에 들어선 진영인은 침음성을 흘렸다.

상인으로 변장하고 있던 흑무련의 무사들이 어지럽게 쓰러져 있는 것을 발견한 것이다.

“아정!”

진영인이 제자를 부르며 이층으로 신형을 날렸다. 하지만 그의 눈에 들어온 것은 탁자 위에 엎질러진 찻물과 바닥을 뒹구는 다기뿐이었다.

“대체 누가…….”

주위를 둘러보던 진영인의 눈에 이채가 떠올랐다.

진영인은 이내 단리설과 대화를 나눴던 탁자를 향해 다가섰다.

“이건?”

탁자의 모서리 부분이 매끄럽게 잘려 나가 있었다.

진영인은 허리를 숙여 떨어져 나간 모서리 부분을 집어 들었다. 거기에 남겨진 선명한 장인(掌印)의 흔적. 하지만 잘려진 탁자의 단면은 검기에 의해 잘려 나간 것처럼 매끄러웠다.

펄럭.

뇌정단공을 끌어올린 진영인의 장포가 펄럭였다. 진영인은 그대로 오성의 내력을 실어 탁자를 후려쳤다.

콰직!

분분히 날아오르는 목피(木皮)와 함께 탁자의 다른 쪽 모서리가 으스러지며 떨어져 나갔다. 하지만 그 결과는 크게 달랐다. 흉수가 남긴 흔적과 달리 진영인이 잘라낸 탁자의 단면은 매우 거칠었던 것이다.

'단순한 힘만으로는 결코 이와 같은 결과를 얻을 수 없다. 부드럽지만 예리한 기운……. 면장(綿掌)인가?'

익힌 적은 없지만 소문은 익히 들어 잘 알고 있었다. 그리고 그것이 태극혜검(太極慧劍)과 더불어 무당의 명성을 드높인 절기라는 것도.

"어떻게 된 거지?"

이때 아래층에서 들려온 호약란의 음성이 들려왔다.

계단을 내려서던 진영인은 눈빛으로 대답을 재촉하는 호약란의 모습에서 그녀가 얼마나 서둘러 이곳에 달려왔는지를 알 수 있었다. 머리카락은 온통 헝클어진 데다가 입가에는 아직도 선명한 핏자국이 남아 있었던 것이다.

"흉수는?"

이어진 호약란의 질문에 진영인은 고개를 저었다.

이에 호약란은 노기를 터뜨렸다.

"누가 감히!"

그녀의 얼굴에는 당황한 기색이 역력했다. 그도 그럴 것이, 이번 호위의 책임자가 그녀였기 때문이다. 하지만 진영인은 화를 내지 않았다. 그 역시 제자를 납치한 자들에 대한 분노가 끓어오르는 것은 마찬가지였지만 이럴 때일수록 침착해야 한다는 것을 누구보다 잘 아는 까닭이다.

차갑게 가라앉은 눈으로 주위를 둘러보던 진영인의 얼굴에 의아함이 서렸다.

"만약 당신이 이들과 싸운다면 얼마 만에 제압할 수 있겠소?"

이에 호약란이 눈빛을 빛내며 진영인에게 다가섰다.

"그건 왜 묻지?"

"묻는 말에만 대답하시오."

호약란은 일순 눈살을 찌푸렸으나 순순히 입을 열었다.

"월광사를 사용한다면 다섯 호흡 정도. 일반적인 병기를 쓴다면 반 각(半刻:7분)."

"우리가 자리를 비운 시간은?"

"반 각이 조금 넘는……!"

대답하던 호약란의 얼굴에 이채가 떠올랐다.

진영인이 호위무사들의 시신을 가리켰다.

"하나같이 무인검의 경지에 이른 무인, 그것도 아홉 명을 불과 반 각의 시간에 죽일 수 있는 사람은 그리 많지 않소. 게다가 여기에는 이상한 점이 있소."

진영인은 가장 가까운 시신에 다가섰다. 그리고 손을 들어 엎드린 채 죽어 있는 시신의 등과 반쯤 뽑히다 만 그의 도를 가리켰다.

"이자는 무기를 채 뽑기도 전에 검과 같이 예리한 병기에 등을 찔려 죽었소. 이 정도 되는 무위를 지닌 사람이 적이 등 뒤에 올 때까지 무방비로 있었다는 건 말이 되지 않지."

"그렇다면?"

그제야 호약란은 시신들의 모습이 어딘가 어색한 것을 느꼈다.

"독(毒)!"

호약란의 외침에 진영인이 고개를 끄덕였다.

시신들은 모두 쓰러져 있는 상태에서 치명상을 입고 숨져 있었다. 만약 낯선 이가 봉황루 안에 들어섰다면 그들 역시 방비를 하고 있었을 터. 하지만 봉황루 안에는 별다른 격전의 흔적이 남아 있지 않았다.

진영인이 입을 열었다.

"만약 이들이 흉수와 싸우다 죽었다면 치명상을 입은 곳에서 흘러나온 피가 주위에 남겨졌을 것이오. 하지만 그들의 핏물은 주위에 퍼져 있을 뿐이오. 이는 그들이 쓰러진 후 흉수가 치명상을 가했다는 것이고 치명상을 입기 전 이들은 완전히 항거 불능의 상태였다는 것을 의미하오."

"그렇다면……."

입술을 잘근거리던 호약란이 봉황루를 박차며 밖으로 나섰다. 예상대로 봉황루 주변을 가득 메운 눈 위에는 그 어떤 발자국도 남아 있지 않았다.

하지만…….

"저쪽이로군."

호약란의 뒤를 따라 봉황루를 나선 진영인은 그녀의 시선이 향한 곳으로 고개를 돌렸다.

봉황루 주변에는 커다란 소나무들이 즐비했는데, 유독 한곳만이 소복이 눈이 내려앉은 다른 소나무와 달리 나뭇가지를 드러내 놓고 있었다.

호위무사들을 살해하고 단리설과 단리정을 납치한 흉수, 혹은 흉수들은 초상비(草上飛)의 경공을 이용해 봉황루 근처에 쌓여 있는 눈에 발자국을 남기지 않고 달아날 수 있었던 것이다. 하지만 제아무리 경공이 뛰어난 고수라도 발을 딛는 순간 나뭇가지가 흔들렸을 터. 그래서 그곳만이 앙상한 가지를 남겨놓고 있었던 것이다.

휘익!

누가 먼저랄 것도 없이 진영인과 호약란은 신형을 날렸다.

아니나 다를까.

숲을 이루고 있는 소나무들 사이로 유독 눈옷을 입지 않고 있는 가지들이 일직선으로 이어져 있었다.

진영인과 호약란은 그 흔적을 쫓아 흉수를 추적하기 시작했다.

이윽고 소나무 숲을 벗어나자 넓은 평원이 나타났고 거기서부터는 흉수들의 발자국이 남겨져 있었다.

발자국을 따라 경공을 펼치는 한편 진영인은 내심 호약란을 다시 보게 되었다. 그녀의 날카로운 눈썰미가 아니었다면 지금까지도 흉수가 달아난 방향을 짐작조차 못하고 있었을 것이 틀림없었기 때문이다.

"그들의 도주로를 어떻게 알아낸 것이오?"

"독."

"독?"

반문하는 진영인을 향해 호약란의 설명이 이어졌다.

"독을 사용하는 자들은 항상 바람을 등지고 싸우지. 달아날 때도 마찬가지야. 바람이 불어오는 곳으로 움직여야 혹시 있을 추적자를 상대하기 편하니까."

"과연."

고개를 끄덕인 진영인은 그제야 얼굴을 때리는 삭풍을 깨달을 수 있었다.

"산속에서 바른 것만 보며 편하게 자라온 도련님과 달리 나는 음험한 사파에서 아주 모질게 살아왔거든."

이어진 호약란의 조롱끼 섞인 말에 진영인이 슬쩍 웃으며 입을 열었다.

"그런데 우리 서로 예전처럼 예의를 좀 갖추는 건 어떻소? 나는 경어를 쓰고 있는데 호 소저는 여전히 반말을 하고 있으니 상당히 불공평한 것 같소."

"흥."

냉랭히 코웃음을 친 호약란이 달리는 속도를 높였다. 씁쓸한 표정으로 고개를 젓던 진영인은 바람을 타고 들려온 호약란의 음성에 빙그레 미소를 머금었다.

"억울하면 너도 반말하던가."

조금 전의 초조해하던 그녀가 아니었다. 어느새 본래의 모습을 회복해 흉수들을 추적하는 그녀의 눈빛은 사냥감을 노리는 야수의 그것처럼 날카롭게 빛나고 있었다.

진영인은 내심 그런 호약란의 모습에 감탄했다. 비록 가장 낮은 무위를 지녔다고는 하지만 그녀 역시 사대명왕의 한자리를 차지하고 있는 인물이었던 것이다.

파악!

진영인의 뒤에서 눈보라가 일었다. 동시에 진영인의 신형이 시위를 떠난 화살처럼 차가운 공기를 가르며 앞으로 쏘아져 나갔다.

"이익!"

이에 자존심이 상한 호약란 역시 더욱 경공의 속도를 높였다. 신풍
마유라는 별호가 무색치 않을 만큼 뛰어난 경공을 지닌 유철악에게 무
공을 전수받은 그녀다. 그래서 경공에는 진영인에게 뒤지지 않으리라
자부하고 있었는데, 좀처럼 그와의 거리는 좁혀지지 않자 다시 한 번
자존심에 상처를 입고 말았다.

"헉!"

잠시 딴생각을 하던 호약란이 헛바람을 들이키며 급히 멈춰 섰다.
앞서 가던 진영인이 갑자기 멈춰 서는 바람에 하마터면 그와 부딪칠
뻔했던 것이다.

"갑자기 무슨 짓이야?"

앙칼지게 쏘아붙이는 호약란의 음성에 진영인이 손을 들어 전면을
가리켰다.

"아무래도 우리를 기다리고 있었던 모양이오."

진영인의 손을 따라 고개를 돌리던 호약란의 눈에서 자욱한 살기가
피어올랐다. 백 장쯤 떨어진 곳에 일렬로 늘어서 있는 다섯 명의 사내
를 발견했기 때문이다.

혹시 모를 추격에 대비하고 있었음이 분명했다. 하지만 단리설과 단
리정의 모습은 어디에서도 보이지 않았다.

"내상은?"

"효과가 좋더군."

진영인의 질문에 호약란이 짧게 대답했다. 그리곤 곧장 전면의 사내
들을 향해 신형을 날렸다.

동시에 복면으로 얼굴을 감춘 다섯 명의 사내도 호약란을 향해 마주
신형을 날렸다.

츠츠츠츠츳!

예리한 다섯 자루의 검이 호약란의 어깨와 목, 가슴을 노리며 날아
들었다.

“홍!”

차가운 냉소를 터뜨린 호약란은 팽이처럼 신형을 돌렸다. 그리고 갈
퀴처럼 구부린 그녀의 손이 어지러운 검영 속으로 파고들었다.

까가가가강!

“핫!”

연달아 터져 나오는 금속성 속에서 짤막한 경호성이 들려왔다. 그리
고 처음 달려들던 기세와 달리 호약란이 훌쩍 뒤로 물러섰다.

그녀의 눈에는 경악이 서려 있었다.

검기보다 날카롭다는 월광사를 다루던 그녀였다.

이를 다루기 위해 그녀는 철묵수(鐵墨手)라는 무공을 익혔고, 따라서
그녀의 손은 웬만한 검기는 가볍게 찢고도 남을 만큼 단단하고 위력적
이었다. 그런 그녀의 손이 피투성이가 되어 있었다.

호약란은 전면의 흑의인들을 노려봤다. 그리고 서로가 부딪친 경력
의 여파로 인해 흩날린 눈송이들이 사내들의 검 주변을 소용돌이처럼
휘어 감는 모습을 발견했다.

“양의검법(兩儀劍法)?”

흑의인들의 검신을 따라 휘도는 두 개의 기류. 부드러운 가운데 자
리잡은 이질적인 기운은 날카로운 검기를 떠받쳐 더욱 위력을 높이고
있었다.

비록 짧은 격돌이긴 했으나 호약란 정도 되는 고수가 이를 모를 리 없었다. 두 개의 상반된 검기를 한 자루 검에 실어내는 검공은 흔하지 않다. 이는 분명 무당이 자랑하는 양의검법만이 보일 수 있는 신기(神技)였던 것이다.

순간 호약란의 눈에 가늘게 웃고 있는 흑의인들의 눈매가 들어왔다.

"감히!"

퍼엉!

호약란의 뒤쪽으로 눈보라가 솟구쳤다.

한줄기 붉은 잔영을 남기며 흑의인들에게 쇄도한 호약란은 가장 가까운 흑의인의 목을 잡아갔다. 그러나 흑의인들 역시 호락호락하지 않았다.

분명 개인의 무위는 호약란보다 훨씬 뒤처져 있었지만, 그들은 다섯이었다. 게다가 자신의 무기를 잃은 호약란의 무위는 본래 그녀가 지닌 무공을 충분히 활용할 수 없어 순식간에 열세에 처하고 말았다.

"으득!"

호약란이 이를 갈았다.

공격을 얼마 펼치지도 않아 자신의 허리를 베어오는 한 자루 섬광을 발견한 것이다.

호약란의 눈에 독기가 서렸다.

칙!

호약란의 옆구리에서 핏물이 튀었다. 하지만 그녀는 물러서지 않았다. 오히려 전면을 향해 손을 뻗었다.

우드득!

끔찍한 소리와 함께 그녀의 손에 목을 틀어잡힌 흑의인 한 명이 길게 혀를 빼물었다. 비록 허리에 일검을 허용했으나 그녀는 처음 목표로 삼은 흑의인의 목뼈를 부숴 버린 것이다.

하지만 그 순간 남은 네 자루 검이 그녀를 향해 떨어졌다.

"……!"

삼엄한 검기의 그물에서 몸을 뺄 수 없음을 깨달은 호약란이 입술을 깨물었다. 하지만 한 명이라도 더 저승길에 동행시키기 위해 양손을 앞으로 뻗어냈다.

그때였다.

카캉!

차가운 금속성과 함께 두 자루 검이 허공으로 튕겨 올라가는 것이 보였다. 동시에 호약란은 자신의 어깨를 잡아채는 강한 손길을 느꼈다.

퍽. 퍽.

호약란의 옷자락을 벤 두 자루 검이 눈 바닥에 틀어박혔다.

"……!"

흑의사내들은 그제야 진영인의 존재를 깨달았다. 난무하는 검기 안으로 뛰어들어 두 개의 검을 쳐내고 자신들의 검격(劍隔) 안에서 호약란을 끌어낸 진영인의 무위는 이제껏 그들이 상대해 왔던 누구에게서도 느껴본 적이 없는 절정의 경지였던 것이다.

"당신들은 누구요?"

진영인의 질문에 흑의인들은 대답하지 않았다.

발작적으로 외친 것은 오히려 호약란이었다.

"그들은 무당의 도사들이야! 양의검법은 무당의 본산 제자에게만 허용되는 검공(劍功)이니까!"

진영인이 고개를 저었다. 그리고 흑의인들을 향해 다시 입을 열었다.

"당신들은 어떻게 무당의 절기를 익힌 것이오? 어째서 무당의 흉내를 내는 것이지?"

흠칫!

의표를 찔린 듯 순간적으로 흔들리는 흑의인들의 눈빛을 진영인은 놓치지 않았다.

"무당파가 아니라고?"

호약란의 질문에 진영인은 고개를 끄덕였다.

양의검법을 알아본 것은 호약란뿐만이 아니었다. 처음에는 진영인 역시 무당을 의심했으나 이내 의문이 들었다.

'무당이 왜?

이는 결코 무당의 방식이 아니었다. 아무리 흑무련과의 사이가 악화 일로를 치닫고 있다 해도 이처럼 치졸한 방법을 쓸 만큼 무당이 누려 온 명성은 결코 가볍지 않았던 것이다.

더욱이 무당의 청운과 조우한 적이 있었던 진영인은 그가 지녔던 눈빛을 기억해 냈다.

눈빛은 그 사람의 심성을 나타내는 법. 무당의 심법인 태청강기(太淸剛氣)를 익힌 자들의 눈빛이 이처럼 패도적이라면 청심투룡 역시 마찬가지였을 것이다. 하지만 그의 눈빛은 맑은 찻물처럼 깊게 가라앉아 있었고 기질 역시 이자들과 크게 달랐다.

양의검법을 익혔을 뿐 이들은 무당의 제자들이 아닌 것이다.

"직접 알아낼 수밖에 없는가……."

나직이 읊조린 진영인은 조용히 뇌정단공을 끌어올렸다. 그리고 호약란을 대신해 앞으로 나서며 검을 중단으로 세웠다.

설원으로부터 반사된 부드러운 별빛이 진영인의 검신을 타고 흘러 내리나 싶더니 가볍게 비트는 그의 손목을 따라 생생한 은빛 편린을 뿌렸다.

심유한 눈빛으로 검극을 응시하며 진영인은 검에 진기를 흘려 넣었다. 바로 그 순간, 자전뇌검이 짙푸른 청광에 휩싸여 버렸다.

"검강!"

흑의인들 중 누군가가 놀라 외쳤다.

검신을 타고 휘도는 기운은 예전의 불안정한 검강이 아니었다. 단전으로부터 시작해 기맥을 휘도는 진기 역시 끊임없이 이어지고 있었다. 하지만 아무리 진전을 이루었다고 하나 그 과정을 기억하지 못하니 스스로 미심쩍은 부분이 남았던 게 사실이었다. 하지만 푸르게 물들어 당장이라도 뚝뚝 떨어져 내릴 것 같은 검강을 응시하며 진영인은 자신이 검강을 완성했음을 새삼 확신했다.

"쳐라!"

위기를 느꼈음일까. 지금까지 여유롭던 것과 달리 흑의인들이 먼저 신형을 날려 진영인을 공격해 왔다.

이제 진영인 역시 뇌운검결의 기수식인 뇌운유정으로 이들과 맞섰다.

취리리릭!

탄력있게 휘어지는 검신을 따라 두 자 남짓한 검강이 흙바닥을 긁었다. 검끝에서 쏟아지는 강맹한 검강의 위력에 흑의인들은 섣불리 검을 맞대지 못하고 분분히 물러섰다.

콰르르릉!

뒤이어 들려온 은은한 뇌성(雷聲).

하지만 그 순간 진영인의 눈에는 당혹감이 서렸다.

'이게 대체!'

균형을 잃고 비틀거리던 진영인은 급히 진기를 거두어들여 검강을 흩어냈다. 그러고 나서야 겨우 신형을 바로잡을 수 있었다.

당황한 건 흑의인들 역시 마찬가지였다. 여세를 몰아 공격해 올까 우려하던 차에 오히려 진영인이 검강을 흩어버린 것이다. 이후 검에 휩쓸리듯 휘청이기까지 했으니… 검강까지 구사하는 절정의 검사가 보일 만한 모습이 아니었다. 흑의인들은 기회를 놓치지 않았다.

츠츠츠츠!

흑의인들이 다시 움직이기 시작했고, 네 줄기 예리한 검기가 대기를 갈랐다.

진영인은 급히 운영미보를 펼쳐 연이어 들이닥치는 검기를 피했다. 그리고 한편으로는 푸른 빛을 잃고 본래대로 돌아온 자신의 검을 바라봤다.

다섯 살에 처음으로 검을 잡아, 벌써 십오 년이 지났다. 그동안 뇌운검결의 검로(劍路)를 몇만 번이나 되풀이했는지 스스로도 알 수 없을 만큼 검을 휘둘러 온 자신이었다.

하지만…….

'검로가 엉키다니…….'

도저히 있을 수 없는 일이었다.

뇌운유정에서 시작된 뇌운검결의 검로는 격풍호운에 이어 격운전상으로 이어지는 것이 당연했건만, 진영인의 의지와는 다르게 격풍호운은 마치 스스로 의지를 지닌 듯 뇌운검결의 검로 가운데 다섯 번째 초식인 낙뢰토염을 끌어냈고, 이에 당황한 진영인은 결국 더 이상 공격을 이어가지 못한 것이다.

'이게 도대체 어찌 된 일인가? 나 스스로 검을 통제하지 못하다니!'

진영인은 혼란스러웠다. 분명 의도한다면 초식의 순서와 상관없이 연계를 할 수 있었다. 하지만 이는 어디까지나 초식 간의 상관성과 검로의 기본적인 연환에 바탕을 둔 것. 방금처럼 의도하지 않았음에도 불구하고 엉뚱한 초식이 튀어나오는 것과는 달랐다.

'더구나 이는 낙뢰토염이 아닌 낙뢰토염이다. 불을 토하는 낙뢰의 검기가 어떻게 우렛소리를 낸단 말인가. 이건 마치 뇌성진천 같지 않은가?'

하지만 검명은 분명했다. 이는 마치 초식의 연계가 멋대로 뒤엉켜 낙뢰토염으로부터 뇌성진천이 이어진 것 같았고, 뇌성진천을 쪼개며 낙뢰토염이 튀어나온 것도 같았다. 이는 지금까지 진영인이 익혀온 뇌운검결의 검리를 송두리째 뒤흔드는 것이었다.

"……!"

진영인의 눈에 놀라운 감정이 떠올랐다. 자신도 모르게 자신의 검이 검리(劍理)를 부정하고 있다는 것을 깨달은 것이다. 그러나 정작 진영인 자신은 검강을 완성한 지 얼마 되지도 않아 자신이 놀라운 속도로 새로운 경지를 향해 나아가고 있다는 사실은 모르고 있었다.

사방에서 휘몰아치는 날카로운 검기에 옷이 찢겨 나가고 피부가 베이고 있음에도 진영인은 자신만의 생각에 침잠해 있었다.

검강을 펼칠 정도의 고수가 이렇다 할 반격이 없자 흑의인들의 눈에서는 득의의 빛이 떠올랐다. 반면 사정없이 진영인을 몰아붙이는 흑의인들과 그들이 뿌리는 검기에 휩쓸린 것처럼 위태로워 보이는 진영인의 모습을 바라보는 호약란은 답답함에 가슴이 터질 것 같았다.

"뭐 하는 거야!"

날카로운 호약란의 음성에 그렇게 한참 동안 멍하던 진영인의 눈빛이 원래대로 돌아왔다.

"몸으로 부딪쳐 알아낼 수밖에 없나……."

나직이 중얼거린 진영인이 흑의인들을 바라봤다.

순간, 진영인의 기세가 돌변했다.

"……!"

달라진 진영인의 기도를 느낀 흑의인들의 얼굴이 딱딱하게 굳어졌다.

진영인이 검을 들어 허공을 그었다.

팽팽한 실이 끊어지는 듯한 소리와 함께 흑의인 하나가 피를 뿌리며 나가떨어졌다.

카앙!

파파파팍!

뒤늦게 고막을 긁어내는 파열음이 터져 나오고 조각조각 깨진 검의 파편이 사방으로 비산했다.

"헉!"

흑의인들이 헛바람을 들이켰다. 분명 소리가 나중에 났다. 소리보다 빠른 검이라니……!

팟!

순간 흑의인들의 시야에서 진영인의 모습이 허깨비처럼 사라졌다.

"뒤다!"

파바박!

흑의인들이 뒤로 검을 휘두르며 황급히 돌아섰다. 그리고 눈앞에서 사라졌던 진영인이 짙은 청광에 휩싸인 검을 횡으로 그어가는 모습을 발견할 수 있었다.

"물러서!"

수장으로 보이는 흑의인이 짧게 외쳤다. 하지만 그보다 비명이 먼저였다.

"크악!"

"컥!"

한 명은 양팔이 잘린 채로, 다른 한 명은 다리가 잘린 채로 바닥에 쓰러지고 있었다. 하지만 진영인의 검은 멈추지 않았다.

츄릭!

운뢰중첩을 거치지 않고 낙뢰섬전에서 곧바로 이어진 묵운토뢰의 뇌전이 쓰러지는 흑의인들의 단전을 꿰뚫었다.

퍼퍽!

아랫배를 불로 지지는 듯한 고통과 함께 허공에서 핏물을 게워내더니 흑의인들은 눈밭 위로 떨어져 내렸다.

스윽.

진영인은 눈을 들어 자신을 바라보자 홀로 남은 흑의인은 자신도 모르게 어깨가 떨려왔다. 하지만 그는 애써 마음 깊은 곳에서 뭉클거리며 솟구치는 두려움을 억눌렀다. 아직 그에겐 비장의 한 수가 남아 있었기 때문이다.

"우리는……"

멈칫.

흑의인이 입을 열자 진영인이 검을 멈춰 세웠다.

흑의인은 이때만을 기다리고 있었다.

"하아압!"

파악!

기합성과 함께 흑의인이 돌연 장포를 휘두르자 그 안에서 희뿌연 가루가 바람을 타고 진영인을 향해 쏟아졌다.

순간,

소용돌이처럼 휘도는 진영인의 신형을 따라 그의 검에 맺혀 있던 검강이 눈 바닥을 스쳤다.

퍼퍼퍼펑!

폭발하듯 솟구친 눈의 장막이 일 장 높이까지 솟구치며 흑의인이 뿌린 독분(毒粉)과 부딪쳤다.

치이이익!

시커먼 연기와 함께 녹아내리는 눈 속에서 몇 개의 섬광이 번뜩였다.

카앙!

그러나 눈의 장막 너머에서 들려오는 잔인한 금속성! 자신이 던진 암기가 실패했음을 깨달은 흑의인은 곧바로 신형을 돌려 달아나기 시작했다.

하지만 이를 용납할 진영인이 아니었다.

피윳!

"크악!"

눈 더미를 꿰뚫은 한줄기 푸른 뇌전이 달아나는 그의 발목을 스쳤고, 그는 달아나던 그대로 눈 위에 피를 뿌리며 처박혔다.

"으으……."

휘날리는 눈송이 속에서 자신을 노려보는 진영인의 차가운 눈빛과 시선을 마주하는 순간 흑의인의 입에서는 공포에 질린 신음이 흘러나왔다.

그대로 검을 뻗어 흑의인의 마혈을 점한 진영인은 싸늘하게 식은 음성으로 입을 열었다.

"누구냐? 너희들은?"

딱딱!

뼛속까지 파고드는 가공할 살기에 흑의인은 이빨을 부딪쳤다. 처음부터 자신들로는 감당할 수 없는 상대를 건드렸음을 뒤늦게 깨달았던 것이다. 하지만 입을 열지 않았다. 차라리 죽을지언정 비밀은 지켜야만 했기 때문이다.

"죽여라!"

그 말을 끝으로 흑의인은 눈을 감아버렸다.

"흥! 누구 마음대로."

이때 호약란이 차갑게 웃으며 앞으로 나섰다. 그녀는 정신을 잃고 쓰러져 있는 세 명의 흑의인을 한곳에 모았다. 그리고 그들의 요혈을 두드려 억지로 정신을 차리게 만들었다.

"부디 그 각오 끝까지 가길 바라겠어."

흑의인들이 사용하던 검을 집어 든 호약란이 수장인 듯한 사내를 향해 다가섰다. 그리고 아무런 주저 없이 그의 옆구리에 검을 박아 넣었다.

푸욱!

"큭!"

신음을 터뜨리긴 했으나 흑의인의 눈빛은 완강했다. 하지만 상대가 너무 나빴다. 누구에게도 밀리지 않는 독심(毒心)의 소유자, 그녀가 바로 호약란이었다.

호약란의 입매에 미소가 짙어지나 싶더니, 검을 움켜쥐고 있던 손을 비틀었다.

까드득!

흑의인의 늑골에서 뼈를 갉아내는 섬뜩한 소리가 터져 나왔다.

"끄아아악!"

하지만 호약란은 손을 멈추지 않았다. 마치 잠자리의 날개를 떼어내는 아이처럼 잔혹한 미소와 함께 사내의 처절한 비명이 이어지게 만들었다.

"고통스러워? 하지만 조금만 더 참아봐. 아직 해보고 싶은 게 많이 남아 있거든."

서거억.

호약란의 가벼운 손짓에 사내의 배가 갈라졌다. 호약란은 검끝으로 사내의 내장을 끄집어냈다.

바람마저 부는 혹독한 추위였다. 하지만 갈라진 사내의 배와 내장에서는 연신 더운 김이 피어오르고 있었다.

진영인은 자신도 모르게 인상을 찌푸렸다. 그런 그의 표정을 읽었음인지 호약란이 전음을 날려왔다.

"언제까지 거기서 미적거리고 있을 건데?"

호약란의 전음이 이어졌다.

"너의 무른 성격으로는 이런 자들을 다루지 못해. 약속하지. 이자들에 대한 것은 책임지고 알아내겠어. 그러니 너는 어서 그들을 구해!"

진영인은 침음성을 삼켰다. 비록 방법이 마음에 들진 않았으나 그녀의 말이 옳다는 것을 알고 있었기 때문이다.

휘익!

대지를 박찬 진영인의 신형이 이내 까만 점으로 화해 눈앞에서 사라지자 호약란은 다시금 고문을 이어가기 시작했다.

"어머? 벌써 이렇게 약한 모습을 보이면 어떡해?"

내장을 쏟아낸 사내는 단말마의 경련을 일으키며 하얗게 눈을 까뒤집고 있었다.

퍽!

호약란의 검이 사내의 눈을 찔렀다. 그녀가 손을 들어 올리자 핏물이 터져 흐르는 안구가 검끝에 찍혀 딸려 나왔다.

결국 흑의인은 숨을 거두었다.

호약란은 안구를 찍은 검을 들고 창백하게 질려 있는 나머지 흑의인들을 향해 다가섰다.

"그대들은 나에게 충분한 즐거움을 줄 수 있으리라 믿어요."

확실히 호약란의 방법은 효과가 있어 흑의인들의 얼굴은 창백하다 못해 하얗게 핏기가 사라졌다.

"마, 말해 주겠소!"

"무엇을?"

"당신이 알고 싶어하는 것 모두!"

호약란이 화사한 미소를 배어 물었다.

"어쩌지? 참 난처하네. 이야기도 듣고 싶지만 이와 같은 즐거움을 포기하는 건 너무 아까운데……."

짝.

바닥에 검을 꽂고 나서 호약란이 손뼉을 쳤다. 그리고 까르르 웃음을 터뜨렸다. 하지만 그녀의 입에서는 흉험하기 이를 데 없는 말이 흘러나왔다.

"맞아! 입을 열 한 사람만 살려두면 되잖아? 나머지 두 사람은 유희의 몫으로 남겨놓고……."

그녀의 말이 떨어지기 무섭게 흑의인들의 시선이 엉켰다. 그리곤 누가 먼저랄 것도 없이 서둘러 입을 열기 시작했다.

"내가 말해 주겠소!"

"아니, 내… 내가!"

"살려만 주시면 모든 걸 말씀드리겠습니다!"

그런 사내들을 보며 호약란은 결정이 어려운 듯 미간을 찡그렸다.

"흐음… 어쩐다?"

고민은 길지 않았다. 가장 겁이 많아 보이는 눈을 지닌 흑의인을 향해 호약란이 미소를 건넸다.

"그래, 결정했어."

퍽! 퍼헉!

호약란의 가벼운 발길질에 두 개의 머리가 수박처럼 깨져 나갔다. 유일하게 살아남은 흑의인은 호약란의 잔인한 손속에 치를 떨었다.

"자, 그럼 당신들이 누구인지부터 들어볼까?"

"우, 우리는……."

혼비백산한 사내는 자신이 아는 모든 바를 호약란에게 고하기 시작했다. 그리고 이어진 설명의 말에 호약란은 놀라움을 금치 못했다.

"독과 암기. 역시 당문이었군. 하지만 어떻게 무당의 무공을 익힐 수 있었지?"

"그, 그건… 누군가가 우리를 모르는 곳에 데려갔소. 거기에서 귀면

탈을 쓴 노인에게 배운 것이오."

"무당의 무공으로 자신들의 신분을 감춘 이유는?"

"우리도 모르오."

"그들을 납치한 목적은?"

"그, 그것도 모르오. 우리는 그저 시키는 대로만……."

사내의 말이 채 끝나기도 전에 호약란이 발을 들어 그의 가슴에 올려놓았다.

"분명 사, 살려준다고……."

호약란의 얼굴에 맺혀 있던 미소가 짙어졌다.

"그 말을 믿은 거야? 순진한 사람이네."

콰드득!

호약란이 발에 힘을 싣자 가슴뼈가 주저앉은 사내는 그대로 피를 뿜으며 절명하고 말았다.

호약란은 바닥에 쌓인 눈에 신발과 손을 비벼 피를 닦아낸 다음, 진영인이 사라진 방향으로 신형을 날렸다.

휘이이이잉!

호곡성을 방불케 하는 차가운 눈보라가 싸늘한 시신을 덮어갔고, 종국엔 장내에 정적만이 감돌았다.

오랫동안 사람의 손길이 미치지 않고 방치된 낡은 관제묘에 들어선 청년은 옆구리에 끼고 있던 단리정을 한쪽에 내던졌다. 그리고 어깨에 메고 있던 여인을 썩은 마룻바닥에 내려놓았다.

순간 눈이 녹으면서 흠뻑 젖은 여인의 옷이 청년의 눈에 들어왔다.

마치 나신을 보듯 몸에 찰싹 달라붙어 굴곡을 고스란히 드러낸 여인

의 몸매를 바라보는 그의 눈에서는 짐승과도 같은 음욕이 일렁이고 있
었다.

이제 막 약관을 넘겼을까. 꽤 준수한 용모였으나 독사처럼 번들거리
는 그의 눈빛은 음험한 그의 성정을 말해 주고 있었다. 더구나 얇고 창
백한 입술과 거뭇한 눈밑은 결코 그가 호인이 아님을 말해 주고 있었
다.

"흐흐……!"

비릿한 웃음을 흘린 청년이 손을 뻗어 여인의 옷자락을 잡았다.

찌익!

젖어 있던 여인의 옷이 찢겨 나가며 뽀얀 가슴의 살결이 모습을 드
러냈다.

"이건 기대 이상이로군!"

감탄성을 터뜨린 청년은 여인의 입술을 탐닉하기 위해 고개를 숙였
다.

삐걱!

청년의 무게를 견디지 못한 나무 바닥이 비명을 토했고, 그 소리에
단리설이 정신을 차렸다.

일순 당황한 표정을 짓던 단리설은 이내 자신이 처한 상황을 깨달았
다.

"당신! 이게 무슨 짓이야!"

"흐흐, 정신을 차렸나?"

단리설의 일갈에 당문기는 아쉬운 듯 입맛을 다시더니 음욕으로 번
들거리는 눈을 들어 그녀의 속살을 더듬었다.

"어차피 죽을 거 지금까지 맛보지 못한 즐거움은 누려봐야 할 것 아

닌가?”

그제야 가슴의 옷자락이 찢겨진 것을 발견한 단리설의 눈에서 원독에 찬 불꽃이 튀어 올랐다.

“이 추잡한…….”

짜악!

당문기의 매서운 손에 단리설의 고개가 돌아갔다.

“추잡? 이 어르신의 배려를 그딴 식으로 말하다니.”

“당신… 내가 누군 줄 알고 있어요?”

“왜? 네 조부가 천마성주라도 되느냐?”

“……!”

“키킥, 천마성주를 들먹이면 내가 겁을 집어먹고 ‘헉! 그렇습니까?’라며 싹싹 빌 줄 알았나 보지?”

단리설은 입술을 깨물었다. 자신이 입을 열수록 그는 오히려 이를 조롱하며 즐기고 있다는 사실을 깨달았기 때문이다.

“어쭈? 노려보면 어쩔 건데?”

짜악! 짝!

모질게 뺨을 후려치는 그의 손속에 단리설의 양 볼이 빨갛게 부풀어 올랐다.

그렇게 한참을 때리던 당문기가 인상을 찡그렸다. 마땅히 애원하는 소리가 흘러나와야 하건만 코피를 흘리면서도 단리설은 비명조차 지르지 않았던 것이다.

“독한 계집.”

여인의 비명과 애원 소리를 들으면 더욱 몸이 달아오르는 그였다. 하지만 냉랭한 단리설의 태도는 그의 흥을 깨뜨렸다.

"쳇! 어디까지 버티나 보자."

찌익!

거친 그의 손길에 단리설의 치마가 찢겨져 나갔다.

"흐흐……"

단리설은 이를 악물었다. 종아리에서 시작해 허벅지를 타고 오르는 낯선 사내의 손길. 마치 벌레가 기어오르는 듯한 소름 끼치는 감촉은 정말 참기 힘든 고통이었다.

"안 돼!"

결국 단리설은 입을 열고 말았다. 하지만 당문기는 그녀의 마지막 속옷마저 거칠게 잡아 뜯었다.

"오오!"

그의 감탄성에 단리설은 한 자 한 자 씹어 뱉듯 외쳤다.

"천마성은 결코 호락호락한 곳이 아니야! 당신이 누구일지라도 결국 찾아내 내가 받은 치욕을 고스란히 돌려줄 거야!"

"그렇다면 고맙지."

"……?"

뱀처럼 붉은 혀로 스윽 입술을 축인 당문기가 의아해하는 단리설을 향해 입을 열었다.

"나는 지금부터 너를 범할 거야. 그러고 나서 가장 끔찍하고 잔인한 방법으로 죽일 생각이야. 흐흐… 누군가가 너를 발견했을 즈음엔 이미 모든 상황은 끝나 있을 테고, 네 시신에 남겨진 양의검법의 흔적과 일부가 찢겨져 나간 무당파의 도복을 발견하겠지."

"당신……!"

"자신의 외손녀가 무당파에게 간살(奸殺)당했으니 패황의 분노는 극

에 달하겠지? 이렇게 이차정사대전이 시작되는 거야. 흐흐흐. 더 알고
싶은 건 없나?”

문득 단리설의 눈이 차갑게 빛났다.

“아정은… 아정도 죽일 건가요?”

“아, 저 꼬마?”

혼절해 있는 단리정을 힐끗 바라본 당문기는 키득거리며 입을 열었
다.

“저 아이는 죽이지 않아. 달리 쓸 데가 있거든.”

“인질… 인가요?”

“글쎄, 자세한 목적은 나 역시 모르지. 그건 내 윗선에서 결정할 일
이거든.”

순간 단리설은 과거 위호상 일행이 단리정을 납치하려 했다는 사실
을 떠올렸다.

‘이자는 암중에서 흑무련 내부를 흔드는 자들과 같은 편이야!’

“크큭, 이제 더 묻고 싶은 말은 없나 보지?”

다시금 음심(淫心)이 동한 듯 비릿한 웃음을 흘리던 당문기의 얼굴
이 굳어졌다.

“망할!”

당문기가 급히 단리설의 입 안에 손가락을 집어넣었다.

“으읍!”

“흥! 혀를 깨물려 하다니, 제법 독하게 나오는군.”

청년은 단리설의 아혈을 짚어버렸다.

“시간(屍姦)은 별로 내키지 않거든.”

나신과 다를 바 없는 자신의 몸을 훑어가는 끈적한 사내의 눈빛에

단리설은 치를 떨었다. 하지만 이미 아혈을 짚여 목소리조차 낼 수 없었다.

틱.

당문기가 손가락을 가볍게 튕기자 미량의 백분(白粉)이 단리설의 입속으로 들어갔다.

놀라는 단리설을 향해 당문기는 예의 비릿한 웃음을 지어 보였다.

"별것 아니야. 이 몸이 애용하는 환락도화산(歡樂桃花散)이라는 물건이지. 쉽게 말해 세상에서 가장 지독한 춘약(春藥)이라고 할까."

"……!"

그의 말이 끝나기 무섭게 단리설은 갑작스레 가슴에서 시작한 진동을 느낄 수 있었다. 이는 곧 피를 타고 온몸으로 퍼져 나가더니 전신이 싸늘해졌다가 이내 뜨거운 불길이 되어 손끝과 발끝으로 퍼져 나갔다.

일찍이 한번도 경험한 적이 없는 갑작스러운 변화에 단리설은 당혹감을 금치 못했다. 하지만 자신의 의지와는 상관없이 온몸의 근육이 경련을 일으키더니 이내 아득해지는 의식 너머 참기 힘든 열망이 고개를 들었다.

"시작된 모양이군."

당문기가 혀를 내밀어 붉게 달아오른 단리설의 뺨을 핥았다.

"그 입에서 자지러지는 교성을 듣지 못하는 것이 좀 아쉽지만… 뭐, 별수없지."

단리설은 가슴 밑바닥부터 치솟는 분노의 불길을 느꼈다.

만약 눈빛만으로 사람을 죽일 수 있다면 그녀의 눈이 그러했다. 눈앞에서 이죽거리는 그를 단리설은 천 갈래 만 갈래로 찢어 죽이고 싶었다. 하지만 힘이 없었다.

암담한 심정에 단리설은 눈을 감았다.

주륵.

한줄기 눈물이 그녀의 뺨을 타고 흘러내렸다.

'진 공자……'

어째서 이 순간 그가 생각나는 것일까.

"그럼 어디……."

"거기까지다."

흠칫!

하의를 까내린 채 단리설을 눌러가던 당문기의 신형이 석상처럼 굳어졌다.

온몸의 털이 올올이 곤두서는 느낌!

당문기는 그대로 천천히 자신의 채대를 향해 손을 가져갔다.

촤라라락!

그의 채대 안에 감춰져 있던 연검이 하얀 빛을 뿌리며 진영인을 향해 날아들었다.

쓰걱.

손잡이 통해 전해진 낯선 감촉.

황급히 물러선 당문기는 자신의 하의를 끌어 올렸다. 순간 끝 부분이 잘려 나간 자신의 연검이 눈에 들어왔다.

"치잇!"

쇳소리를 뱉은 당문기가 다시 한 번 연검을 휘둘렀다. 하지만 연검이 노린 것은 진영인이 아니었다.

하지만 그의 연검은 단리설을 베지 못했다. 그녀의 목에서 불과 한 치 정도를 남겨둔 채 허공에 멈춰 서 있었던 것이다.

“……!”

당문기의 얼굴에 떠오른 감정.

그것은 경악이었다.

자신이 들고 있는 것은 검의 손잡이 부분에 불과했다. 자신도 모르는 사이 눈앞의 상대는 자신의 연검을 잘라 버리고 잘려 나간 검신을 격공섭물로 허공에 묶어두고 있었던 것이다.

순간 사갈(蛇蝎)과도 같은 당문기의 눈빛과 진영인의 시선이 부딪쳤다.

“컥!”

챙그랑!

단지 눈빛만 부딪쳤을 뿐인데도 당문기는 가슴이 진탕되는 것을 느끼며 손잡이만 남은 검을 바닥에 떨어뜨리고 말았다.

그것은 살기 때문이었다.

심혼(心魂)마저 뒤흔드는 가공할 살기!

이때 진영인이 당문기를 향해 신형을 날렸다.

자신의 가슴을 향해 날아드는 한줄기 강맹한 경력을 느낀 당문기는 황급히 양손을 교차해 이를 막았다.

콰앙!

“크악!”

두 팔이 허공으로 튕겨 올라가며 진영인이 뿌린 산매장에 가슴을 얻어맞은 당문기가 입에서 피를 뿜으며 날아가 관제묘의 벽에 부딪쳤다.

쿠웅!

아무렇게나 바닥에 널브러진 그를 뒤로 한 채 진영인은 단리설을 향해 다가섰다.

"소저, 괜찮소?"

아득한 의식 너머 들려오는 진영인의 음성. 단리설은 자신이 지금 꿈을 꾸고 있는 게 아닌가 하는 생각이 들었다. 하지만 눈을 뜨자 걱정스러운 눈으로 자신을 바라보는 진영인의 모습을 확인할 수 있었다.

'진 공자!'

하지만 이로 인해 그녀의 상황은 더욱 나빠졌다. 심장이 심하게 요동치며 빨라진 맥박을 타고 환락도화산의 약효가 더욱 빨리 퍼져 갔기 때문이다.

'아, 안 돼!'

단리설의 아혈이 점해져 있다는 것을 뒤늦게 깨달은 진영인은 손가락으로 그녀의 혈도를 가볍게 두드렸다.

"괜찮소?"

"보… 지 말… 아요……."

그러나 말과 달리 그녀의 두 팔은 진영인의 목을 감아가고 있었다.

"소저! 이게 무슨 짓이오!"

진영인이 황급히 자신을 껴안는 단리설을 떼어냈다.

순간 단리설은 수치심에 죽고 싶었다. 가장 보이고 싶지 않은 모습을 보이고 말았다. 그것도 마음속 깊이 연정을 품어온 사람에게…….

"소저!"

진영인이 급히 단리설의 아혈을 짚어 혀를 깨물어 자살하려는 그녀를 붙들었다.

"그렇게 약한 사람이었소? 겨우 벗은 몸을 조금 보였다 해서 죽으려 하다니, 내가 사람을 잘못 봤구려!"

그녀가 느끼고 있을 수치심을 조금이라도 줄이고자 하는 마음에 진

영인은 독한 말을 내뱉었다. 하지만 말이 좋아 조금이지 가슴은 물론
은밀한 곳까지 내비치는 단리설의 모습은 나신과도 다름없었다.

하지만 이내 진영인은 의아한 점을 느꼈다. 땀으로 흥건히 젖은 그
녀의 가슴에서 기복이 점차 심해지고 있었던 것이다.

진영인은 급히 그녀의 맥을 짚었다.

"……!"

정상이 아니었다. 이처럼 빠른 맥박과 불규칙한 호흡이라니!

무공을 익히지 않았으니 애당초 주화입마와는 거리가 먼 그녀였다.

문득 흑의인들이 사용했던 독을 떠올린 진영인은 원인을 짐작할 수
있었다.

"춘약……!"

고개를 돌린 진영인의 눈에 비틀거리며 신형을 일으키는 사내의 모
습이 들어왔다.

"소저, 조금만 기다리시오. 해약을 구해오리다."

단리설을 향해 낮게 속삭인 진영인은 혼혈을 짚어 그녀를 잠재웠다.

"이놈……!"

"헉!"

자신을 향해 다가서는 진영인을 발견한 당문기가 헛바람을 들이켰
다.

"죽고 싶지 않다면 해약을 내놓아라."

"해약만 내놓는다면 살려줄 것이오?"

"약속하지."

당문기의 눈에 악독한 빛이 떠올랐다 사라졌다.

"해약은 내 품속에 있소. 붉은 마개의 자기병이 그것이오."

"이리 건네라."

"하지만 손이 이래서야……."

당문기가 난처한 눈빛으로 자신의 팔을 가리켰다. 그의 팔은 진영인이 뿌린 산매장에 얻어맞은 충격으로 인해 보라색으로 퉁퉁 부어 있었다.

고개를 끄덕인 진영인이 그와의 거리를 좁혔다.

그 순간,

"끼야아앗!"

서로의 거리가 반 장가량 남았을 때 찢어지는 기합성과 함께 당문기가 돌연 팔을 휘둘렀다.

무서운 기세로 진영인을 향해 쇄도하는 강력한 경력!

천하에서 가장 부드럽지만 또한 가장 파괴적인 장력으로 알려진 무당비전의 장법. 십단금(十段錦)이었다.

진영인의 눈에서 싸늘한 한광이 피어올랐다. 이미 흑의인들과의 경험을 통해 그가 자신의 말에 순순히 응할 상대가 아님을 이미 짐작하고 있었던 것이다.

꽈르르릉!

십단금과 정면으로 맞부딪치는 진영인의 검에서 관제묘 전체를 울리는 우렛소리가 터져 나왔다.

눈이 시릴 정도로 푸른 빛의 물결! 검신을 감싸고 흐르던 짙은 청색 서기가 진영인이 내민 검극에서 용트림하듯 더욱 짙은 빛을 뿌리나 싶더니, 한순간 한줄기 뇌전이 되어 격사되었다.

퍽!

두 개의 기운이 충돌했다. 순간 진영인은 마치 부드러운 솜을 후려친 것 같은 느낌을 받았다. 그리고 이는 파괴적인 뇌전을 감싸며 역류하고 있었다.

번쩍!

살아 있는 생물처럼 한차례 용트림한 뇌전이 완벽한 검강으로 모습을 바꿨다.

콰드드드드!

그 파괴적인 기운 앞에 검신을 타고 엄습하던 십단금의 경력이 갈기갈기 찢겨 흩어졌다.

"헛!"

혼비백산(魂飛魄散)한 당문기의 입에서 당혹성이 터져 나왔다. 십단금의 경력을 와해시키고 곧장 자신을 향해 쇄도하는 푸른 빛무리를 목도했기 때문이다.

당문기가 눈빛을 번뜩이면서 다시 한 번 십단금을 뿌렸다.

콰앙!

예상과 달리 이번엔 굉음이 터져 나왔다. 십단금의 부드러운 경력이 채 위력을 갖추기도 전에 진영인의 검강은 그대로 이를 양단해 버린 것이다.

수백 년의 장구한 세월을 이어온 무당. 그리고 무당에서 최고의 절예로 인정받을 만큼 십단금은 대단한 무공이었다. 하지만 제아무리 뛰어난 오성(悟性)을 지녔다 해도 짧은 기간에 대성할 수 있는 무공이 아니었다. 무당의 역사와 함께해 온 만큼 깊은 무리가 담겨 있는 것이 십단금이었다.

겨우 십오 년 익힌 십단금으로 진영인에게 맞선 그의 행동은 처음부터 무모한 짓이었던 것이다.

써컥!

섬뜩한 음향에 이어 관제묘의 벽에 자욱한 피보라가 뿌려졌다.

"끄어어어!"

진영인의 검강은 당문기의 양팔을 자른 것도 모자라 그의 한쪽 어깨마저 삼켜 버렸던 것이다.

이에 진영인은 인상을 찌푸렸다. 자신은 그를 제압하고자 했을 뿐, 이렇게까지 살벌한 검을 펼치고자 한 것이 아니었기 때문이다.

"힘들게 됐군……."

진영이 나직이 중얼거렸다.

분명히 한 초식을 펼친 것이다. 하지만 뇌성진천과 낙뢰섬전, 낙뢰토염이 하나로 섞여 자신조차 무엇을 펼쳤는지 알 수 없었다. 하지만 초식이 중첩되는 것으로 인한 반발이나 충돌을 느낄 수 없었다. 오히려 검의 위력을 증대시켜 더욱 파괴적이 되었다.

분명 발전이라면 발전이라 할 수 있었다. 그러나 한편으로 진영인은 걱정이 앞섰다. 자신 정도 되는 고수가 스스로 검을 제어할 수 없다면 어떤 결과가 나올지 스스로도 예상할 수 없었기 때문이다. 하지만 분명한 것은 자신이 원하는 것이 아닌, 원치 않은 결과를 이끌어낼 것이라는 사실이었다.

진영인은 고개를 돌려 벽에 핏자국을 그리며 쓰러지는 당문기를 바라봤다.

"양의검법에 십단금… 그리고 제운종(梯雲縱)까지……."

마지막 순간 충돌의 반발력을 발판 삼아 뒤로 몸을 날리려 했던 청년의 움직임은 분명 제운종만이 보일 수 있는 움직임이었다. 그래서 간신히 목숨만은 건질 수 있었던 것이다. 그렇지 않았다면 지금쯤 갈가리 찢긴 고깃조각이 그 자리를 대신하고 있었을 것이 틀림없었다.

진영인은 당문기의 혈도를 찍어 피를 멈추게 했다.

"해약은 어디에 있나?"

당문기의 시선은 진영인을 향하고 있지 않았다. 멍하니 허공을 응시할 뿐이었다.

그는 눈앞의 현실을 믿을 수 없었다. 비록 진정한 오의를 깨닫지 못했다 해도 결코 어설프게 익힌 무공들이 아니었다. 자신의 가문 대대로 내려오는 절기를 마다하고 뼈를 깎는 고행 끝에 얻어낸 무공이었다.

하지만 진영인의 가공할 검공 앞에서는 불과 일초지적도 되지 못했다. 더구나 이처럼 양팔이 잘려 나간 이상 자신은 무공은커녕, 평생을 폐인으로 살아가야 할 것이다. 이것이 그를 미치게 만들었다.

"크하하! 해약? 처음부터 해약은 없었다. 춘약에 해약 따위가 어디 있단 말인가!"

완전히 미쳐 버린 듯 광기 어린 웃음을 터뜨리던 청년이 입에서 시커먼 선지피를 토해냈다. 그리곤 급격히 호흡이 가늘어지며 눈에서 생명의 빛이 사그라지기 시작했다.

"끄으… 기… 억… 해라……. 머지않아… 모든 것이… 시… 작……."

털썩.

결국 청년은 말을 채 끝맺지 못하고 차가운 바닥에 쓰러졌다.

청년이 절명해 버리자 진영인은 마음이 다급해졌다. 지금 이 순간에도 단리설의 상세는 점차 악화일로를 치닫고 있었던 것이다.

"이런……."

진영인은 급히 단리설을 안아 들었다.

"소저! 정신 차리시오!"

이미 혼혈을 풀었으나 단리설은 정신을 차리지 못하고 있었다. 붉게 달아오른 그녀의 이마에는 실핏줄이 드러나 있었고, 손발 역시 지나치게 뜨거웠다. 이대로라면 지독한 열에 먼저 죽고 말 것 같았다.

진영인은 급히 바닥에 그녀를 누인 다음 밖에서 눈을 퍼와 그녀의 얼굴과 손에 문질렀다.

"으음……."

차가운 한기에 정신이 들었는지 단리설이 힘겹게 눈을 떴다. 하지만 그 눈에는 초점이 없었다.

"소저! 소저!"

자신을 흔드는 진영인의 손길을 느꼈음일까. 단리설의 입매에 희미한 미소가 떠올랐다. 하지만 이는 너무나 처연하고 쓸쓸해 보여 진영인은 자신도 모르게 마음 한구석이 저려왔다.

"진… 공자……."

"말씀하시오."

"나를……."

진영인이 마른침을 삼켰다. 그 역시 무림인인 이상 춘약이 어떤 물건인지 알고 있었다. 정사를 통해 양기와 음기의 균형을 원래대로 돌려놓지 못한다면 모세 혈관을 시작으로 온몸의 모든 혈관이 터져 죽고 만다는 부작용을. 그리고 춘약을 복용하면 이성은 전부 먼지처럼 날아가 버리고 오로지 이성을 갈구하는 음욕만이 남는다는 것 역시 알고 있었다.

하지만 이어진 그녀의 말은 뜻밖이었다.

"부디… 나를… 죽… 여주세요……."

“무슨 말이오!”

“이런… 모습으로 당신을… 마주해야 하는 것이… 슬프지만… 그래
도…….”

“소저! 정신 차리시오!”

“그래도… 제 마지막을 당신이… 지켜줘서… 다… 행…….”

힘겹게 이어진 음성은 점차 가늘어져 결국 진영인은 그녀의 입에 귀
를 가져가서야 마지막 말을 들을 수 있었다.

귓불을 와 닿는 뜨거운 숨결!

진영인의 심장은 금방이라도 터져 나갈 듯이 쿵쾅대고 있었다. 하지
만 정작 당사자인 진영인은 이를 느끼지 못하고 있었다. 그녀의 마지
막 한마디. 그 안에 담겨 있는 뜨거운 진심이, 그리고 가슴 저린 애절
한 마음이 진영인을 사정없이 흔들고 있었기 때문이다.

“살려야 한다! 무슨 일이 있어도 그녀를 살려야 한다!”

진영인은 치상단을 꺼내 단리설의 입에 넣었다. 그리고 진기를 이용
해 약 기운이 그녀의 온몸 구석구석에 이르도록 도왔다.

이것으로 흐트러지는 기맥을 보호할 수 있을 것이다. 하지만 이 역
시 해결책은 아니었다. 악화되는 그녀의 상태를 늦출 뿐 시간이 지날
수록 그녀는 진기가 고갈되고 혈맥이 파열되어 죽음에 이르고 말 것이
다.

단리설을 안아 든 진영인은 점차 미약해지는 그녀의 호흡을 붙들기
위해 진기를 불어넣는 한편 관제묘 밖으로 뛰쳐나갔다.

‘호약란…….’

그녀라면, 지금까지 무수히 많은 음모와 귀계를 경험하며 살아온 그
녀라면 방법이 있을 것이다.

“엇!”

순간 다급한 경호성과 함께 하마터면 진영인은 관제묘 안으로 뛰어드는 호약란과 정면으로 충돌할 뻔했다.

“이게 죽을려고……!”

막 험한 말을 쏟아놓으려던 호약란이 급히 말을 삼켰다. 진영인의 품에 안긴 채 늘어져 있는 단리설의 모습을 발견했기 때문이다.

아니나 다를까.

호약란은 단번에 단리설의 상태를 알아볼 수 있었다.

“춘약?”

진영인이 고개를 끄덕였다. 하지만 이어진 호약란의 말에 진영인의 얼굴에는 낭패한 기색이 역력히 떠올랐다.

“정사 이외엔 달리 방법이 없는데…….”

“다른 방법은 없소?”

진영인의 다그침에 잠시 기억을 더듬던 호약란은 이내 인상을 찌푸리며 고개를 저었다.

“없어.”

그때였다.

진영인은 돌연 차가운 얼음물을 뒤집어쓴 것 같은 오한을 느껴야만 했다.

호약란 역시 마찬가지였다.

천천히 신형을 돌리는 그들의 눈에 한 자루 도를 비스듬히 비껴든 백염의 노인이 들어왔다.

“려, 련주님!”

호약란이 급히 눈 위에 무릎을 꿇었다.

그제야 진영인은 눈앞의 노인이 누구인지를 깨달았다.

자신이 안고 있는 여인의 외조부.

당금 마도의 하늘이라 불리우는 천마성의 성주이자, 절대적인 무력으로 흑무련을 발 아래에 놓은 전무후무한 마도의 패자!

패황 공야휘가 바로 그였던 것이다.

第二十二章

뇌공지검(雷公之劍)

"어찌 된 일이냐."

"그게……."

좀처럼 흔들리지 않던 호약란이 말을 더듬고 있었다. 그만큼 노인이 내뿜는 기세는 대단한 것이었다.

신풍마유와는 비교가 불가능했다. 아니, 성질 자체가 달랐다. 지독히 패도적인 그의 기도는 마주하는 것만으로도 절로 두려움이 이는 광포함이 담겨 있었다.

진영인은 내심 침음성을 흘렸다.

'이와 같은 기파를 이처럼 가까이 접근할 때까지 느끼지 못했다니…….'

이는 호약란 역시 마찬가지였다.

사실 공야휘를 이곳으로 인도한 것은 호약란이었다. 그녀는 봉황루에서부터 이곳까지 흑무련 고유의 독문표식을 남겨놓았던 것이다. 하지만 그가 이처럼 직접 나설 줄은 전혀 예상치 못했다.

공야휘가 입을 열었다.

"아란, 같은 말을 묻게 만들지 말라."

비록 자신의 아명을 부르고 있었으나 호약란은 공야휘에 음성에 실려 있는 패도적인 기파로 인해 심맥이 뒤틀리는 것을 느꼈다.

"왁!"

한 모금의 피를 토한 호약란은 전음을 통해 그간의 상황을 지체없이 보고했다.

이윽고 그녀의 설명을 들은 공야휘가 진영인을 바라봤다.

순간, 그 어떤 움직임도 취하지 않았음에도 불구하고 진영인의 품에 안겨 있던 단리설이 허공에 떠올라 공야휘를 향해 날아갔다.

"쿨럭!"

새하얀 눈 위로 진영인은 한 모금의 피를 토해냈다.

가공할 격공섭물의 기운이 느껴지는 순간 진영인은 본능적으로 뇌정단공을 끌어올렸고, 보이지 않는 공야휘의 진기와 충돌하면서 내상을 입은 것이다.

입에 묻은 피를 소매로 훔쳐 내며 진영인이 입을 열었다.

"그 상태라면 그녀는 한 시진 이상을 버티지 못할 겁니다."

"그래서?"

"그래서라니… 당신은 외손녀를 이대로 죽게 만들 생각이오?"

공야휘의 입매에 웃음이 떠올랐다. 하지만 그의 눈에서는 더없이 서늘한 살기가 뿜어졌다.

"그럼 네게는 방법이 있느냐?"

"……."

순간 진영인은 꿀 먹은 벙어리가 되어야만 했다.

"후후훗."

공야휘의 웃음소리. 하지만 그 이면에는 모골을 송연케 하는 위험함이 담겨 있었다.

"그것이 정파의 위선이다. 아무리 잘난 척해도 네게는 이 아이를 살릴 용기가 없는 것이다."

"나는……."

"몸을 섞는 것만이 이 아이를 살릴 유일한 방법임을 너도 알고 있을 것이다. 하지만 너는 분명 망설이고 있지 않느냐? 네게 묻겠다. 그 잘난 정파로서의 명예가 그리 중요한가? 죽어가는 사람의 생명보다?"

정곡을 찌르는 공야휘의 말에 진영인은 아무런 대꾸도 할 수 없었다.

그런 진영인을 공야휘가 비웃었다.

"의와 협을 부르짖는 정파라는 작자들. 하지만 실상은 허울 좋은 명예에 눈먼 위선자들이지. 사람의 목숨을 도외시한 의와 협이 과연 진정한 의미를 지니고 있다 생각하느냐?"

"무슨 말이 하고 싶은 겁니까?"

"너 역시 그들과 다를 게 없다는 말이다. 그리고 나는 너 같은 놈에게 의지할 생각은 추호도 없다."

"당신!"

콰앙!

말을 채 끝내기도 전에 진영인은 머리 속을 뒤흔드는 충격과 함께 눈앞에 펼쳐진 설원이 붉게 물드는 것을 느꼈다.

“……!”

호약란은 놀라움을 금치 못했다.

진영인이 누구인가. 검강을 다루는, 자신과는 격이 다른 고수였다. 하지만 공야휘의 일격에 피를 뿌리며 나가떨어지고 있었다.

호약란은 새삼 깨달았다.

공야휘가 마도의 하늘이 될 수 있었던 결정적인 이유.

그것은 그가 지금과 같은 절대적인 무력을 지니고 있었기 때문이다.

“훗…….”

이때 공야휘의 입술을 비집고 마른 웃음이 터져 나왔다.

“헉!”

무심코 눈을 돌린 호약란은 공야휘 앞이란 사실도 잊은 채 헛바람을 토했다.

뚝뚝.

눈 위를 붉게 적시는 그것. 공야휘의 손을 타고 흐르다가 손가락 끝에 방울져 떨어지는 붉은 액체는 피가 분명했다.

‘대체 어느 순간에……!’

하지만 더욱 믿을 수 없는 현실이 그녀의 눈앞에 펼쳐졌다.

“제법이군.”

공야휘의 음성이 향한 곳. 그곳에는 비틀대며 신형을 일으키는 진영인이 있었다.

불의의 일격을 허용한 순간, 진영인은 본능적으로 검을 휘둘러 공야휘에게 반격을 가했고, 그로 인해 공야휘는 중도에 손을 거둬야만 했던 것이다. 하지만 미처 흘려내지 못한 여파로 인해 진영인의 내상은 더욱 가중되었다.

"크윽!"

신음을 흘리며 자세를 바로잡은 진영인은 오연한 눈으로 공야휘를 바라봤다.

"그것이 형산의 검인가?"

공야휘의 질문에 진영인은 천천히 고개를 끄덕였다. 하지만 이어진 공야휘의 말에 진영인의 눈에서 새파란 불꽃이 튀어 올랐다.

"시시하군."

"……!"

그때였다.

"사부님!"

"나오지 마라, 아정!"

진영인의 외침에 관제묘를 나서던 단리정이 깜짝 놀라 멈춰 섰다. 사부의 어깨 너머로 보이는 다른 이의 존재를 비로소 깨달았던 것이다.

"외조부님!"

공야휘를 발견한 단리정이 경악성을 터뜨렸다. 하지만 돌아온 것은 야멸찬 냉소뿐이었다.

"홍, 누가 네 외조부라는 것이냐? 난 너 같은 손자를 둔 적이 없다."

공야휘의 말에 단리정은 잔뜩 주눅이 들어 고개를 숙였다.

이것이 진영인의 분노에 불을 당겼다.

"꼭 그렇게까지 말씀하셔야겠습니까?"

진영인의 말에 공야휘는 눈살을 찌푸렸다. 하지만 진영인은 칼날 같은 그의 눈빛을 정면에서 받으며 다시금 입을 열었다.

"아직 어린아이입니다."

“그래서?”

“마도의 하늘이라 불리우는 분이 보이실 만한 모습이 아니었습니다.”

“감히 나를 훈계하는 것이냐?”

“저는 훈계를 하고자 한 것이 아니었습니다. 하지만 받아들이는 분이 그리 느꼈다면 그렇겠지요.”

“건방진⋯⋯.”

공야휘의 말이 끝나기도 전에 진영인이 휙 돌아섰다.

가슴을 졸이며 두 사람의 대화를 듣고 있던 호약란은 그런 진영인의 태도에 덜컥 가슴이 내려앉았다.

아니나 다를까.

“거기 서라.”

“아직도 더 하실 말씀이 남았는지요?”

뒤도 돌아보지 않고 대꾸하는 진영인을 향해 공야휘가 싸늘한 웃음을 흘렸다.

“내가 그리 호락호락해 보이더냐?”

“아니오. 하지만 마도의 하늘이 이렇게 옹졸할 줄은 생각지 못했습니다.”

일순 어이가 없었던지 공야휘는 말이 없었다.

공야휘뿐이 아니었다. 조마조마한 마음에 호약란은 어느새 입술을 잘근거리고 있었다.

‘눈앞의 상대가 누구라고 생각하는 거야. 쓸데없는 오기가 통할 상대가 아니라고!’

하지만 마음속으로 외칠 뿐이었다. 그만큼 그녀에게 있어 그의 존재는 부담스러웠기 때문이다.

그때였다.

돌연 공야휘의 커다란 웃음소리가 장내를 쩌렁하게 울렸다.

"하하하하! 옹졸하다고? 나 공야휘가 말이지?"

그렇게 한참을 웃던 공야휘가 여전히 등을 보이고 있는 진영인을 향해 입을 열었다.

"지금까지 나에게 이처럼 함부로 지껄인 사람은 아무도 없었다."

"당신이 두려워서였겠지요."

"그렇다면 너는 겁쟁이가 아니란 건가?"

"나는 당신을 두려워하지 않습니다."

진영인이 천천히 돌아섰다. 그리고 차갑게 가라앉은 눈으로 공야휘를 노려봤다.

"위선에 가득 찬 정파와 겁쟁이들로 이루어진 흑도라, 재미있군요."

"이놈이!"

번쩍!

공야휘의 노호성과 동시에 그가 비껴들고 있던 도가 섬뜩한 묵광(墨光)을 토했다.

진영인 역시 한발의 물러섬 없이 검을 휘둘렀다.

쩌엉!

귀청이 떨어져 나갈 듯한 충격음과 함께 진영인의 신형이 주르륵 뒤로 밀렸다.

"역시……."

공야휘의 손에 들린 도를 보며 진영인이 나직이 중얼거렸다. 칙칙한 묵빛이 감도는 도신 위로 일렁이는 흑색 서기. 그리고 이것이 모아져 완벽한 도의 형태를 이루고 있었다. 도강(刀罡)이었다.

공야휘의 눈에도 의외란 빛이 떠올랐다.

"검강? 재미있군."

공야휘는 뒤에 서 있는 호약란에게 단리설을 넘겼다. 그리고 차디찬 눈으로 진영인을 바라봤다.

"입만 살아 있는 녀석은 아니었구나. 인정하마. 네 나이를 감안했을 때 이는 놀라운 성취가 분명하다."

공야휘의 시선이 단리정을 향했다.

서늘한 그의 눈빛에 단리정은 자신도 모르게 흠칫하며 뒤로 물러섰다.

"그 아이를 놔두고 떠나라. 그것으로 네 무례함을 용서하겠다."

공야휘의 말에 진영인은 눈살을 찌푸렸다.

"그럴 수 없습니다."

"형산에서 일어난 사건의 중심에 그 아이가 있음을 모른단 말이냐?"

"알고 있습니다."

"알면서도 그 아이를 비호하는 까닭이 뭐냐?"

"나는 이 아이의 사부입니다."

"그래서?"

"협박에 굴복하여 제자를 내치는 사부가 될 수 없습니다."

"그 이전에 그 아이는 단리세가, 아니, 흑무련의 사람이다."

"그렇다면 본인에게 물어보는 것이 어떨까요?"

공야휘의 대답도 듣지 않고 진영인은 단리정을 향해 입을 열었다.

"아정."

잠시 머뭇거리며 공야휘의 눈치를 살피던 단리정이 이윽고 자신의 마음을 말했다.

"저는 사부님과 있고 싶어요."

"그렇다는군요."

곧바로 이어진 진영인의 말에 바람 한 점 없음에도 불구하고 공야휘의 장포가 미친 듯이 펄럭였다.

그의 노기가 극에 이르렀음을 알면서도 진영인은 다시금 입을 열었다.

"확실히 그녀는 당신의 혈육이니 그녀를 죽이든 살리든 그것은 당신 몫입니다. 하지만 형산 문하를 마음대로 할 수 있을 거라 생각했다면 크게 잘못 생각하신 겁니다."

결국 공야휘가 폭발했다.

"같은 말을 반복하게 하지 마라!"

진영인 역시 싸늘하게 맞받아쳤다.

"형산이 그리 만만해 보이십니까?"

"내가 마음먹으면 형산은 주춧돌 하나 남기지 못할 것이다."

"제가 살아 있는 한 그리되도록 보고만 있지 않을 것입니다."

쩌저저적!

두 사람이 내뿜는 기파가 정면충돌하며 거기에서 생긴 공기의 파동이 거칠게 눈송이를 쓸어 올렸다.

"애송이, 너는 네가 내뱉은 말을 이 자리에서 검으로 증명해야 할 것이다."

"원하신다면."

진영인이 검을 들어 공야휘를 가리켰다.

그 상태에서 진영인은 단리정을 향해 입을 열었다.

"가슴을 펴라, 아정. 너는 형산 문하다. 그리고 나 진영인의 제자다."

진영인의 음성에 실려 있는 확고한 의지를 느꼈음일까.

고개를 들어 진영인을 바라보는 아정의 눈에는 더 이상 그 어떤 두려움도 느껴지지 않았다.

"건방진……."

우우우웅!

묵직한 울음을 토한 공야휘의 도가 시커먼 광채를 뿌리며 더욱 짙은 도강을 만들었다.

이에 진영인도 뇌정단공을 끌어올려 자전뇌검에 실었다.

짜자작!

짙은 청광을 머금은 검강이 흘리는 기운과 도강의 기운이 충돌하며 주변의 대기가 급격히 요동쳤다.

공야휘와 대치하고 있는 가운데 진영인은 자신이 입은 내상 정도를 가늠했다.

'음?'

생각보다 내상은 가볍지 않았다. 그러나 오히려 예전과는 비교하기 힘들 정도로 내공이 정순해져 있었다. 하지만 오랫동안 생각을 이어갈 수 없었다. 순간적으로 주위의 기류가 급변하는가 싶더니 공야휘의 묵빛 도강이 지척에 이르러 있었기 때문이다.

일도양단의 기세로 정면에서 짓쳐드는 도강을 향해 진영인은 뇌운검결의 절대 수비식인 패뢰파천으로 맞서갔다.

째앵!

두 개의 빛무리가 서로 작렬했다.

도강과 검강이 충돌하자 그들 주위 일 장 안의 공간이 심하게 뒤틀렸다. 급격히 빠져나간 공기가 제자리를 찾으며 빚어진 현상이었다.

펄럭!

후폭풍처럼 몰아친 기류에 장포가 찢겨 나갈 듯이 펄럭였다.

이 순간 진영인이 견뎌내야 하는 압력은 실로 무서운 것이었다. 하지만 그 와중에도 진영인은 목을 넘어 울컥 솟구치려는 핏물을 억지로 내리누르며 호흡을 가다듬고자 노력했다. 그리고 단전으로부터 끌어올린 진기를 검에 집중했다.

무학의 최고봉이라 할 수 있는 도강과 검강의 충돌에서 내공과 초식은 더 이상 의미가 없었다. 가장 중요한, 무엇보다 우위에 둬야 할 것이 투지였고 진영인은 이를 본능적으로 깨달았던 것이다.

찌이익!

비단폭이 찢어지는 듯한 소리와 함께 진영인의 검이 거센 압력의 폭풍을 갈랐다.

“……!”

공야휘의 눈에서 놀람의 빛이 떠올랐다.

자신의 계산대로라면 진영인은 압력을 흘리며 뒤로 물러났어야 했다. 그 압력은 도저히 사람이 뚫을 수 있는 성질의 것이 아니었기 때문이다. 진영인의 옷은 넝마처럼 찢어졌고, 얼굴은 창백하기 그지없었으며 내상을 입은 듯 코와 입에서도 핏물이 흘러내리고 있었다. 하지만 진영인은 전신이 엉망진창이 되어 피투성이가 되는 것을 감수하면서까지 전진을 멈추지 않았다.

그제야 공야휘는 깨달았다.

‘이놈은 처음부터 나에게 보여주기 위한 검을 펼친 게 아니었다. 처

음부터 나를 이기기 위해 모든 걸 건 것이다!'

공야휘는 진영인을 인정하지 않을 수 없었다. 자신이 그 나이였을 때 이루지 못한 경지를 진영인은 일찌감치 밟아가고 있었던 것이다.

'하지만 아직 그 깨달음을 완전히 자기 것으로 만들지 못했군.'

츄릿!

허공을 가르며 날아드는 한줄기 푸른 뇌전을 바라보며 공야휘는 내심 고개를 끄덕였다.

콰아아앙!

또다시 도강과 검강이 격돌했다. 진영인은 계속 공격을 이어가는 것으로 연이어 들이닥치는 압력을 해소했고 이는 공야휘 역시 마찬가지였다. 하지만 그것이 여섯 번째에 이르는 순간 공야휘의 눈에서 섬뜩한 기운이 폭사되었다.

픽!

진영인은 순간 자신이 솜뭉치를 때린 것이 아닌가 하는 느낌이 들었다. 격렬하게 부딪치던 반발력이 순식간에 사라지며 끝없이 깊은 공간으로 자신의 검이 빨려 들어가는 듯한 착각을 일으켰기 때문이다.

그리고 한순간 공야휘의 묵빛 도가 눈앞에 나타났다.

"헉!"

진영인이 헛바람을 토했다.

꽈앙!

머리 속을 뒤흔드는 아찔한 충격. 동시에 전신의 뼈마디가 어긋나고 그대로 호흡이 멎어버리는 듯한 끔찍한 고통이 이어졌다.

아득해지는 의식 너머 진영인은 탄식을 터뜨렸다.

'어째서인가! 어째서 이리 날뛴단 말인가!'

처음의 패뢰파천부터 그랬다. 그리고 묵운토뢰 역시 다르지 않았다. 공야휘와 싸우는 내내 자신의 검은 한결같이 기존의 검리를 거부하고 있었다. 마치 스스로 의지를 지닌 듯 그의 검은 폭주를 거듭하고 있었던 것이다.

물론 초식의 위력은 더할 나위 없이 강해졌다. 하지만 통제가 불가능하여 진영인이 검을 움직인다기보다는 검이 진영인을 움직인 것처럼 되어버렸다.

의도를 벗어난 검. 그것은 진영인이 원하던 검이 아니었다.

바로 그 순간이었다.

문득 고통이 느껴지지 않아 의아하게 생각한 진영인은 천천히 눈을 떴다.

'어?'

가장 먼저 눈에 들어온 것은 격렬한 공방을 주고받는 두 사람의 모습이었다.

'공야휘? 그렇다면 그와 싸우고 있는 것은 대체 누구란 말인가?'

진영인은 몸을 일으켰다.

뜻밖에도 움직이는 데 아무런 불편함이 없었다. 분명 순간적으로 정신을 잃을 만큼 공야휘의 공격은 강력했다. 그런데도 어느 한곳에서도 고통이 느껴지지 않았던 것이다.

'대단하군!'

진영인은 내심 감탄성을 터뜨렸다.

과연 당금에 누가 있어 공야휘와 호각세로 겨룰 수 있단 말인가. 하지만 공야휘와 싸우고 있는 사내는 전혀 밀리는 기색이 없었다. 오히려 그가 쏟아내는 한 초식 한 초식에 공야휘가 밀리는 듯한 느낌도 들었다.

'무서운 검! 굉장히 독랄한 검이다! 저자는 대체 누구인가?'

이때 공야휘의 도와 사내의 검이 거칠게 부딪쳤고, 이로 인해 두 사람의 신형이 엇갈렸다. 그 순간 진영인은 아연실색하며 경악하고 말았다.

'이건 대체!'

눈앞에서 공야휘와 싸우고 있는 사내. 그것은 분명 자신이었던 것이다.

'내가 지금 환상을 보고 있는 것인가?'

믿을 수 없는 현실 앞에 진영인은 정신을 차릴 수 없었다. 하지만 이내 눈앞의 상황을 현실로 받아들여야만 했다.

이미 인간의 한계를 뛰어넘은 두 사람의 대결로 인해 대지는 거미줄처럼 갈라져 있었고 끊임없이 몰아치는 가공할 경기의 폭풍에 칼날 같은 눈보라가 날리고 있었다. 하지만 이처럼 가까운 거리에서 두 사람을 지켜보고 있음에도 불구하고 진영인은 그 어떤 충격도 느낄 수 없었다.

'도가의 이야기에서나 나올 법한 유체 이탈이라니…….'

신기한 한편 허탈함도 금할 수 없었다.

'어디?'

진영인이 마음을 먹은 순간 그는 어느새 그들의 머리 위에서 내려다보는 형국이 되어 있었다.

'어?'

순간 진영인의 눈에 의아함이 서렸다.

'좌수검(左手劍)?'

분명 자신은 평생 오른손으로 검을 익혀왔건만 또 다른 자신, 공야휘와 싸우고 있는 진영인은 분명 왼손으로 검을 다루고 있었다.

'어떻게?'

하지만 의아함은 오래가지 않았다. 좌수검을 통해 쏟아지는 초식과 그 연계는 지금까지 자신이 알지 못하던 또 다른 뇌운검결이었기 때문이다.

진영인은 감탄을 금할 수 없었다. 그도 그럴 것이, 검강을 이룬 이후 그동안 자신이 적응하지 못했던 뇌운검결을 눈앞의 진영인은 막힘없이 풀어내고 있었다. 하지만 그보다 더 놀라운 것은 진정한 모습을 드러낸 또 다른 뇌운검결의 무시무시한 위력이었다.

'이는 마치 뇌운검결이 스스로 진화한 것 같구나.'

분명히 공야휘와 겨루고 있는 진영인이 검을 움직이는 것이 아니었다. 검이 진영인을 움직여 본래의 자신을 완벽히 드러낸 것이었다.

검공의 최고봉이라 일컬어지는 검강이다. 하지만 눈앞에서 펼쳐지는 뇌운검결은 전혀 어색함없이 검강의 위력을 소화해 내고 있었다.

이로 인해 공야휘 역시 처음과 달리 어려움을 겪고 있었다. 끊임없이 몰아붙이던 그의 패도적인 기세도 상당히 꺾여 있었다.

'하지만…….'

짙은 의혹이 진영인의 가슴을 채웠다.

'살기가 너무 짙다. 이는 마치 마검(魔劍)이라 불리울 법하지 않은가? 뇌정단공과 뇌운검결을 비롯한 형산의 무공은 하나같이 정공(正功)이다. 이를 통해 구현된 최고의 경지가 어찌 이리 살벌한 것일까?'

순간 진영인의 눈이 이채를 발했다.

'이거다!'

조금 전 또 다른 자신이 펼친 초식.

분명히 한 초식이었으나 한 초식이라 말하기 어려운, 세 개의 초식이 하나로 융화되어 있는 것은 분명한데 꼬집어 초식을 구분하기엔 모호한 뇌운검결의 또 다른 초식.

그뿐만이 아니었다. 끊임없이 이어지는 검로 가운데 대부분이 이와 같은 형태를 취하고 있었다.

진영인은 일순 망치로 뒤통수를 얻어맞은 것처럼 멍해졌다.

'검강을 넘어서 검과 자신이 하나가 되는 경지를 가리켜 신검합일(身劍合一)이라 한다. 검즉심(劍卽心), 아즉검(我卽劍)! 마음이 향하는 곳에 이미 검이 이르러 있는 경지. 나를 잊고 검을 잊어 초식에 얽매이지 않는… 이것이야말로 진정 자유로운 검이라 할 수 있지 않은가?

문득 서늘한 시선을 느낀 진영인이 의식의 눈을 돌렸다. 그러자 싸늘한 공야휘의 시선과 눈이 마주쳤다.

"언제까지 한가하게 구경만 하고 있을 건가?"

흠칫!

자신과 싸우는 진영인이 아닌, 분명 자신을 향한 음성이었다.

'어떻게? 그의 눈엔 내가 보인단 말인가?

공야휘의 싸늘한 음성이 이어졌다.

"흥! 후회하게 만들어주마!"

<u>고오오오!</u>

공야휘의 도를 흔드는 진동을 따라 도에 맺혀 있던 도강이 연신 꿈틀대며 더욱 짙은 묵광을 뿌렸다.

'위험하다!'

그 끝에 뭐가 있을지는 진영인도 알지 못했다. 하지만 본능적으로 위험을 직감할 수 있었다.

진영인이 의식의 눈을 돌렸다. 하지만 또 다른 진영인은 이를 모르는 듯 계속해서 공야휘를 몰아붙이고 있었다.

그때였다.

진영인은 자신의 몸이 어마어마한 속도로 자신을 향해 다가오는 것을 느꼈다. 아니, 정확히 말하자면 그의 의식이 육체에 빨려드는 것이 맞으리라. 위기를 느낀 순간 진영인의 둘로 나뉘어 있던 의식이 하나로 이어진 것이다.

번쩍!

진영인이 눈을 떴다. 그리고 전율스러울 만큼 끔찍한 살기를 담은 채 허공에 떠 있는 공야휘의 도를 마주할 수 있었다.

"이기어검(以氣御劍)!"

진영인이 경악성을 터뜨리기 무섭게 공야휘의 도가 무섭게 회전을 일으켰다.

콰르르르!

포효성을 터뜨린 공야휘의 도가 까만 빛줄기가 되어 짓쳐들었다.

"……!"

진영인은 지닌 모든 내력을 토해 검에 실었다.

쿠웅!

진영인의 두 발이 얼어붙은 대지에 한 자나 파고들었다.

우우우웅!

그와 동시에 두 자 남짓하던 검강이 더욱 늘어나며 세 자 길이를 넘어섰다.

두 개의 기운이 충돌했다.

찌어어어어엉!

지금까지와는 비교도 되지 않는 날카로운 소리가 울려 퍼졌고, 거기서 생겨난 칼날 같은 충격파에 반경 일 장 안의 사물이 가루가 되어 흩어졌다.

"크으……!"

낮은 신음 소리가 진영인의 입에서 흘러나왔다.

카가가각!

공야휘가 쏘아낸 묵빛 도가 회전을 일으킬 때마다 진영인의 검강이 빠른 속도로 깎여 나가고 있었다.

팽팽하게 대치하던 균형은 오래가지 않았다.

쾅!

결국 폭음과 함께 진영인의 검강이 유리처럼 깨져 나갔다.

"컥!"

실 끊어진 연처럼 튕겨 오른 진영인은 그대로 피를 토하며 뒤로 날아갔다.

쿠웅!

십 장을 날아 얼어붙은 땅바닥에 떨어져 내린 진영인은 입에서 연신 핏물을 게워내고 있었다.

"우웩!"

도저히 일어설 수 없는 내상. 그렇게 한참 동안 피를 토하던 진영인의 신형이 무너졌다.

"사부님!"

진영인은 희미해지는 의식을 붙들기 위해 남은 힘을 쥐어짰다. 하지만 비명과도 같은 아정의 음성은 점점 멀어지고 있었다.

멀리서 이를 지켜보던 공야휘가 자신의 몸을 내려다봤다. 검기에 쓸려 누더기처럼 변해 버린 옷가지 사이로 수많은 생채기가 눈에 들어왔다.

"쿨럭!"

"성주님!"

한차례 피기침을 토한 공야휘가 손을 들어 다가서는 호약란을 제지했다.

"아직 살기를 전부 거두지 못했다. 미약한 살기라도 지금의 그 아이에겐 독이 될 터."

"아!"

이윽고 살기를 거둔 공야휘가 호약란으로부터 단리설을 건네받았다.

"다른 임무가 주어질 때까지 천마성에 가서 기다려라."

"복명!"

휘류류륭.

공야휘가 손을 뻗자 진영인 앞에 꽂혀 있던 그의 도가 빨려들 듯 그의 손으로 들어왔다.

도를 회수한 공야휘는 쓰러져 있는 진영인을 향해 잠시 의미 모를 눈빛을 던졌다.

"뇌공의 검인가? 재미있군."

'뇌공의 검?'

의아해하는 호약란을 뒤로하고 공야휘는 이내 신형을 날려 바람같이 장내에서 사라졌다.

"사부님! 정신 차리세요!"

찢어지는 듯한 단리정의 절규에 호약란이 정신을 차렸다.

“흥! 겨우 이 정도 가지고 잘난 척은.”

“닥쳐!”

“뭐야?”

발끈한 호약란은 자신을 노려보는 단리정을 향해 냉소를 머금었다.

“꼬마야, 그렇게 노려보면 어쩔 건데?”

“사부님을… 사부님을 모욕하는 사람은 누구도 용서하지 않겠어.”

“……!”

새파란 한광이 이글거리는 단리정의 눈과 시선이 마주친 순간 호약란은 등골이 서늘해지는 것을 느꼈다. 자신이 알던 유약한 꼬마가 아니었다. 마치 상처 입은 야수의 그것처럼 맹렬한 적의를 지닌 단리정의 눈빛은 사대명왕인 자신조차 처음 접하는 무시무시한 위협이 담겨 있었다.

“저리 비켜.”

진영인에게 다가선 호약란이 신경질적으로 단리정을 밀쳐 냈다. 그리곤 누워 있는 진영인의 가슴에 손을 올렸다.

“그 잘나신 진 공자께서 이게 무슨 추태일까? 내가 이 손에 조금만 힘을 넣으면 그대로 황천행이라는 것을 알고나 있을까? 뭐, 이대로 둬도 죽는 것은 확실하지만.”

“사부님을 건드리지 마!”

호약란을 향해 달려들던 단리정은 이어진 그녀의 말에 제자리에 멈춰 섰다.

“까불면 네 사부의 목숨은 없어.”

까드득!

호약란의 협박에 단리정은 분한 눈물을 훔치며 이를 갈았다.

그런 단리정을 향해 호약란이 장난스럽게 입을 열었다.

"네 사부를 살리고 싶지?"

무슨 속셈일까 싶어 잠시 호약란을 노려보던 단리정이 천천히 고개를 끄덕였다.

씨익.

호약란이 미소를 머금었다.

"그렇다면 네 한쪽 팔을 내게 줘. 그럼 그를 살려주지."

흠칫하며 자신을 바라보는 단리정의 모습에 호약란이 슬쩍 미소를 머금었다.

"사부를 살리곤 싶지만 팔을 내놓긴 아까운가 보구나."

"아니야! 사부님을 살릴 수 있다면 이따위 팔쯤은……."

"그렇다면 왜 망설이는 거지?"

"약속… 지킬 거지?"

"흐음. 나를 믿지 못하겠다면 상관없어. 나는 전혀 손해 볼 게 없으니까."

"잠깐!"

의미심장한 눈으로 바라보는 호약란의 모습에 단리정은 입술을 깨물었다.

스르릉.

단리정이 자신의 검을 뽑았다. 그리곤 시퍼런 날을 드러낸 뇌광을 들어 주저없이 자신의 어깨를 내려쳤다. 하지만 단리정의 어깨 한 치 앞까지 떨어진 검은 더 이상 움직이지 않았다. 어느새 호약란이 손을 뻗어 검을 잡아챘기 때문이다.

"어째서?"

의아한 단리정의 얼굴을 바라보며 호약란은 인상을 찌푸렸다.

"재미없게시리… 어떻게 된 게 형산 문하는 하나같이 이렇게 독한 놈들뿐인 거야?"

얼떨떨한 단리정을 뒤로하고 호약란이 진영인을 향해 입을 열었다.

"당신은 좋겠어. 이처럼 끔찍이 사부를 생각하는 제자를 둬서."

진영인의 가슴에 올려놓고 있던 그녀의 손이 진영인의 품속으로 들어갔다.

품속을 뒤져 치상단이 들어 있는 작은 옥병을 꺼내 든 호약란은 치상단을 꺼내 진영인의 입에 넣었다.

그녀가 천돌혈 부근을 두드리자 치상단이 진영인의 목을 타고 넘어갔고, 호약란은 진기를 이용해 약효가 퍼지는 것을 도왔다.

치상단의 효과를 직접 경험한 그녀였기에 이처럼 호언장담을 한 것이었다.

신형을 일으킨 호약란이 단리정을 바라봤다.

"내가 할 수 있는 건 여기까지야. 나머지는 천운에 달렸겠지."

말을 마친 호약란은 허리에 양손을 올린 채 고개를 숙여 점점 핏기가 돌아오는 진영인의 얼굴을 한참 동안 물끄러미 응시했다.

"죽진 않을 것 같군. 네 사부가 깨어나면 전해. 이걸로 빚은 갚았다고. 그리고 다음번엔 각오하라고. 알았어?"

"네? 네."

황급히 고개를 주억거리는 단리정을 향해 호약란이 눈을 치켜떴다.

"그리고 한 번만 더 반말해 봐. 그땐 정말 봐주지 않을 테니까."

그 말을 끝으로 호약란이 돌아섰다. 그리곤 뒤도 돌아보지 않고 신형을 날렸다.

"쿨럭!"

"사부님!"

"아정?"

상체를 일으키는 진영인을 도와 단리정이 손을 뻗었다.

"무사했구나……."

"사부님……."

진영인이 빙그레 웃으며 울먹이기 시작하는 단리정의 머리를 쓰다듬었다.

"운기요상을 해야 할 것 같다. 네가 호법을 서주렴."

"네."

힘차게 대답하는 단리정을 향해 기특하다는 듯이 웃어 보인 진영인은 그대로 눈을 감고 진기로 내상을 다스리기 시작했다.

진영인의 내상은 실로 위중해 호약란이 먹인 치상단으로는 의식만을 회복하는 데 불과했다.

운기요상을 통해 기맥을 바로잡고, 몸 안 곳곳에 맺혀 있던 울혈을 토해내는 데에는 상당한 시간이 걸렸다. 이후로도 네 알의 치상단을 더 복용하고 네 번의 운기조식을 거치고 나서야 완전히 내상을 털어낼 수 있었다.

진영인이 천천히 눈을 떴다.

가장 먼저 눈에 들어온 것은 눈부신 햇살이었다. 어느새 시간이 흘러 아침이 된 것이다. 그리고 등을 보인 채 그림자를 드리우고 있는 단리정의 모습이 보였다.

단리정의 어깨와 머리에는 새하얀 눈이 소복이 내려앉아 있었다. 진영인이 운기조식을 취하는 사이 눈이 내렸고, 단리정은 꼼짝도 하지 않고 그 자리에서 진영인을 지키는 데 몰두하고 있어 눈을 털어낼 생각도 하지 못했던 것이다.

"아정."

"사부님!"

단리정이 펄쩍 뛰어 진영인의 품에 매달렸다.

아정의 머리에 내려앉은 눈을 털어주며 진영인이 웃음을 머금었다.

"이 녀석. 갈수록 어린애가 되어가는구나."

진영인의 핀잔에도 단리정은 진영인의 가슴에 얼굴을 부비며 한참 동안 울먹일 뿐이었다.

"다친 곳은 없느냐?"

"사부님은요? 사부님은 괜찮으세요?"

"보다시피 멀쩡하단다."

"저도 괜찮아요."

진영인이 웃으며 단리정의 어깨를 두드렸다.

"다행이로구나. 그런데 어찌 된 것이냐?"

진영인의 질문에 단리정은 그가 정신을 잃고 나서 있었던 일들을 자세히 설명하기 시작했다.

단리정을 건드리지 않고 공야휘가 떠난 것도 의외였지만 호약란이 자신을 도왔다는 말에 진영인은 의아함을 금치 못했다. 하지만 이야기를 듣는 내내 진영인은 가슴 깊은 곳에서 차 오르는 뜨거운 정을 느낄 수 있었다. 자신을 위해 기꺼이 팔을 내놓으려 한 어린 제자의 마음이 더없이 고맙고 사랑스러웠기 때문이다.

그러나 그 마음과 달리 진영인은 엄한 표정으로 단리정을 바라봤다.

“이 녀석, 아정!”

“네?”

화들짝 놀라는 단리정을 향해 화난 듯한 진영인의 음성이 이어졌다.

“앞으로는 그처럼 무모한 짓은 하지 말아라.”

“하지만…….”

“하지만은 무슨 하지만. 무조건이다. 알겠느냐?”

“만약에 사부님이 저라면 어떻게 하셨을까요? 사부님도 분명 저처럼 하셨을 게 틀림없어요.”

자신의 눈치를 살피며 중얼거리는 단리정의 모습에 진영인은 터져 나오는 웃음을 간신히 참았다.

“아얏!”

볼을 꼬집힌 단리정이 진영인을 바라봤다.

이에 진영인이 웃으며 입을 열었다.

“사부 말에 군말이 많구나. 억울하면 강해져라. 강해지면 되는 것이다. 다른 이들에게 휘둘리지 않도록, 너와 네 소중한 사람을 지킬 수 있는 힘을 키우면 되는 것이다. 알겠느냐?”

“네.”

볼이 잡혀 있는 상태라 발음이 조금 불분명했지만 진영인은 고개를 끄덕였다.

“난 참 행복한 것 같아. 너처럼 귀엽고 똑똑하며 사부를 위할 줄 아는 착한 제자를 얻었으니 말이야.”

단리정이 눈물을 찔끔거리며 고개를 끄덕였다. 입으론 좋게 말하고 있으나 볼을 잡은 손은 왜 점점 당겨지는지 모르겠다.

단리정이 그리 생각하는 사이 진영인이 손을 놓았다.

“아팠지?”

어린 제자의 볼을 쓰다듬으며 진영인이 물었다.

“아니요.”

“다행이다. 아팠을까 무척 걱정했었는데 말이야.”

화끈거리는 뺨을 열심히 문지르면서도 단리정은 뭐가 좋은지 웃음을 머금고 있었다. 비록 아프긴 했지만 이렇게라도 사부가 살아 있음을 실감하고 싶었던 것이다.

제자와의 짧은 장난을 즐기던 진영인이 고개를 들어 허공을 응시했다.

‘무사하겠지? 그처럼 대단한 인물이 자신의 외손녀를 죽게 놔둘 리 없어. 아마도… 괜찮을 거야.’

안타까운 눈으로 먼동이 터오는 하늘을 한참 동안 바라보던 진영인이 신형을 돌렸다.

관제묘 안으로 들어서는 진영인을 쫓아 단리정도 걸음을 옮겼다.

“음…….”

처참하게 널브러진 청년의 시신을 살피던 진영인이 침음성을 터뜨렸다. 그는 아직 호약란으로부터 흉수들에 대한 정보를 얻지 못한 상태였다.

‘이들의 정체는 무엇일까? 그리고 이자들이 노리고 있던 진정한 목표는 무엇이란 말인가?’

이때 시신의 장포 속에서 삐죽이 모습을 드러낸 무언가가 진영인의 눈에 들었다.

‘국화?’

당문기의 품을 뒤지던 진영인의 손에 들려 나온 것은 국화 문양이

새겨진 손바닥만한 크기의 벽옥(碧玉)이었다.

"당가? 설마……."

국화를 상징으로 하는 강호의 문파는 당가가 유일했다. 하지만 이유를 알 수 없었다. 오랜 역사를 지닌 사천당가가, 그 역사만큼이나 혁혁한 명예와 세력을 지닌 정파의 명문세가가 무엇 때문에 이와 같은 일을 꾸민단 말인가?

'그렇군! 그들이 사용한 암기와 독은 결코 가볍게 볼 만한 것이 아니었다.'

하지만 이내 의문이 들었다. 눈앞의 청년은 죽을 때까지 무당의 절기만을 사용했던 것이다. 아직 모든 것을 속단하기에는 정보가 너무 부족했다.

'어쩌면 당문에서 갈취한 것일 수도 있겠지.'

훗날 당가와 관련된 사람을 만나면 돌려주리라 마음먹으며 진영인은 국화 문양의 벽옥을 품에 갈무리했다.

하지만 진영인이 알지 못하는 것이 있었으니, 그것은 당가라 해서 아무나 국화가 새겨진 벽옥을 지닐 수 없다는 것이었다. 그것은 당가의 직계 후손들에게만 전해지는 물건으로 독을 다루는 당가에 없어서는 안 될 피독(避毒)의 효과를 지닌 신물이었던 것이다.

"한 달인가……."

나직이 읊조리는 진영인을 의아하게 바라보던 단리정은 문득 한 달 정도 남은 오악대회를 떠올렸다.

오악대회까지 남겨진 시간은 불과 한 달 남짓.

진영인은 그때까지 새로운 뇌운검결을 자신의 것으로 만들어야만 했다.

강호의 움직임이 심상치 않았다. 하지만 자신에게 주어진 시간과 상황은 그리 여유롭지 않았다. 훗날 들이닥칠 위험에 대비해서라도 이를 헤쳐 나갈 힘을 얻어야 한다. 진영인은 공야휘와의 비무에서 이를 깨달았던 것이다.

오랜 기다림 끝에 간신히 붙든 깨달음이다.

한정된 시간 안에 뇌운검결의 초식들을 다시 연구하고 정리하지 않으면 안 되었다. 뿐만 아니라 이 모든 초식을 의지대로 다룰 수 있어야만 했다. 검에 의지를 부여하되 검에 끌려 다니는 것이 아닌, 진정한 자기만의 검으로 만들어야 하는 것이다. 하지만 결코 쉽지만은 않으리라. 진영인은 스스로 아주 힘든 과제를 떠안게 되었음을 인정했다.

하지만…….

'반드시 내 것으로 하리라!'

지이잉.

그의 강한 의지를 느낀 것일까. 힘껏 움켜쥔 자전뇌검이 가늘게 떨며 나직한 검명을 토했다.

*　　　　*　　　　*

봉황루에 돌아온 공야휘는 곧바로 수하들을 시켜 인근의 경비를 철저히 지시했다. 그리고 수하들이 방문 밖에서 호법을 서는 동안 자신의 내공으로 단리설의 끓어오르는 기혈을 바로잡기 시작했다.

"음?"

단리설의 맥문을 통해 진기를 불어넣던 공야휘의 표정에 의아함이 서렸다. 한줄기 영험한 기운이 고갈되기 직전인 그녀의 생기를 붙들어

두고 있음을 깨달은 것이다.

'그 녀석이 먼저 손을 쓴 모양이군.'

어떤 약을 썼는지 알 수 없지만 매우 귀한 것임은 분명했다. 그리고 이는 그녀의 상태가 최악으로 치닫는 것을 간신히 막고 있었다.

'소환단처럼 내력을 높이는 영약 종류는 아닌 것 같군. 기혈을 안정시키고 내상을 치료하는 치상단 종류 같은데… 당금 무림에 춘약의 발작을 억누를 만큼 뛰어난 치상단이 있었던가?'

잠시 의구심이 들었으나 공야휘는 이내 진기를 이끄는 데 집중하기 시작했다.

스스스.

공야휘의 전신에서 아지랑이처럼 피어오른 상서로운 기운이 안개와 같이 단리설을 감쌌다. 그리곤 이내 진기를 이끄는 공야휘의 의지에 따라 단리설의 몸을 타고 움직였다.

시간이 지나자 백지장처럼 창백하던 얼굴에서 희미하나마 화색이 감돌았다.

"으음……."

신음과 함께 의식이 돌아온 단리설을 향해 공야휘가 입을 열었다.

"아직이다. 입을 열지 말고 기다렸다가 내가 신호를 하면 숨을 뱉어라."

자신의 전음에 미미하게 고개를 끄덕이는 손녀의 움직임이 느껴졌다.

주륵.

공야휘의 이마에서 식은땀이 흘러내렸다. 진기를 통해 다른 사람을 치료하는 것은 상당한 집중력을 요하는 일이다. 이는 절대적인 무위를 지닌 공야휘 역시 마찬가지였다. 아니, 오히려 그에게는 더 어려운 일이라 할 수 있었다.

그가 익힌 무공은 패도적인 무공이었다.

이미 공야휘는 의지에 따라 진기가 일어나고 여기에는 자연스럽게 살기가 실리는 경지에 이르러 있었다. 하지만 그가 살기를 내비치는 순간 약해질 대로 약해진 단리설의 심맥은 이를 견뎌낼 리 만무했다. 가닥가닥 끊어져 그대로 절명하고 말 것이 틀림없었다.

따라서 진기는 운용하되 살기는 억눌러야 하기에 그의 신경은 팽팽하게 당겨져 금방이라도 끊어질 것 같은 실과 같았다.

일각의 시간이 억겁의 세월처럼 더없이 느리게 느껴졌다.

어느 한순간, 단리설은 몸속을 돌던 뜨거운 열기가 가슴을 치고 오르는 것을 느꼈다.

"지금이다!"

공야휘의 전음에 단리설이 참고 있던 숨을 토했다. 동시에 비릿한 무언가가 그녀의 목을 타고 넘어왔다.

"왁!"

단리설이 시커멓게 죽은 피를 토했다. 바닥에 뿌려진 탁혈은 부글거리며 거품을 피워냈고, 공야휘가 가볍게 손을 휘젓자 칼날 같은 기류에 휩쓸려 사라졌다.

"후우……."

그제야 공야휘가 한숨을 몰아쉬었다. 비록 자신의 진원진기를 적지 않게 소모했으나 그녀의 몸속을 잠식하고 있던 춘약의 기운은 대부분 몰아낼 수 있었던 것이다. 하지만 이로써 완전히 치료가 끝난 것이 아니었다. 일부라곤 하나 춘약의 기운은 지독한 것이었고, 언제 또다시 발작이 일어날지 알 수 없었기 때문이다.

적어도 이와 같은 치료를 서너 번 정도는 반복해야 하는데 완치는 그로서도 장담할 수 없었다. 더구나 이와 같은 개정대법은 시전자뿐만 아니라 시술자 역시 부담을 안고 있어, 음양의 균형이 무너진 그녀의 체력이 이를 감당할 수 있을지 우려되는 게 사실이었다.

'가장 좋은 방법은 늦기 전에 사내와 합방을 하는 것인데……'

이때 단리설이 신형을 돌려 아무런 말 없이 공야휘의 얼굴을 바라보았다. 사실 그녀는 희미한 의식 너머로 공야휘와 진영인의 대화를 빠짐없이 듣고 있었던 것이다.

한동안 단리설의 눈을 응시하던 공야휘가 차분히 입을 열었다.

"내가 원망스러우냐?"

눈물이 어린 듯 그렁한 눈으로 공야휘를 바라보던 단리설이 대답없이 공야휘의 어깨너머로 꼭 닫혀 있는 방문을 바라보았다.

쓴 입맛을 다신 공야휘가 애써 미소를 지어 보이면서 말했다.

"그래, 좋은 놈이더구나. 하지만……"

단리설이 눈물 그렁한 눈 그대로 미소를 지으며 고개를 저었다.

"알아요. 할아버지께서 왜 그렇게 말씀하셨는지. 그리고 분명 그는 좋은 사람인 건 맞지만 내 사람은 아닌걸요."

공야휘는 차마 외손녀의 흘러내리는 눈물을 바라보지 못하고 눈을 지그시 내리깔았다.

춘약의 열기를 뱉어내는 과정에서 본래의 체온도 같이 앗아갔기 때문일까. 자신이 쥐고 있는 손이 얼음장처럼 차디찼다.

공야휘는 가슴이 아팠다.

그렇게 애지중지하던 딸이 죽은 이후 눈에 넣어도 아프지 않을 자신의 유일한 혈육이었다.

공야휘가 입을 열었다.

"무심호조결(無心呼調訣)이라는 심법이 있다. 감정을 차갑게 가라앉혀 마음을 깨끗이 유지하는 효능이 있지. 앞으로 너는 수시로 이를 반복해 감정이 격해지는 것을 막아야 한다. 그렇지 않으면 또다시 발작이 올 것이고, 그때는… 나 역시 장담할 수가 없다."

슬픈 눈을 들어 잠시 공야휘를 바라보던 단리설이 이내 고개를 끄덕였다. 안타까움이 묻어나는 외조부의 눈빛을 차마 외면할 수 없었던 까닭이다.

공야휘는 무심호조결의 구결을 몇 번이나 반복해 암송해 줬다.

"몸이 차구나. 그만 쉬거라."

그 말을 끝으로 공야휘는 신형을 일으켰다.

방 밖으로 나서며 공야휘는 가슴에 무거운 바위를 올려놓은 듯 답답함을 느꼈다. 언제 발작할지 모르는 천형(天刑)을 짊어지고 살아가야 하는 것만으로도 가여운데 어찌 무심호조결의 부작용을 말해 줄 수 있을까.

무심호조결을 익히다 보면 점차 감정이 차가워져 종국에는 희로애락(喜怒哀樂)의 감정을 느낄 수가 없게 된다.

'그래도 살아만 있다면…….'

속으로 미안함과 안타까움을 삭이던 공야휘의 눈에서 살벌한 안광이 폭사되어 나왔다.

'절대 용서하지 않겠다! 당문과 관련이 있단 말이지……. 좋아, 일단은 너희 뜻대로 움직여 주마. 하지만 그 실체가 드러나는 순간, 그때가 너희들의 최후다. 기대해도 좋을 것이다. 나의 모든 것을 동원해,

인간이 할 수 있는 가장 잔인한 방법으로 멸할 것이다!'

계단을 내려선 공야휘가 수하들을 향해 명령을 내렸다.

"흑무련 휘하 삼대세가와 이곡, 그리고 삼방의 수장들을 소집하라."

"복명!"

수하가 사라지자 공야휘는 희끗한 자신의 수염을 쓰다듬었다.

'뇌공의 검이란 말이지?'

자신의 짐작이 틀림없다면 그것은 분명 형산파의 개파 조사인 뇌공 하원일이 사용했다던 거침없는 파괴의 검이 틀림없었다. 형태는 물론 초식도, 이름도 남아 있지 않고 오로지 전설로만 전해진 검. 그것이 뇌공의 검이었다.

'그 애송이가 과연 삼백 년의 시공을 뛰어넘어 뇌공의 검을 다시 재현할 수 있을 것인가?'

공야휘의 입매에 보일 듯 말 듯한 미소가 떠올랐다. 하지만 그 의미는 오직 그만이 알고 있었다.

第二十三章

근한원은(近恨遠恩)

봄이 머지않았음에도 불구하고 오늘따라 산정(山頂)에서 불어오는 바람이 유달리 차가웠다.

청호(菁蒿)는 자신도 모르게 한차례 몸을 부르르 떨었다. 하지만 이내 옷깃을 여미며 연무장을 향해 걸음을 옮겼다.

길게 이어진 야트막한 담을 따라 일각쯤 걷자 연무장과 연결된 월동문이 나타났고, 문턱을 넘는 순간 청호는 설레설레 고개를 흔들었다.

이른 새벽, 무당산은 아직 어둠에 잠겨 있었다. 그러나 연무장 위에는 이미 그보다 먼저 도착해 검을 휘두르는 사람이 있었던 것이다. 자신보다 부지런을 떠는 사람은 그가 알기로 한 명밖에 없었다.

"청운 사제."

청호가 입을 열자 연무장 위를 가득 메웠던 차가운 검영이 한순간에 씻은 듯이 사라졌다.

"오랜만입니다, 사형."

검을 거두고 자신을 향해 인사를 건네는 사제를 향해 청호가 반가운 얼굴로 다가섰다.

"사제는 정말 부지런하군. 돌아온 지 얼마나 되었다고."

"새벽에 절로 눈이 뜨이더군요. 마땅히 할 일도 없고 해서……."

"그래도 여행의 피로가 남아 있을 테니 무리하진 말게."

웃으며 조용히 고개를 끄덕이는 청운의 모습에 청호는 내심 부러운 생각이 들었다.

'뛰어난 재능을 타고났으면서도 이처럼 노력을 게을리 하지 않다니…….'

자신과 달리 청운은 일찍부터 검에 대한 재능을 사문의 어른들로부터 인정받았고, 그로 인해 삼대제자임에도 불구하고 태극혜검(太極慧劍)을 전수받을 수 있었다.

태극혜검은 장로 이상만 익힐 수 있는 무당 검학(劍學)의 최고절기 중 하나로, 삼대제자가 이를 배우게 된 것은 수백 년 무당 역사를 통틀어도 처음 있는 파격적인 사건이었다.

뿐만 아니라 수많은 무림의 후기지수 가운데서도 단연 돋보이는 그의 무공과 인품은 청심투룡이라는 별호와 함께 벌써부터 무당의 이름을 드높이고 있었다.

"못 본 사이 검이 더욱 예리해진 것 같군."

청호의 칭찬에 청운은 오히려 얼굴을 붉혔다.

"마음이 검을 따라주지 않으니 부드러움 속에 애써 갈무리했던 날카로움이 자꾸만 검로와 따로 노는 듯합니다."

"음?"

영문 모를 청운의 말에 청호는 의아함을 금치 못했다. 방금 청운이 펼친 검법은 무당 제자라면 누구나 알고 있는 소청검법(少淸劍法)이 틀림없었다.

소청검법은 본래 날카로운 기세를 지닌 검공이다. 이보다 상위 검법인 태청검법(太淸劍法)에 이르러서야 부드러운 기세를 지니는 법인데, 오히려 부드러움 속에 갈무리한다니?

하지만 이내 부끄러움이 밀려왔다. 이미 자신의 무리로는 사제가 지닌 무학의 경지를 가늠하기 힘들다는 것을 깨달았기 때문이다.

청호가 멋쩍은 웃음을 터뜨렸다.

"하하, 그런가? 하지만 내 눈에는 완벽한 소청검법으로 보이더군. 사제가 어려움을 겪고 있다니 뭔가 도움이 되는 조언을 해주고 싶긴 하지만 그러기엔 내가 너무 부족하군. 미안하네, 사제."

"아!"

그제야 청운은 자신의 실수를 깨달았다.

자신도 모르게 솔직한 속내를 말한 것이지만 청호로서는 이를 이해할 수 없으니, 결국 자신의 성취를 자랑하는 것밖에 되지 않았던 것이다.

그러나 청호는 사제를 시기할 만큼 졸렬한 위인이 아니었다. 오히려 자신보다 높은 경지에 이르러 있는 사제의 모습이 대견하고 자랑스러웠다.

"아참, 할 일을 잊고 있었군. 그럼 계속 수련하게."

"검을 연마하기 위해 연무장을 찾은 것 아닌가요?"

"아냐. 그냥 지나가다 누군가 연무장을 쓰고 있길래 사제인가 싶어 얼굴이나 보고 가려고 들른 것뿐이야."

청호는 손을 저었으나 청운은 그가 거짓말을 하고 있다는 것을 바로 알아챘다. 매일같이 다른 제자들보다 먼저 일어나 홀로 검을 수련하는 사형이었다. 그는 단지 자신을 방해하지 않기 위해 자리를 비켜주려는 것이다.

그 배려가 고마워 청운은 고개를 숙였다.

"뭘, 우리 사이에."

웃으며 돌아서는 청호의 뒷모습을 잠시 바라보던 청운은 그가 멀어지자 다시금 검을 움직이기 시작했다.

문턱을 넘어서던 청호는 고개를 돌려 연무장 위를 가득 메운 검기의 물결을 부러운 눈으로 바라봤다.

'사제는 나날이 강해지는구나. 당금 후기지수 중에 누가 있어 사제를 따라갈 수 있을까.'

무당파에는 수십 종의 검법이 있지만, 그중 강호상에 널리 알려진 것은 태청검법과 소청검법 외에 양의검법(兩儀劍法), 신문십삼검(神門十三劍), 칠십이초요지유검(七十二招繞指柔劍), 현허칠성검법(玄虛七星劍法)의 소위 무당사대검학(武當四大劍學)이라고 불리우는 네 가지 검법이었다.

그 밖에도 오행검(五行劍), 구궁검(九宮劍), 조양검(朝陽劍) 등 다양한 검법이 존재하나 특히 무당사대검학은 익히는 사람의 능력과 노력에 따라 천차만별의 위력을 보이는 것으로, 그중 어느 것 하나라도 완벽하게 익히기만 하면 천하의 누구도 두려워하지 않을 절정의 검객이 될 수 있다고 한다.

무당의 검법은 도가에서도 가장 공명정대하며 나름대로의 고고한 기상을 담고 있었다. 강호에 널리 퍼져 있는 청연무당(靑然武當)이라는 말은 단순히 무당산의 기세만을 이야기하는 것이 아니었다. 무당파와 그에 몸담고 있는 문하들의 기상과 자긍심을 함께 나타내는 것이었다.

지금도 도포 자락을 펄럭이며 한 자루 검을 휘두르는 청운의 모습은 마치 한 마리 학을 보는 것처럼 맑고 깨끗했다.

단순히 자세만 아름다운 것이 아니라, 그의 손에서 펼쳐지는 초식들은 하나같이 군더더기가 없고 절도가 배어 있으면서도 추상과 같은 삼엄함을 담고 있었다.

'그래, 조급해하지 말자. 사제는 사제고 나는 나다. 사부님께서도 말씀하시지 않았던가. 노력하는 자세야말로 하늘이 준 가장 뛰어난 재능이라고.'

고개를 끄덕인 청호는 태화궁(太和宮)과 우진궁(遇眞宮)을 지나 곧장 산문 쪽을 향해 걸음을 옮겼다. 조금 이르긴 했으나 아침 일찍 배달될 소금과 식재료들을 기다리기 위해서였다.

"어?"

산문에 거의 다다른 청호가 의아한 표정을 지었다. 그도 그럴 것이 아직 산문이 열리지도 않았건만 커다란 궤짝이 안에 들여져 있었기 때문이다.

"이렇게 이른 새벽부터 누가 다녀갔나? 그럴 리 없을 텐데? 더구나 어떻게 안으로 들어왔지?"

청호가 궤짝을 두드리는 순간.

좌르륵.

궤짝 한쪽이 떨어져 나가며 새하얀 소금이 쏟아졌다.

"이크! 소금이잖아? 전 노인이라면 가장 늦게 올 줄 알았는데……."

청호는 난처한 얼굴로 쏟아진 소금을 쓸어 담기 위해 허리를 숙였다.

“허억!”

쿵!

소금을 두 손으로 모아 궤짝 안에 담으려는 순간 청호는 헛바람을 들이키며 엉덩방아를 찧었다. 그 바람에 한 움큼의 소금이 입 안으로 들어갔으나 어찌나 놀랐던지 청호는 이를 느끼지 못하고 있었다.

“이, 이게… 대체…….”

하얗게 질린 얼굴로 말을 더듬던 청호는 이내 두 손으로 후들거리는 무릎을 짚으며 일어섰다. 그리곤 산문 가까이 위치한 경종을 검집으로 두드렸다.

캉! 캉! 카앙!

고요한 무당산에 타종 소리가 울려 퍼지고.

“무슨 일입니까, 사형!”

가까운 곳에 있던 청운이 가장 먼저 달려왔다. 그리고 뒤이어 수십 명의 무당 제자들이 놀라 뛰쳐나왔다.

“무슨 일이냐?”

“사, 사… 사부님……!”

“차분하게 설명해 봐라. 대체 무슨 난리가 났기에 타종을 한 것이냐?”

사부인 조영자(照映子)의 호령에 청호는 덜덜 떨리는 손을 들어 궤짝 안을 가리켰다.

그 손을 따라 조영자가 시선을 옮겼다. 그리고 그 역시 놀라움을 금치 못했다.

“이건……!”

콰직!

조영자가 손을 휘두르자 궤짝이 부서지며 소금에 묻혀 있던 한 구의 시체가 바닥에 쓰러졌다.

소금에 절여져 온몸에서 수분이 빠져나간 시신은 마치 목내이(木乃伊:미라)처럼 앙상하게 말라 있어 본래의 얼굴을 알아볼 수 없었다. 하지만 시신이 입고 있는 옷은 무당의 도포가 분명했다.

"누가 감히!"

싸늘하게 눈빛을 가라앉힌 조영자가 웅성이는 삼대제자들을 향해 입을 열었다.

"당장 모든 무당 문하를 이곳에 집결시켜라!"

이에 삼대제자들이 분주히 움직이기 시작했고, 잠시 후 모든 무당 문하가 산문 앞에 집결했다.

직접 한 명 한 명 제자들의 인원을 점검하던 조영자의 얼굴에 당혹감이 떠올랐다.

그때였다.

다섯 명의 장로들을 대동하고 현 무당의 장문인인 태허 진인이 모습을 나타냈다.

"무슨 일인가, 사질?"

"조영이 장문 사백을 뵙습니다."

"되었네. 어찌 된 일인지나 설명해 주게."

"그게……."

조영자는 청호가 궤짝을 발견한 것부터 자신이 제자들을 모은 이유까지 자세한 설명을 마쳤다.

태허 진인이 입을 열었다.

"저 시신이 무당 제자가 확실한가?"

"얼굴을 알아볼 수 없어 정확히 확정을 짓긴 힘들지만……."

"힘들지만?"

"삼대제자 중 청해의 모습이 보이질 않습니다."

"청해라면……."

"보름 전에 화산에 다녀온 아이입니다."

"으음……."

태허 진인이 인상을 찡그리며 생각에 잠겼다.

그러기를 잠시.

"청해가 돌아와 나에게 보고를 마친 것이 어제 진시였네. 소금에 절여져 있었다 하나 어찌 하루 만에 이처럼 온몸의 수분이 다 빠져나갈 수 있겠는가?"

이때 태허 진인 뒤에 서 있던 태강 진인이 앞으로 나섰다.

"일반 소금이 아닌 염효(鹽梟)들의 독소금이라면 가능합니다."

"염효? 그들이 무슨 이유로 무당 제자를 해친단 말인가?"

태허 진인의 음성이 채 사라지기도 전이었다.

탕탕탕!

누군가가 산문을 거칠게 두드리고 있었다.

태허 진인의 눈빛을 받은 삼대제자 둘이 산문을 열었고, 그 문틈으로 햇살을 등진 한 사람이 모습을 드러냈다.

"저런!"

태허 진인이 눈살을 찌푸렸다.

산문을 두드린 이는 여인이었다. 하지만 그 몰골의 참담함은 이루 말로 설명할 수 없었다.

심하게 헝클어진 머리는 피에 엉겨붙어 있었고 옷은 넝마처럼 갈가리 찢겨 있어 속살을 고스란히 내비치고 있었다. 뿐만 아니라 입술이 터지고 코에서는 코피가 흘러내리고 있어 얼마나 심한 고초를 겪었는지 알 수 있었다.

"본 파를 방문하신 이유가……."

말을 건네던 태허 진인의 얼굴에 당혹감이 떠올랐다. 말을 건네기무섭게 독기 어린 여인의 음성이 그의 말을 잘랐던 것이다.

"닥쳐! 말코도사!"

"감히!"

태허 진인이 급히 손을 들어 제자들을 만류했다. 여인의 눈빛이 광기로 젖어 있음을 깨달았던 것이다.

잠시 무당 제자들을 노려보던 여인의 시선이 부서진 궤짝과 그 위에 널브러진 시신을 향해 고정되었다. 그리곤 돌연 미친 듯이 웃음을 터뜨렸다.

"깔깔깔! 내가 무당을 방문한 이유를 알고 싶어? 하지만 먼저 저 개자식이 왜 죽었는지 말해 주지."

"무량수불!"

일순 무당 문하들의 눈빛에 분노가 떠올랐다. 하지만 웅혼한 내력이실린 태허 진인의 도호에 섣불리 나설 수 없었다.

독기가 일렁이는 눈으로 시신을 노려보던 여인이 입을 열었다.

"청해라는 저 개만도 못한 짐승은 내 남편과 아이가 보는 앞에서 나를 유린하고 남편을 죽였다. 정확히 보름 전이었지."

"말도 안 되는 소리!"

조영자의 일갈에 여인은 풀풀 마른 웃음을 흩날렸다.

"왜? 못 믿겠나 보지?"

"대체 너는 누구냐? 무슨 이유로 감히 무당의 제자를 모함하는 것이냐?”

“흥! 모함?”

여인이 등에 메고 있던 짚단을 내려놓았다.

“헉!”

여인이 짚단을 풀어헤치자 조영자가 헛바람을 토했다. 아직 앳된 모습이 채 사라지지도 않은 여아의 시신과 눈이 마주쳤기 때문이다. 겁간의 흔적이 뚜렷한 여아의 시신은 보는 것만으로도 욕지기가 치밀어 오를 만큼 심하게 훼손되어 있었다.

“저자의 짓이야! 어젯밤 또다시 우리 집에 침입해서 짐승만도 못한 짓을 저지른 놈!”

조영자는 할 말을 잃었다. 자신이 아는 청해는 그런 짓을 저지를 만한 인물이 아니었다. 하지만 여인의 태도는 거짓말이라 단정하기엔 뭔가 석연치 않은 점이 존재했다.

이때 갑자기 여인이 오열을 터뜨렸다.

“왜지? 대체 우리가 무당에 무슨 죄를 지었기에 이처럼 잔인한 짓을 한 거야? 남편이 단지 흑도 사람이라는 이유로? 우리 남편도 처음부터 원해서 염효에 몸담은 게 아냐. 먹고살기 위해 어쩔 수 없었어. 조정의 관리들이 눈이 벌게진 채 우리를 쫓는 건 알고 있어. 하지만 당신들에게는 잘못한 게 없잖아. 명문정파라는 무당에게 있어 흑도의 사람들은 벌레만도 못한 존재인가? 하지만… 이 가엾은 건 무슨 죄가 있어? 아무것도 모른 채 엄마를 불러가며 죽어간 이 아이가 무슨 잘못이 있다는 거야!”

여인의 손에는 어느덧 시퍼런 비수가 들려 있었다.

“무량수불, 진정하시오.”

황급히 태허 진인이 만류했으나 여인은 서슴없이 자신의 심장에 비수를 박아 넣었다.

"원귀가 되어서도… 저주하리라. 무당의 모든… 인간들에게……."

여인은 그대로 절명해 버렸다.

산문에 집결해 있던 무당 문하들이 술렁이기 시작했다. 그녀의 죽음으로 인해 급격히 퍼진 소요는 쉽게 가라앉지 않았고, 모든 무당 문하들은 혼란스러운 얼굴로 태허 진인을 바라볼 뿐이었다.

이윽고 태허 진인이 조영자를 향해 명령을 내렸다.

"이번 일이 염효와 관련된 듯하니 당장 속가 문하들을 풀어 그들과 접촉하게. 그리고 정확한 진상을 조사하도록."

"알겠습니다."

조영자가 제자 둘을 데리고 급히 산문을 넘었다.

"시신을 수습해라."

태허 진인의 명령에 삼대제자들이 머뭇거리며 여인의 시신을 향해 다가섰다.

장내의 상황을 정리하는 제자들의 모습을 바라보는 태허 진인의 얼굴에 어두운 그늘이 드리웠다.

'무량수불, 만약 저 여인의 말이 사실로 밝혀진다면 무당은 앞으로 어찌 강호인들 앞에 얼굴을 들 수 있을까. 가뜩이나 상황이 좋지 않은 이때, 무당에 악재가 겹치는구나.'

태허 진인의 얼굴은 더없이 무겁기만 했다.

＊　　　＊　　　＊

"크하하하! 봤나? 어제 곽자문의 얼빠진 얼굴?"

인근의 염효들을 통솔하는 흑염방(黑鹽幫) 방주 양홍지(陽鴻志)는 칠십 평생을 살아오며 이처럼 통쾌한 적은 처음이었다.

곽자문이 누구인가. 무당 속가 중 가장 영향력이 크다는 운영표국의 국주였다. 늘 자신을 벌레처럼 바라보던 그가 자신의 말 한마디에 식은땀을 흘리며 쩔쩔매던 모습은 참으로 가관이 아닐 수 없었다.

"흐흐, 제깟 놈이 어쩌겠습니까? 증거가 명백한데."

자신의 오른팔인 조중원(趙重遠)이 맞장구를 치며 자신의 술잔을 채우자 양홍지는 단번에 이를 비운 뒤 고개를 끄덕였다.

"무당의 그 개자식이 우릴 얕본 것이지. 감히 이곳이 어딘 줄 알고 또다시 담을 넘어? 제아무리 무당이라도 이번엔 별수없을 거야. 범행 현장을 목격한 사람만 해도 열 명이 넘어가는 데다 그놈이 펼친 무당검법에 당한 우리 아이들의 부상도 확인했으니까."

"하지만 무당이 가만있을까요? 속가제자도 아닌 본산제자가 당했는데."

우려를 담은 조중원의 음성에 양홍지의 인상이 대번 구겨졌다.

퍽!

"아이고!"

양홍지의 술잔에 이마를 얻어맞은 조중원이 엄살스레 비명을 질렀다.

"너 이 자식, 술 맛 떨어지게 할래?"

"그래도 혹시 압니까? 복수한다고 무당 도사들이 우르르 몰려오면 그날로 우리는 끝장 아닙니까?"

"피는 의당 피로 갚는 것! 제아무리 무당이라도 그들 역시 무림인.

특하나 명분 앞에서는 힘을 못 쓰는 게 그들 정파다. 쓸데없는 소리 말고 술이나 더 가져와!"

"쳇, 그래도 명색이 총관인데……."

"자꾸 씨부렁거릴래?"

"예! 갑니다, 가요. 가져온다구요."

툴툴거리며 일어서던 조중원이 막 방을 벗어나려 할 때였다.

돌연 방문이 벌컥 열리더니 수하들이 우르르 몰려들어 왔다.

"뭐야?"

짐짓 위엄을 갖추며 조중원이 소리쳤다. 하지만 수하들은 대답을 망설이며 양홍지의 얼굴만 힐끔거릴 뿐이었다.

"이것들이?"

수하들에게 무시당한 것 같아 조중원은 자존심이 상했다. 하지만 그가 막 수하들을 다그치려는 찰나 양홍지가 눈을 부라리며 의자에서 내려섰다.

"한창 좋아진 기분을 망치다니… 만약 이유가 타당하지 않을 경우 한 군데씩 부러지는 건 각오해야 할 거야."

평소 폭급한 양홍지의 성품을 아는지라 수하들은 흠칫하며 몸을 떨었다. 하지만 이때 양홍지의 시선이 수하들이 들고 온 거적에 머물렀다.

"뭐냐? 그건."

"그게……."

서로 눈치를 보며 대답을 망설이자 양홍지가 눈썹을 찡그렸다.

"이리 가져와 봐."

턱짓으로 명령하는 양홍지의 모습에 조중원은 잠시 못마땅한 표정을 지었으나 이내 거적을 질질 끌어 양홍지에게 가져갔다.

툭.

그때 거적 안에서 무언가가 떨어졌다.

"손?"

그것이 토막난 사람의 손임을 깨달은 양홍지는 불쾌한 표정을 지었다.

"이것들이 죽으려고⋯⋯!"

자신들을 노려보며 으르렁거리는 양홍지의 모습에 거적을 가지고 온 수하들은 사색이 된 채 떨기 시작했다.

"헉!"

하지만 이이진 조중원의 경악성에 양홍지는 의외란 표정을 지어 보였다.

소금 밥을 먹은 지 어언 삼십 년이다. 비록 자신에겐 미치지 못했으나 누구 못지않은 독심을 자랑하는 조중원이 토막난 시체 따위에 놀라다니⋯⋯.

"바, 방주님!"

"왜?"

반문하는 양홍지를 향해 조중원이 바닥에 떨어진 손을 집어 그에게 내밀었다.

"⋯⋯!"

순간 양홍지의 신형이 굳어졌다.

손가락에 끼워진 반지. 그것은 분명 첩으로부터 늦게 얻은 아들의 열일곱 생일을 축하하며 서역에서 어렵게 구해 선물한 반지였다.

쿵쿵거리며 조중원에게 다가선 양홍지는 시신을 덮고 있는 거적을

젖혔다. 그리고 토막토막 나뉘어 멋대로 흩어져 있는 고깃덩어리와 그
가운데 놓여진 머리를 알아볼 수 있었다.

"무수야!"

비명과도 같은 포효를 터뜨리며 양홍지가 아들의 머리를 품에 안았
다.

투둑.

눈을 부릅뜬 양홍지의 눈꼬리가 터져 나가며 붉은 피눈물이 얼굴을
타고 흘러내렸다.

"끄어어어!"

폐부를 쥐어짜는 듯한 신음 소리를 내뱉는 양홍지의 모습에 조중원
은 할 말을 잃고 말았다.

쉰셋의 늘그막에 간신히 얻은 아들이었다. 비록 양홍지는 포악함으
로 이름 높은 염효의 우두머리였으나 아들에게 바치는 정성은 이루 말
로 설명할 수 없을 정도였다.

'무수만큼은 사람답게 살게 하겠어.'

술에 취하면 양홍지가 늘 되풀이하던 말이었다. 자신은 거칠고 살벌
한 흑도에 몸을 담았지만 자식에게만큼은 이를 대물림하고 싶지 않다
던 양홍지였다.

"형님……."

조중원이 오랜만에 양홍지를 형님이라 불렀다. 하지만 양홍지는 대
답이 없었다. 아들의 머리를 끌어안은 채 피눈물만 떨굴 뿐이었다.

이를 안타까운 눈으로 바라보던 조중원이 수하들을 향해 소리쳤
다.

"어찌 된 일이냐?"

“그게······.”

“헛바닥이 잘리고 싶지 않다면 어물쩍거리지 마라.”

조중원의 엄포에 가무위란 이름의 수하가 앞으로 나섰다.

“여느 때처럼 도련님이 취원루(取沅樓)에서 식사를 마치고 나오는데 웬 놈들이 다짜고짜 공자님을 모욕하기 시작했습니다.”

“그래서?”

“도련님께서는 처음엔 참으려 했지만 그들은 집요하게 방주님까지 걸고넘어지며 모욕하는 바람에 발끈하신 도련님이 그들과 다투게 되었습니다. 그래서 저희들이 나섰고 그들은 달아났습니다. 한데······.”

“계속해라.”

“그들은 운영표국의 쟁자수였습니다. 그들이 표사 한 명을 불러왔는데… 그는 다짜고짜 미친 듯이 검을 휘둘러 도련님을… 그리고 저희들이 달려들자 그대로 달아났습니다.”

“운영표국? 확실한가?”

“그는 분명히 무당의 태청검법을 사용했습니다. 그리고 저희가 달아나는 그를 쫓았는데 그는 운영표국의 담을 넘어 사라졌습니다.”

“음······.”

조중원이 침음성을 흘렸다.

반쯤 농담으로 했던 말이었지만 무당이 이렇게까지 대놓고 나설 줄은 생각지 못한 것이다.

그때였다.

“소금 팔러 가자.”

양홍지의 음성에 조중원의 안색이 창백해졌다.

방주가 직접 소금을 팔러 간다니……. 모르는 이가 들으면 웃을지 모르지만 이는 그들 염효만의 은어(隱語)였다.

조정의 허가를 얻은 염상과 달리 염효는 암암리에 소금을 밀거래함으로써 부를 축적하는 방식을 취하고 있었다. 염효는 세금을 내지 않는다. 하지만 이로 인해 늘 조정의 관리들이 염효를 색출해 내기 위해 눈에 불을 켜고 다녔고 그만큼 위험한 일이었다. 하지만 그 이익은 막대해 흑도에 몸담은 이라면 누구나 탐내는 일이기도 했다. 따라서 소금과 그 이권을 둘러싼 치열한 암투가 끊이질 않았다.

하지만 무림의 어느 곳도 염효를 함부로 건드릴 수 없는 이유가 있었으니…….

바로 염효들이 지닌 소금 때문이었다. 마염(魔鹽)이라고도 불리우는 독소금으로 인해 그들은 지금까지 타 문파로부터 소금과 관련된 이권을 지켜낼 수 있었다.

소금이 뿌려진 흙에서는 풀 한 포기 자라지 않았다. 적의 씨를 말려 풀뿌리조차 남기지 않겠다는 뜻을 내포한 말이 소금을 팔러 가잔 것이었고, 이는 곧 염효의 사활을 내건 전쟁을 의미했다.

"형님! 아니, 방주님!"

"운영표국이 두렵나?"

양홍지의 말에 조중원은 고개를 흔들었다.

"본 방의 모든 힘을 투입한다면 운영표국을 피로 씻는 건 어렵지 않습니다. 하지만 그들 뒤에는 무당이 있습니다!"

"그들에게 무당이 있다면 우리 뒤에는 흑무련이 있다."

"……!"

양홍지가 다시 입을 열었다.

"만약 이번 일로 인해 우리가 물러선다면 다른 곳도 우릴 얕보기 시작할 것이다. 내 아들의 복수에 앞서, 팔백에 이르는 수하들과 그들에게 딸려 있는 식솔들의 밥줄이 달린 일이다."

틀린 말은 아니었다.

지금까지 이 바닥에서 공포의 이름으로 군림해 온 흑염방이다. 방주의 아들이 죽었음에도 침묵한다면 그동안 흑염방의 무력에 의지하던 휘하의 염효상들도 동요할 터. 여기에 호시탐탐 소금 밀매에 관한 이권에 눈독을 들이곤 있었으나 흑염방이 두려워 함부로 나서지 못하던 문파들이 끼어든다면?

자신들을 보호해 줄 힘을 확신하지 못한다면 흑염방에 소속된 염효들은 자신들의 의지가 될 새로운 강자를 찾아 흩어질 것이다. 그것이 흑도 바닥의 생리였다.

잠시 생각을 정리하던 조중원이 천천히 고개를 끄덕였다.

"일단 관리들부터 매수해야겠군요."

"얼마의 돈이 들어가도 상관없다. 오늘밤까지 그 일을 마무리 지어라. 자시에 그들을 친다."

그 말을 끝으로 양홍지는 품속에서 사슴 가죽을 제단해 만든 두터운 장갑을 꺼내 들었다.

조중원은 양홍지가 독소금을 만들러 가는 것임을 알 수 있었다. 독소금의 제조법은 방주만이 아는 극비였다.

아들의 머리를 안은 채 양홍지가 방을 나서자 조중원이 수하들을 향해 입을 열었다.

"창고에 있는 금과 은을 모두 가져와! 그리고 지필묵을 가져오고 마차를 준비해. 서신을 전달할 발빠른 몇 놈도 함께."

분주히 움직이기 시작한 수하들을 바라보는 조중원의 눈빛이 싸늘한 한광을 흘려냈다.

*   *   *

난데없는 소문에 강호가 술렁였다.

운영표국이 피에 잠겼다!

호북에서 시작된 그 소문은 수많은 호사가들의 입을 타고 중원 각지로 전해지며 엄청난 여파를 남겼다.

운영표국이 어떤 곳인가. 호북에서 가장 큰 상권과 물류업에 깊이 관여한 곳으로 무당의 가장 중요한 수입원 중 하나였다. 더구나 표사 대부분이 무당의 속가제자로, 표국주인 청풍검(淸風劍) 곽자문은 무당 본산에서도 인정한 속가 제일의 검객이었다. 하지만 곽자문을 비롯한 이백오십에 이르는 운영표국의 식솔들이 은밀하고 빠르게 진행된 흑염방의 공격에 떼죽음을 면치 못했다.

강호가 술렁이는 이유도 이 때문이었다.

흑염방은 흑무련의 이곡 삼방 중 삼방에 포함된 문파였기 때문이다. 흑염방과 운영표국의 충돌로 인해 정사대전 이후 이십 년간 지켜져 온 정파와 사파 간의 상호불가침 약조가 깨진 것이나 다름없었다.

더구나 흑무련에서는 이에 대한 아무런 성명도 공표하지 않고 있어 무림인들은 더욱 불안했다. 성급한 이들은 이차정사대전의 징후라 떠벌이며 가뜩이나 위태한 당금의 상황을 더욱 부채질하고 있었다.

중원무림은 온통 벌집을 쑤셔놓은 것처럼 뒤숭숭했고, 이는 소문의 중심에 있는 무당 역시 크게 다르지 않았다.

무당산 태화궁(太和宮).

이번 사태를 놓고 소집된 장로회의가 늦은 밤까지 이어지고 있었다.

"장문 사형!"

분노한 눈을 들어 태허 진인을 바라보는 사람은 다섯 명의 장로들 중 한 명인 태릉 진인이었다.

"이는 명백한 도발입니다. 청해의 일도 그렇고, 이번 운영표국의 혈사 역시 그렇습니다. 그들은 아예 작정하고 무당에 시비를 걸어오는 것입니다."

장문인인 태허 진인이 나직이 한숨을 흘렸다. 자신의 사제가 이처럼 흥분한 이유를 잘 알기 때문이다. 운영표국의 국주인 곽자문은 그가 직접 가르친 애제자 중 한 명이었고 표사들 중 대부분이 그의 손을 거치지 않은 이가 없었다.

태릉 진인이 입을 열었다.

"표국 안을 가득 메운 독소금 때문에 시신들을 수습하지도 못했습니다. 결국 독이 퍼지는 걸 막기 위해 불을 놓아 그들을 한꺼번에 화장시켜야만 했습니다. 무당이 얼마나 못났기에 한낱 염효 따위에게 이처럼 놀아난단 말입니까!"

"태릉 사제!"

태강 진인의 꾸짖음에 태릉 진인은 그제야 자신이 실언을 했음을 깨달았다. 하지만 얼마나 세게 움켜쥐었는지 그의 주먹에서는 방울진 핏방울이 흘러내리고 있었다.

"태명 사제."

태허 진인이 지금까지 침묵을 지키며 고심을 거듭하는 둘째 사제를 불렀다.

"네, 장문 사형."

"사제의 생각은 어떤가?"

태화궁 안의 모든 시선이 태명 진인에게 모아졌다. 비록 말수도 적고 무당의 대소사에 직접 나서는 일은 드물었지만 누구보다 생각이 깊은 이가 그였기 때문이다.

생각을 정리하던 태명 진인이 감았던 눈을 떴다.

"두 가지가 있습니다. 하나는 흑염방 뒤에 흑무련이 있어 고의적으로 무당을 상대로 도발을 감행해 왔다는 가정. 그리고 또 하나는 암중의 다른 세력이 그간 쌓여온 정사무림 간의 앙금을 이용해 암계를 꾸미고 있다는 가정."

"계속하게."

"청해가 그런 악행을 저질렀다고 하나, 청해의 평소 성품을 감안하면 이는 이해하기 힘든 일입니다. 더구나 시신으로 돌아온 청해는 얼굴을 알아볼 수 없어 그가 진짜 청해인지 확인할 방법이 없습니다. 그리고 흑염방의 소방주를 살해한 운영표국의 표사가 누구인지도 아직 밝혀지지 않았습니다. 물론 그들이 제시한 시신의 상흔은 누가 봐도 무당의 검에 의한 것은 틀림없지만 속가제자들 중 그 정도로 태청검법을 익힌 사람은 자문이 정도일 것입니다. 하지만 흉수가 곽자문이 아님은 그들 역시 인정했습니다. 이번 일의 배후에 우리가 알지 못하는 제삼의 흉수가 있을 수도 있습니다."

"저는 흑무련이 이번 일에 깊이 관련되어 있다 생각합니다."

태강 진인이 자신의 의견을 설명하기 시작했다.

"몇 달 전 방현 인근에서 발견된 운영표국의 표사들 시신에는 흑무런 무사들의 무공에 당한 것이 분명한 상흔이 남겨져 있었습니다. 그리고 이번 청해의 일과 운영표국의 혈사까지 그들은 복수라는 명분을 가지고 움직여 왔습니다. 하지만 그들이 제시한 증거는 하나같이 납득하기 힘든 것들입니다. 먼저 청해의 시신을 확인하기도 전에 여인이 자결하여 시신이 진짜 청해인지를 알 수 없으며, 흑염방의 소방주를 살해한 흉수 역시 밝혀지지 않았습니다. 더구나 의아한 점은 흑무련의 태도입니다. 이 정도로 일이 크게 불거졌음에도 불구하고 그들은 어떤 반응도 보이지 않은 채 함구하고 있습니다. 그들의 주축이라 할 수 있는 삼방 중 흑염방과 직접적으로 관련되어 있음에도 불구하고 말입니다."

말을 마친 태강 진인은 의견을 구하듯이 태명 진인을 바라봤다.

이에 태명 진인이 고개를 끄덕이며 입을 열었다.

"물론 이 모든 것이 흑무련의 지시를 받은 흑염방의 연극일 수도 있습니다. 분명히 섬서에서도 이와 비슷한 일이 있었으며 최근엔 흑무련 휘하 단리세가의 무인들이 형산을 공격한 일도 있었으니까요. 하지만 만약 제삼의 흉수가 존재한다면 이대로 흑무련과 마찰을 빚어서는 안 됩니다."

"사형! 지금 그걸 말이라고 하십니까?"

"태릉 사제, 지금은 감정을 앞세울 때가 아니네."

"이대로 우리가 침묵하면 무당이 잘못을 저질렀다 인정하는 것과 다르지 않습니다. 수백 년 동안 쌓아온 무당의 위신이 송두리째 흔들릴 수도 있음을 어찌 모르십니까."

그때였다.

"그만!"

쩌렁한 태허 진인의 일갈에 태륭 진인도, 태명 진인도 입을 다물었다.

"셋째의 실종도 석연치 않은 점이 있네. 흑무련은 모르는 일이라 하고 있으나 명도가 본 파를 떠난 이유는 분명 공야휘를 만나기 위한 것."

태허 진인의 입에서 명도 진인의 실종이 언급되자 장내의 인물들의 얼굴에는 하나같이 침통한 표정이 떠올랐다.

태허 진인이 말을 이어갔다.

"이십 년 전 명도는 공야휘를 상대로 상호불가침의 약조를 받아냈었네. 그 당사자의 실종과 이번 사건들에는 모두 간접적으로 흑무련이 관련되어 있음을 자네들도 부정하진 못할 걸세. 따라서 나는 흑무련이 다시 발호할 명분을 찾기 위해 이와 같은 일을 꾸몄다는 데 무게를 두겠네."

"무량수불… 그렇다면 장문 사형의 결정은……."

조심스레 묻는 태명 진인의 말에 태허 진인이 고개를 끄덕였다.

"구대문파에 서한을 전달하게. 오악대회에 무당이 참석할 것이라고."

태허 진인의 말속에 담긴 의미를 어찌 모를까.

태명 진인이 무거운 한숨을 터뜨렸다. 하지만 이미 떨어진 장문인의 결정을 번복할 순 없는 노릇.

태명 진인의 얼굴은 근심에 휩싸였다.

*   *   *

"어찌 되었나?"

정원 한 켠에 부복하고 있던 사내가 노인의 말에 입을 열었다.

"무당이 움직이기 시작했습니다."

"흑무련은?"

"우리 측의 제안에 사황곡과 혁련세가에서 반응이 있었습니다."

"그래? 생각보다 적군."

"아무래도 그가 먼저 선수를 친 것 같습니다."

"후훗, 과연. 하긴 그 정도에 흔들린다면 패황이라 불리울 자격이 없지."

"……."

"걱정되나?"

노인이 빙그레 웃으며 천천히 신형을 돌렸다.

더없이 보기 좋은 백염을 늘어뜨린 신선풍의 노인. 하지만 그의 살기에 연못에서 노닐던 잉어들이 놀라 바위 속으로 숨어버렸다.

"어차피 이 정도 변수는 계산 범위에 들어 있었다. 더구나……."

노인의 미소가 더욱 짙어졌다.

"정사무림 간에 깊어진 갈등의 골은 쉽게 메워지지 않는다. 그리고 그간 쌓여온 앙금의 무게 역시 가볍지 않지. 작은 사건으로도 충분한 기폭제 역할을 할 수 있을 만큼 당금의 상황은 결코 녹록치 않거든."

말을 마친 노인은 처마 끝에 맺혀 영롱한 빛을 뿌리는 물방울을 바라봤다.

"잠시 볕이 들더니 전각을 덮고 있던 눈이 녹아버렸군. 하지만 겨울은 아직 끝나지 않았지."

노인의 시선이 부복해 있는 청년을 향했다.

"그 아이의 행방은 아직인가?"

"예. 죽산에서 일이 있고 난 이후로는 계속……."

"형산에서 연락은?"

"아직입니다."

"쯧쯧. 당문기 그놈이 너무 욕심을 부렸어."

"허락하신다면 제가 찾아보겠습니다."

"네가 직접?"

노인은 잠시 말이 없었다.

하지만 그도 잠시.

"아직 속내를 감추는 것이 서툴구나, 여립."

진여립이 고개를 들어 노인을 바라봤다.

노인의 눈이 가늘게 웃고 있었다. 마치 자신의 마음을 샅샅이 들여다보는 것 같은 노인의 눈빛에 진여립은 내심 침음성을 삼켰다.

그런 진여립을 향해 노인이 입을 열었다.

"어차피 보름 후엔 오악대회가 있을 터. 그 아이는 그곳에 나타날 것이다."

노인, 진자겸의 말이 이어졌다.

"네가 그 아이에게 원한이 있다는 것은 알고 있다. 하지만 이미 네게 약속했듯이 나는 너의 복수에 일체 관여하지 않겠다. 하지만 지금은 아니다. 아직 너는 나에게 빚이 남아 있지 않느냐?"

진여립의 얼굴이 어두워졌다.

진여립은 자신도 모르게 왼손으로 오른쪽 어깨를 쓰다듬었다. 손끝에 느껴지는 의수의 차가운 감촉이 유달리 가슴 깊이 스며들었다.

부복해 있는 진여립을 지나치며 진자겸이 입을 열었다.

"초조해할 것 없다. 네가 할 일은 이제 얼마 남지 않았으니……."

묵묵히 고개를 끄덕이는 진여립을 향해 진자겸이 빙그레 웃음을 머금었다.

"혁련세가와 사황곡에 답신을 보내라. 그리고 당문과 같은 조건을 제시해 보고, 그 반응을 살피도록. 그리고 나머지 백명귀(百冥鬼)를 움직여라."

"그럼……."

"어차피 호북의 일로 정파와 흑무련의 충돌은 피할 수 없을 것이다. 거기에 구대문파를 흔들어 이를 더욱 앞당긴다."

진자겸의 미소를 마주한 순간 진여립은 가슴 한구석이 서늘해지는 것을 느꼈다.

그의 이 명령으로 인해 얼마나 많은 사람들이 죽어갈 것인가.

그러나 이젠 돌이킬 수 없는 일이었다. 목숨과 힘을 얻는 대가로 이미 그에게 영혼을 팔아넘긴 자신이 더 이상 어찌해 볼 수 없는 문제였던 것이다.

"서두르는 게 좋을 거야. 머지않아 바람이 차가워질 테니……."

철그럭.

진여립이 신형을 일으키자 그의 의수가 차가운 기음을 흘렸다.

월동문을 넘어서는 진여립의 등을 바라보던 진자겸은 그가 완전히 사라지자 눈을 들어 금세라도 눈을 뿌릴 것만 같은 희뿌연 하늘을 응시했다.

"그날의 하늘도 이처럼 우울했었지."

공허함이 묻어나는 진자겸의 노안에 언뜻 짙은 슬픔이 내비쳤다. 하지만 이내 줄기줄기 흘러내리는 형형한 안광과 자욱한 살기가 이를 대신했다.

"이제 대가를 치러야 할 때가 머지않았다."

그 말을 끝으로 한참 동안 하늘을 노려보던 진자겸이 신형을 돌렸다.

그는 과연 누구에게 대가를 치르게 하려는 것인가.

이는 오직 하늘과 그만이 알고 있을 뿐이었다.

第二十四章
초행화산(初行華山)

“지명아, 저것 봐! 저게 그 유명한 옥녀지(玉女池)래!”

“오오오!”

숙소를 나서기 무섭게 주위를 두리번거리며 연신 감탄성을 터뜨리는 안자명과 안지명의 모습에 오가던 사람들이 쿡쿡 웃음을 터뜨렸다.

결국 보다 못한 하운지가 그들에게 핀잔을 퍼부었다.

“그만 좀 두리번거려. 사람들 보기 창피하지도 않아?”

“하지만 사저, 저게 옥녀지래요.”

“그게 뭐?”

하운지의 퉁명스러운 대꾸에 안자명이 오히려 의아한 표정을 지었다.

“그게 뭐라니요? 화산에서만 볼 수 있는 옥녀지라구요. 그냥 흔한 연못이 아니라니까요.”

안지명도 거들고 나섰다.

"전설에 따르면 매달 그믐이 되면 저곳에서 목욕을 하는 선녀들을 볼 수 있대요."

"하아……."

머리가 지끈거리는 듯 하운지가 손으로 이마를 짚었다.

이에 상관없이 안자명과 안지명은 계속해서 이야기를 주고받았다.

"지명아, 우리가 여기 얼마 정도 머물 것 같아?"

"음… 대략 보름 정도?"

"잘됐다!"

"뭐가?"

"바보야, 생각해 봐. 그믐까지는 불과 나흘밖에 남지 않았다고."

"헉! 그럼?"

"그래! 그믐날 옥녀지에 오르는 거야."

"오오오!"

무슨 상상을 하는지 자기들끼리 키득거리는 한심한 사제들의 모습에 하운지는 설레설레 고개를 저었다.

"전설은 전설일 뿐이야. 설마 선녀니 뭐니 하는 말을 그대로 믿는 건 아니겠지?"

"사저는 우리가 무슨 어린애인 줄 알아요?"

뜻밖의 대꾸에 하운지가 의아한 표정을 지었다. 하지만 이어진 안자명과 안지명의 말에 기가 막혀 입만 벙긋거렸다.

"그래도 밑져야 본전이잖아요."

"맞아요. 사저는 너무 동심이 메말랐어요."

"특히나 사숙이 없으니 더 사람이 각박해진 것 같아. 그치?"

"내 말이."

문득 주위의 시선이 자신들에게 쏠려 있는 것을 느낀 하운지의 얼굴이 홍시마냥 붉게 물들었다.

"창피해서 더 이상 너희들과 못 다니겠어. 옥녀지를 오르든 선녀 알몸을 구경하든 알아서 해."

"어? 사저! 혼자 가면 어떡해요?"

짜증을 내며 성큼성큼 앞서 걷는 하운지를 안자명이 불러 세웠으나 그녀는 더욱 걸음을 빨리했다.

"쳇, 갈 테면 가라지."

"맞아. 처음엔 자기도 들떠 있었으면서."

입술을 삐죽이며 툴툴대는 안자명과 안지명을 향해 곽범태가 입을 열었다.

"그, 그런데… 사매가 없으면… 우리 점심은 어떻게 해, 해결하지?"

"무슨 소리예요?"

안자명의 반문에 곽범태가 사람들 사이로 사라지는 하운지를 가리켰다.

"우리 여비… 사, 사매가 가지고 있는데?"

"억!"

"그러고 보니……."

안자명과 안지명의 얼굴이 굳어졌다.

"사형! 그걸 지금 말해 주면 어떡해요?"

머쓱한 표정으로 머리를 긁적이는 곽범태의 모습에 안자명이 답답한 듯 가슴을 두드렸다.

그런 안자명의 소매를 안지명이 잡아당겼다.

"이러고 있을 때가 아니야."

"그래, 사저를 찾아야 해."

안자명과 안지명이 열심히 하운지를 찾기 시작했다. 하지만 이미 그녀는 사람들 틈으로 모습을 감춰 좀처럼 발견할 수 없었다.

"크, 큰 소리로 불러보는 게 어때?"

"사형, 대놓고 '우리 촌놈이요' 라고 광고할 일 있어요?"

조금 전 자신들의 모습은 이미 까맣게 잊고 있는 안자명이었다. 하지만 이때 안지명이 눈빛을 반짝였다.

"좋은 생각인걸?"

"응?"

의아해하는 안자명을 향해 안지명의 설명이 이어졌다.

"생각해 보라고. 우리가 사저 이름을 큰 소리로 외치면 사저 성격에 창피해서라도 우리 입을 막으러 올 거야."

"어? 그렇네?"

서로의 얼굴을 바라보며 안자명과 안지명이 의미심장한 미소를 지어 보였다. 그리곤 누가 먼저랄 것도 없이 고래고래 소리를 지르기 시작했다.

"형산파의 이대제자 하운지 소저를 찾습니다!"

"사저! 제발 돌아와 줘요! 이젠 안 그럴게요."

곽범태도 거들었다.

"사, 사매! 어서 돌아와!"

멀리서 들려오는 사형제들의 음성에 하운지는 잔뜩 달아오른 얼굴로 고개를 숙였다.

'대체 저 인간들은 무슨 생각을 하는 거야? 게다가 사형까
지······.'

오악대회를 하루 앞둔 화산파는 그야말로 문전성시를 이루고 있었
다. 무당과 흑염방으로 인해 불거진 정사무림의 갈등은 나날이 최악의
상황으로 치닫고 있었고, 이에 무당 장문인인 태허 진인이 구대문파에
배첩을 돌려 오악검파뿐만 아니라 강호의 내로라하는 문파들이 모두
이곳 화산에 모여 있었다.

그런 가운데 저처럼 잔뜩 촌티를 내며 망신을 자처하다니!

아니나 다를까. 오가는 사람들은 저마다 한 번씩은 곽범태를 비롯한
안자명과 안지명의 우스꽝스러운 모습을 힐끔거리며 키득거리고 있었
다.

'내가 못살아.'

하운지는 그들과 같이 망신당하고 싶은 생각은 추호도 없었다.

이때 그녀의 귀에 비웃음 섞인 음성이 들려왔다.

"하하하, 저자들이 그 유명한 형산파 사람들이로군."

"자네의 이번 영웅연(英雄宴) 첫 상대가 형산파라며?"

"이름은 모르겠네."

"아마 곽 뭐라고 했었지? 저런 어중이떠중이들이 상대라면 그야말
로 낙승이로군."

파르르.

하운지의 눈썹이 가늘게 떨렸다. 고개를 들어 목소리가 들려온 곳을
바라보니 두 명의 청년이 웃으며 대화를 나누고 있었다.

이때 푸른색 영웅건을 쓰고 멋드러진 검을 비껴든 청년이 손사래를
치며 입을 열었다.

"범은 토끼를 사냥할 때도 최선을 다하는 법일세."

딴에는 겸손하게 말한다 생각했겠지만 하운지 입장에서는 기분이 상하는 일이 아닐 수 없었다. 더욱이 이들의 대화는 점점 가관으로 치닫고 있었다.

"무당의 청심투룡과 화산의 이룡일봉(二龍一鳳)과 더불어 신흥십영(新興十英)에 드는 점창파의 기대주가 그런 말을 하다니, 나 조수창은 새삼 자네에게 감탄하지 않을 수 없군."

"자네 역시 그 십영 중 한 명 아닌가."

"이번 영웅연을 통해 사람들은 지금까지 십영의 순위가 잘못되었음을 인정해야만 할 거야. 이렇게 자네와 내가 나섰으니 말일세."

"확실히 우리 중 누구도 청심투룡이나 이룡일봉과 자웅을 겨뤄본 적은 없지."

그제야 하운지는 그들이 누군지 알 수 있었다. 영웅건을 걸친 청년은 점창의 유건명이라는 자로 섬전낙영(閃電落影)이라는 별호를 얻고 있었고, 맞은편의 세모 턱의 청년은 청성의 조수창이라는 사람이었다.

"이봐요."

왁자지껄하게 떠들어대던 유건명과 조수창이 고개를 돌렸다. 그와 동시에 그들의 눈이 더없이 크게 떠졌다. 좀처럼 보기 힘든 엄청난 미인이 자신들을 향해 말을 걸어온 것이다.

더구나 아미를 찡그린 하운지의 얼굴은 도발적인 묘한 매력을 지니고 있어 그 미모를 더욱 돋보이게 했다. 하지만 그녀의 고운 입술에서 신랄한 말이 쏟아지자 이들의 안색은 대번에 구겨졌다.

"모르긴 몰라도 당신들 같은 사람이 같은 십영에 들었다는 걸 무당의 청심투룡이나 화산의 이룡일봉이 알았다면 부끄러운 나머지 얼굴을 들지 못할 거예요. 게다가 뻔뻔스럽게 서로의 얼굴에 금칠을 해대는 작태라니……. 내가 신흥십영이었다면 당신들 때문에라도 신흥십영이라 불리는 걸 사양했을 게 틀림없어요."

하운지의 말이 끝나기 무섭게 여기저기서 박수 소리가 터져 나왔다.

"하하, 그 소저 말 한번 참 잘하네."

"얼굴도 예쁜 아가씨가 말도 똑 부러지네그려."

그들의 눈꼴신 작태에 짜증이 났던 것은 하운지뿐만이 아니었던 것이다.

이에 유건명과 조수창의 얼굴에는 불붙은 석탄 가루가 내려앉은 것마냥 붉게 달아올랐다.

"당신은 대체 누구요?"

"내 이름의 한 글자도 당신들에게 알려주긴 아까워요."

하운지가 차갑게 쏘아붙이자 먼저 입을 연 조수창은 무안한 나머지 고함을 지르고 말았다.

"이게 보자 보자 하니까!"

"보자 보자 하니까?"

하운지의 날카로운 눈빛에 조수창은 잠시 흠칫하는 듯했으나 이내 조롱기 다분한 표정으로 이죽거리기 시작했다.

"얼굴도 못생긴 게 입까지 더럽군. 평생 시집가긴 글러서……!"

퍽!

쿠당탕!

요란한 소리와 함께 조수창이 나가떨어졌다.

얼떨떨한 표정으로 자신을 바라보는 조수창을 향해 하운지는 눈을 동그랗게 뜨고 놀란 듯이 입을 열었다.

"어머? 신흥십영에 당당히 이름을 올리고 계시는 조수창 소협께서 가볍게 떠민 여인의 손에 쓰러지다니 믿을 수 없군요."

하운지의 말에 주위 사람들이 왁 하며 웃음을 터뜨렸다. 하지만 조수창은 웃을 수 없었다. 비록 방심하곤 있었다 하나 그녀에게 얻어맞은 가슴이 숨 쉴 때마다 저려왔기 때문이다.

유건명이 인상을 찡그리며 입을 열었다.

"이처럼 공연히 시비를 거는 이유가 뭐요?"

하운지가 막 입을 열어 쏘아붙이려는 찰나였다.

"사형! 찾았어요!"

"어, 어디?"

"저기요, 저기!"

인파를 가르며 자신을 향해 다가오는 곽범태와 쌍둥이 형제를 발견한 하운지의 얼굴이 와락 일그러졌다.

"사저, 여기서 뭐 해요? 사저를 찾느라 얼마나 힘들었는지 알아요?"

"그래요. 하마터면 점심 굶을 뻔했잖아요."

동시에 입을 여는 안자명과 안지명, 그리고 하운지의 얼굴을 번갈아 바라보던 유건명이 피식 조소를 흘렸다.

"흥, 알고 보니 그대가 형산의 이대제자 하운지 소저였구려."

"내 이름을 어떻게 알았죠?"

하운지가 불쾌한 표정을 드러냈다. 하지만 이어진 유건명의 대답에 얼굴이 확 붉어졌다.

"방금 저들이 크게 외치지 않았소?"

휙 신형을 돌린 하운지가 안자명과 안지명을 노려봤다.

그런 그녀의 얼굴을 보며 안자명과 안지명은 영문을 모르겠다는 듯
이 의아한 얼굴로 입을 열었다.

"왜요?"

"멍청이들!"

"괜히 우리한테 신경질이야."

"뭐야?"

금방이라도 소매를 걷어붙일 것 같은 하운지의 기세에 안자명과 안
지명이 흠칫하며 목을 움츠렸다.

"흥, 오악대회의 수준이 이렇게까지 떨어졌을 줄은 몰랐군. 강호가
어수선하니 어중이떠중이들까지 활개를 친다더니 그 말이 맞았어."

하운지가 천천히 고개를 돌려 조수창을 바라봤다.

"방금 뭐라고 그랬지?"

"왜 스스로 찔리긴 하나 보지?"

"다시 한 번 지껄여 봐."

"못할 것 같나?"

그제야 심상치 않은 분위기를 느낀 안자명이 재빨리 하운지를 막아
섰다.

"사저, 참아요."

"너는 저런 말을 듣고도 괜찮단 말이야?"

안자명이 의미심장한 웃음을 지어 보였다. 그리고 목소리를 낮춰 속
삭였다.

"여기서는 먼저 화를 내는 사람이 지는 거라구요. 우리한테 맡겨
요."

안자명이 안지명을 향해 눈을 찡긋해 보였다.

이에 안지명이 짐짓 눈을 부라리며 조수창에게 다가섰다.

"너는 누구냐?"

"그러는 넌 누군데?"

오히려 안지명이 반문하자 조수창이 짜증스러운 얼굴로 입을 열었다.

"내가 먼저 물었다."

"이거 바보 아냐? 설마 내가 알려줄 거라고 생각했어?"

히죽거리는 안지명을 향해 조수창이 인상을 찌푸렸다.

"그렇다면 너는 왜 물어봤지?"

"그거야 니가 바보니까 물어봤지."

"……!"

흥미진진한 얼굴로 두 사람의 언쟁을 지켜보던 사람들이 배를 잡고 웃기 시작했다. 하운지도 웃음을 참지 못해 고개를 돌렸고, 조수창과 같이 있던 유건명조차 피식 웃음을 터뜨렸다.

이에 조수창의 얼굴은 있는 대로 구겨졌다.

그의 완패였다. 조수창은 언쟁을 하려 했고 안지명은 말장난을 하고 있었기 때문이다.

이때 유건명이 앞으로 나서 붉으락푸르락 얼굴을 붉히는 조수창의 어깨를 두드렸다.

"그들과 상대하여 자네에게 득이 될 게 없네. 용이 미꾸라지와 말다툼을 한다는 것 자체가 우스운 일 아닌가."

"하지만 이런 모욕을 받고도 참으란 말인가?"

"어차피 내일이면 부끄러워 얼굴을 들지 못할 거야."

순식간에 미꾸라지가 되어버린 안지명이 피식 웃음을 터뜨렸다.

"어이, 거기 형씨. 말 한번 참 정겹게 하는군?"

조수창과 달리 유건명은 그리 만만하지가 않았다.

"형산과 달리 점창은 예의란 걸 알기 때문이지."

발끈하여 앞으로 나서는 하운지를 곽범태가 붙잡았다.

"사매, 참아."

"하지만 사형!"

"자명이 지명이도 그만 해."

평소엔 자신들의 일에 크게 참견하는 곽범태가 아니었다. 그가 정색을 하며 이렇게 말하자 안자명과 안지명은 쓴 입맛을 다시며 물러설 수밖에 없었다.

"하지만 사형, 저자들이 사형을 토끼라고 했다구요!"

"토끼? 사형이 왜 토끼예요?"

안지명의 질문에 하운지는 범과 토끼 운운한 그들의 대화를 설명했고 이에 안자명과 안지명이 노기 어린 눈으로 유건명과 조수창을 노려봤다.

"그, 그만 해."

곽범태가 앞으로 나서며 유건명을 향해 포권을 취했다.

"서, 서로 오해가 있었던 듯하니 서로 사과하고 화해했으면 합니다."

"토, 토끼인 줄 알았더니 고… 곰이었군 그래."

말을 더듬는 곽범태의 말투를 흉내 내 조수창이 비아냥거렸다.

동시에 하운지의 눈에서 불똥이 튀었다.

픽!

쿠당탕!

조수창이 또다시 볼썽사납게 나가떨어졌다. 하지만 이번엔 하운지가 아니었다.

"내가 더 빨랐지?"

"쳇!"

안지명이 자신의 주먹을 가리키며 웃자 안자명은 아쉬운 표정으로 툴툴거렸다.

흘러내리는 코피를 닦으며 조수창이 소리를 질렀다.

"그래도 형산은 오악검파의 하나인데 그 제자들은 하나같이 파락호와 다름없군! 제자를 보면 그 사문을 알 수 있는 법! 형산의 문규가 엉망이란 소문은 익히 들었지만 이 정도일 줄 누가 짐작이나 했겠나! 그러니 한낱 흑도 무리들에게 농락당하는 게 아닌가!"

사람 좋은 웃음을 머금고 있던 곽범태의 얼굴이 대번에 구겨졌다.

"이, 이봐!"

사문까지 언급하며 모욕하는 조수창의 모습에 같은 일행인 유건명조차 인상을 찌푸렸다.

"내가 틀린 말 했나? 있는 사실을 그대로 이야기했을 뿐이야."

빠드득.

어깨를 편 곽범태가 조수창을 노려보며 한차례 이를 갈아붙였다.

이토록 화를 내는 곽범태의 모습은 좀처럼 볼 수 있는 것이 아니었기에 하운지를 비롯한 안자명과 안지명은 의외란 얼굴로 곽범태를 바라봤다.

하나 이도 잠시, 이내 안자명이 키득거리며 조수창을 향해 이죽거렸다.

"흐, 우리 사형한테서 이 가는 소리가 들렸어. 너는 이제 죽었다."

"쯧쯧, 기어이 오늘 송장 하나 치겠군."

안자명과 안지명은 재미있다는 듯이 킬킬거렸고 곽범태는 완전히 야차와 같은 표정이 되어 조수창을 향해 다가섰다.

"내가 조금 전에 정중하게 말했을 것이다. 서로 사과하고 끝내자고."

"뭐야? 해보자는 건가?"

조수창이 자신의 검에 손을 올렸다.

"형산파 따위가……."

발끈한 조수창이 검파를 움켜쥐었다. 하지만 그의 검이 채 절반도 뽑히기 전에 어느새 곽범태의 신형은 그의 코앞에 이르러 있었다.

빠악!

"컥!"

곽범태의 주먹에 턱을 얻어맞은 조수창의 신형이 그대로 붕 떠올랐다.

콰직.

탁자를 부수며 나자빠진 조수창의 모습에 주위를 가득 메운 사람들이 웅성이기 시작했다. 강호는 결코 호락호락한 곳이 아니었고, 신흥 십영이란 이름 또한 아무렇게나 얻을 수 있는 것이 아니었기 때문이다.

유건명이 곽범태를 향해 손가락질했다.

"검도 뽑지 않은 상대를 공격하다니 비겁하지 않소?"

"나도 맨손이었소."

"그는 검을 익혔소. 권장을 익힌 당신을 어떻게 맨손으로 이길 수 있겠소!"

안지명이 웃으며 입을 열었다.

"우리 사형은 도를 익혔는데?"

유건명이 의아한 눈으로 자신을 바라보자 안지명은 하운지를 가리켰다.

"장법을 익힌 사람은 우리 사저고."

그제야 유건명은 곽범태의 허리에 매달린 도갑을 발견할 수 있었다. 무안함에 그가 얼굴을 붉히고 있을 때였다.

츄릿!

돌연 한줄기 날카로운 검기가 곽범태의 옆구리를 향해 날아들었다.

"저런 비겁한!"

"청성파의 제자라는 놈이 암습이라니!"

방심한 상대에게 검기를 날린 조수창의 행동에 사람들의 입에서 힐난의 말이 쏟아졌다.

'내가 무슨 짓을!'

뒤늦게 조수창이 정신을 차렸다. 하지만 그가 뿌린 검기는 그대로 곽범태의 허리 어림을 쓸어버렸다.

파악!

허공에 한줄기 핏물이 튀었다.

"사형!"

하운지의 비명에 안자명과 안지명의 얼굴도 핼쑥해졌다. 하지만 이내 안도의 한숨을 내쉬었다. 길게 베어져 펄럭이는 곽범태의 상의 사이로 드러난 상처는 다행히 깊지 않았던 것이다.

그 찰나의 순간에 곽범태는 오히려 앞으로 뛰어들며 조수창의 손목을 잡아 꺾었고, 이로 인해 검기의 방향이 틀어져 가까스로 치명상을 피할 수 있었다.

“조 형! 이게 무슨 짓이오?”

유건명의 고함 소리에도 조수창은 아무런 말도 하지 않았다.

의아해하던 유건명의 눈에 가늘게 떨리는 조수창의 어깨가 들어왔다.

“으…….”

조수창의 입에서 신음이 흘러나왔다. 차가운 불꽃이 뚝뚝 떨어지는 곽범태의 눈과 시선이 마주치자 찬물을 뒤집어쓴 것 같은 오한이 등줄기를 훑고 지나갔던 것이다. 하지만 물러설 수도 없었다. 곽범태의 손에 손목이 붙들려 있었기 때문이다.

우드득!

곽범태가 손에 힘을 넣자 조수창의 손목에서 무서운 소리가 났다.

“크아악!”

뒤늦게 조수창의 입에서 비명이 터져 나왔다. 하지만 이것으로 끝이 아니었다.

유건명이 말릴 틈도 없이 곽범태는 조수창을 휘둘러 그대로 바닥에 패대기쳐 버렸다.

콰앙!

“……!”

경련을 일으키며 혼절한 조수창의 모습에 유건명은 할 말을 잃었다.

챙그랑.

조수창의 손에서 검이 떨어졌다. 뼈가 부러져 덜렁거리는 조수창의 손목을 보며 유건명이 인상을 찡그렸다. 저 손으로는 다시 검을 잡으려면 족히 몇 년은 걸릴 것이다.

“당신들이 누굴 건드렸는지 알고 있소?”

“그가 먼저 우리를 건드렸소.”

유건명이 냉소를 터뜨렸다.

“과연 그 말이 청성 문도들에게도 통할지 두고 보겠소.”

“아니, 두고 볼 필요 없소.”

유건명의 말을 자른 곽범태가 그를 향해 한 걸음 내디뎠다.

“형산을 모욕하고도 그냥 넘어갈 수 있으리라 생각했다면 당신은 한참 잘못 넘겨짚었소.”

“하!”

어이없는 표정으로 곽범태를 바라보던 유건명이 코웃음을 쳤다.

“조 형을 쓰러뜨리고 나니 나 역시 만만해 보이나 보군?”

스르릉.

유건명이 천천히 검을 뽑아 들었다.

“거기까지다.”

갑자기 등 뒤에서 들려온 사내의 음성에 유건명은 머리털이 쭈뼛 곤두섰다.

“치잇!”

본능적으로 비천십이표(飛天十二飄)를 밟아 미끄러지듯이 물러선 유건명은 그대로 몸을 눕히며 뒤쪽을 향해 검을 뻗었다. 그러나 사일검법(射日劍法) 중 가장 빠른 초식인 일수초현(日輪超現)조차 사내의 움직임을 따라잡을 수 없었다.

“헉!”

유건명이 헛바람을 토했다.

자신의 목에 와 닿는 싸늘한 예기! 마치 패배를 자인하라는 듯이 날카로운 도첨이(刀尖)이 피부를 찌르고 있었다.

이때 누군가가 놀라 외쳤다.

"철장금도다!"

그제야 유건명은 이처럼 자신을 농락한 상대가 누구인지 알 수 있었다.

유건명의 입가에 쓰디쓴 자조의 웃음이 떠올랐다.

'그 역시 나와 같은 십영이지만 차원이 다르구나. 듣기로 그는 청심투룡에게 패했다던데…… 그렇다면 청심투룡은 얼마나 더 강하다는 것일까?'

유건명이 천천히 자신의 검을 늘어뜨렸다.

"어째서 끼어든 것이오?"

유건명의 말에 조옥린이 차갑게 대꾸했다.

"점창의 이름으로 협박할 생각이라면 접는 게 좋을 거야. 나라는 인물에 대해 조금이라도 들어봤다면 말이야."

조옥린이 도를 틀자 유건명의 목에서 한줄기 핏물이 흘러내렸다.

"큭!"

유건명이 검을 거둬 검집에 갈무리했다. 동시에 조옥린도 그의 목을 겨눴던 도를 거두었다.

"어차피 우리는 내일 다시 보게 될 거요."

곽범태를 향해 싸늘한 눈빛을 던진 유건명은 혼절한 조수창을 들쳐 업고 사람들 사이로 사라졌다.

"저런 것 따위와 같은 십영으로 불리우는 사실이 창피하군."

방금 조옥린의 말은 처음 하운지가 했던 말을 반복한 것이었다. 그는 일찍부터 그들의 다툼을 멀리서 지켜보고 있었던 것이다.

조옥린이 곽범태를 향해 포권을 취했다.

"조옥린이오. 흥을 깼다면 용서하시길."

"아, 아닙니다."

다시 말을 더듬기 시작한 곽범태는 여느 때의 순박한 웃음을 머금고 있었다.

하운지가 앞으로 나섰다.

"당신이 끼어들지 않았어도 우리 사형은 충분히 그를 혼내줄 수 있었어요."

"알고 있소."

"에?"

의아해하는 하운지를 향해 조옥린이 말을 이었다.

"하지만 점창과 청성을 적으로 돌려 좋을 게 없지 않소? 뭐, 이미 청성은 형산을 곱게 보지 않겠지만."

하운지가 고개를 갸웃거렸다. 어감으로 미루어 조옥린은 자신들에게 호의를 지닌 것이 분명했기 때문이다.

이때 조옥린이 입을 열었다.

"그가 분명 자신을 가리켜 일대제자라 했으니 당신들은 사질쯤 되겠군."

"사숙을 아시나요?"

반색하는 하운지를 향해 조옥린이 고개를 끄덕였다.

"그에게 신세를 진 적이 있소. 오악대회에 참석한다더니 아직 도착하지 않은 모양이군."

"아! 그래서……."

하운지는 그제야 조옥린이 자신들에게 호의를 가지고 있는 이유를 알 수 있었다.

하운지가 곽범태를 바라보며 입을 열었다.

"괜찮겠죠, 사형?"

"으, 응. 아마도."

하운지의 눈빛에 담겨 있는 의미를 읽어낸 곽범태가 고개를 끄덕였다.

하운지는 곧장 조옥린을 향해 입을 열었다.

"혹시 괜찮으시다면 저희와 함께 하지 않으시겠어요?"

그녀의 제안에 조옥린의 얼굴에는 잠시 갈등하는 기색이 떠올랐다. 사람 많고 번잡한 걸 싫어하는 까닭에 그들과 어울리는 것이 영 내키지 않았기 때문이다.

"사숙의 이야기를 들려주세요. 대신 식사는 저희가 대접할게요."

그동안 애타게 진영인의 소식을 기다려 온 하운지였다.

그녀의 간절한 눈빛에 조옥린은 슬쩍 웃으며 고개를 끄덕였다.

"좋을 대로……."

모처럼 환하게 웃는 하운지의 미소에 곽범태가 슬쩍 웃음을 머금었다. 하지만 앞서 걷는 조옥린을 바라보는 안자명과 안지명의 표정은 그리 밝지 못했다.

"기분 나쁘지?"

"응."

안자명의 말에 안지명이 고개를 끄덕였다. 길거리를 오가는 모든 여인의 시선이 조옥린을 향하고 있었고, 이것이 못마땅한 쌍둥이 형제였다.

"여튼 잘생긴 것들은 다 죽어야 돼."

"내 말이."

툴툴거리는 안자명과 안지명을 향해 곽범태가 문득 입을 열었다.

"여, 역시 강호는 넓군."

안자명이 고개를 끄덕였다.

"확실히 그의 도는 범상치 않았어요. 하지만 사형의 도만큼은 아닌 걸요."

"그럼, 당연하지. 사형의 도가 훨씬 무서우니 걱정 말아요."

맞장구치는 안지명의 말에 곽범태가 의아한 표정을 지어 보였다.

"무슨 말이야?"

"철장금돈가 조옥린인가 하는 그 사람 이야기 아니었어요?"

안자명의 반문에 곽범태는 멋쩍은 표정으로 머리를 긁었다.

"아니, 그게 아니라……."

"그럼요?"

곽범태가 가리킨 곳을 바라본 안자명과 안지명은 이내 수긍하듯 고개를 끄덕였다.

"과연… 사형보다 머리 하나는 더 크겠는데요?"

"믿겨지지 않아. 사형보다 큰 사람이 있다니."

"어? 저 사람이 우리를 보는데?"

"오오! 날카로운 눈빛! 저 사람도 우리에게 시비를 걸고 싶은 걸까?"

"그래, 우리도 이 기회에 여인들의 쏟아지는 시선을 한 몸에 받아보는 거야!"

내심 기대하던 안자명과 안지명은 이내 실망을 금치 못했다. 잠시 자신들을 바라보던 사내는 이내 신형을 돌려 인파 속으로 사라졌기 때문이다.

"쳇, 김새는군."

"엇? 사저 또 놓치겠다!"

"안 돼! 사저는 우리의 유일한 밥줄이라고!"

서둘러 하운지의 뒤를 쫓는 안자명, 안지명과 달리 곽범태는 사내가 사라진 곳을 한참 동안 응시하고 있었다. 비록 순간적이긴 했지만 자신들을 바라보던 사내의 눈빛에서 심상치 않은 적의를 느꼈기 때문이다.

"사형, 뭐 해요?"

"이러다 놓친다구요."

"어, 어……."

양 소매를 나란히 잡아끄는 안지명과 안자명의 성화에 못 이겨 곽범태가 걸음을 옮기기 시작했다.

'그는 아직인가…….'

멀어지는 곽범태 일행을 바라보며 마풍람은 천천히 걸음을 옮기기 시작했다. 사흘 동안 찾았지만 아직 진영인은 모습을 나타내지 않고 있었다.

마풍람은 문득 대파산을 떠나오기 전 마주했던 호약란을 떠올랐다.

"결국… 가는 거야?"

"어."

"그자를 만나러?"

마풍람은 대답하지 않았다. 묵묵히 피풍의 끈을 조일 뿐이었다.

"아무리 너라고 해도 이제 그를 감당할 수 없어!"

차가운 호약란의 말을 흘려 넘기며 마풍람이 신형을 일으켰다.

묵묵히 걸음을 옮기는 마풍람의 등을 향해 호약란이 계속 소리쳤다.

"나도 처음엔 너처럼 마음만 먹으면 언제든지 이길 수 있는 상대라 생각했었지! 하지만 아니었다구! 성주님조차 힘들게 상대했을 만큼 그는 이제 괴물이 되어 있어! 대체 그자와 싸워서 뭘 얻을 수 있다는 거야?"

하지만 마풍람은 입을 열지 않았다. 이에 호약란은 더욱 오기가 받친 듯 그의 등을 노려봤다.

"나는 네가 무단으로 떠난 걸 보고하겠어. 사부님은 어떨지 몰라도 성주님은 결코 그냥 넘기지 않을 거야."

"……."

"아니, 그전에 그자에게 당하는 게 빠르겠군. 이번엔 한쪽 눈이 아니라 팔 하나를 잃을지도 모르지. 어쩌면 사지가 모두 잘려 평생 그 잘난 무공을 쓸 수 없을지도 몰라."

문득 마풍람이 멈춰 섰다. 동시에 호약란의 독설도 멎었다.

잠시 그렇게 두 사람 사이에는 무거운 침묵이 감돌았고, 한참의 시간이 흘러 잦아든 호약란의 음성이 이어졌다.

"왜지?"

그러나 마풍람은 대답하지 않았다. 아니, 대답할 수가 없었다. 그녀의 눈물과 마주하는 순간 그 자리에 발이 붙어버릴 것만 같았기 때문이다.

"이것만 약속해 줘."

여전히 뒤는 돌아보지도 않은 마풍람을 향해 호약란이 입을 열었다.

"돌아와. 반드시……."

천천히 고개를 끄덕인 마풍람이 걸음을 옮기기 시작했다.

"나쁜 놈. 잘 있으란 말 한마디쯤 하면 이빨이 부러지기라도 한데?"

마풍람은 하나 남은 눈을 들어 하늘을 응시했다. 그리고 그때 하지
못했던 말을 나직이 중얼거렸다.

"내 눈으로 직접 확인해야 해. 단지 그것뿐이야."

한줄기 바람이 마풍람의 장포를 흔들었다.

오악대회를 하루 앞둔 화산의 하늘은 더없이 청명하기만 했다.

*   *   *

오후 집무를 제자들에게 떠넘긴 악원홍은 자신의 모옥으로 돌아와
모처럼 만에 느긋하게 다향(茶香)을 음미하고 있었다. 하지만 그가 만
끽하던 작은 즐거움은 오래가지 않았다. 벌컥 문이 열리며 뛰어드는
작은 인영 때문이었다.

"할아버지!"

"녀석아, 넘어질라. 왜 이리 호들갑이냐?"

쪼르르 달려오는 손녀를 안아 들며 악원홍이 인자한 웃음을 머금었
다.

악운경이 가리키는 문 쪽으로 고개를 돌린 악원홍은 문 앞에 서 있
는 송현자를 발견할 수 있었다.

악원홍은 송현자의 헐렁한 한쪽 소매에 시선이 가는 것을 느꼈다.
마음 한구석이 무거워지는 것을 느꼈으나 악원홍은 애써 웃는 얼굴로
송현자를 맞았다.

"어서 오시오, 장문인. 그렇지 않아도 오늘쯤 찾아오리라 생각했다오."

"그간 잘 계셨습니까?"

"불과 다섯 달 사이에 무슨 일이 있었을라고. 자, 앉으시오."

송현자가 의자에 앉자 악원홍이 차를 내밀었다.

"여전하시군요."

화산의 태상장로라는 직위에 걸맞지 않게 악원홍의 처소는 매우 소박하게 꾸며져 있었다. 침상 하나와 그가 앉아 있는 다탁, 그리고 벽에 걸려 있는 족자가 전부였던 것이다.

"조랑이는 만나셨소?"

"아직입니다."

"그렇구려."

잠시 어색한 침묵이 감돌았다.

찻잔을 들어 입으로 가져가던 송현자는 문득 악원홍 뒤에서 빼꼼히 고개를 내밀어 자신을 바라보는 악운경과 시선이 마주쳤다.

"잘 있었느냐?"

악운경은 새침하게 고개를 끄덕이더니 손가락을 조물거리며 송현자의 눈치를 살폈다.

"이 녀석, 하고 싶은 말이 있으면 냉큼 하고 말지 뭘 그리 뜸을 들이는 것이냐?"

악원홍의 핀잔에 악운경이 입술을 삐죽였다. 그리곤 양 볼을 발그레 물들이더니 쭈뼛거리며 입을 열었다.

"저기… 오빠도 왔나요?"

송현자가 웃음을 머금었다. 악운경으로부터 오빠라 불리우는 유일한 사람은 진영인밖에 없었기 때문이다.

"글쎄다. 오늘 이곳에서 합류하기로 약속은 했다만 아직 나도 보지 못했구나."

금세 시무룩해지는 악운경을 향해 송현자가 다시금 입을 열었다.

"영인은 약속을 어길 사람이 아니니 머지않아 이곳에 도착할 게다. 그러니……."

"그럼 경아가 마중 나가야지."

자신의 말이 채 끝나기도 전에 쪼르르 달려나가는 악운경의 모습에 송현자와 악원홍이 너털웃음을 터뜨렸다.

그렇게 한참을 웃던 두 사람은 이윽고 마음에 담아놓았던 이야기를 꺼내놓았다.

먼저 입을 연 것은 악원홍이었다.

"아마도 내일 회의는 그리 순탄치 않을 걸세."

지금까지와 달리 악원홍이 편하게 말을 놓았다. 이편이 송현자로서도 마음이 편했다.

"어느 정도 예상하고 있습니다."

"예전 같았으면 내가 형산에 힘을 실어주었겠지만……."

쓸쓸함이 묻어나는 악원홍의 말에 송현자는 말없이 고개를 끄덕였다.

화산은 본래 본산과 속가의 경계 구분이 엄격해 화산의 장문인은 대대로 본산의 제자가 역임해 왔다. 하지만 정사대전이라는 특수한 상황에서 유례없이 속가 출신인 악원홍이 장문인으로 선출되었고, 이로 인해 속가의 위상이 높아진 반면 내부적인 갈등이 불거지게 되었다.

"태상장로라는 직책도 원래는 존재하지 않는 자리였지. 나는 화산이 둘로 나뉘는 것을 원치 않았기에 그들의 권유에 따라 장문 직에서 물러났네. 하지만 조량이가 내 뒤를 이어 장문 직을 역임하는 바람에 오히려 장로들은 불만이 쌓였던 모양일세."

송현자는 말없이 차를 마시며 악원홍의 이야기를 경청했다.

"장로들 대부분이 본산제자임은 자네도 알고 있을 걸세. 그들은 솔직히 속가를 달가워하지 않아. 화산의 대소사에 속가 문하들의 결정권이 높아진 걸로 인해 도가문파로서의 위상이 흐려졌다고 생각하니까. 지금의 화산은 거의 둘로 나뉘어 있다 해도 과언이 아니야."

"장로들을 따르는 본산의 제자들과 조량을 따르는 속가들 말씀이군요."

"어쩌다 화산이 이리되었는지……."

혀를 차던 악원홍이 송현자를 바라봤다.

"조량이가 아무리 장문인이라지만 장로들의 반발 때문에 쉽게 형산을 두둔하지는 못할 게야. 그러니 혹 서운하더라도 이해해 주게."

"처음부터 그걸 기대하고 화산을 오른 것이 아니었습니다."

악원홍이 고개를 끄덕였다.

"그나저나 호북의 일에 대해서는 어찌 생각하십니까?"

송현자의 질문에 악원홍은 고개를 저었다.

"모르겠네. 하지만 무당이 이번 오악대회에 참석한 이유는 분명할 걸세."

"역시 흑무련과의 싸움은 피할 수 없을까요?"

"아마도."

화제를 돌리기 위해 악원홍이 웃으며 입을 열었다.

"오랜만에 만났는데 칙칙한 이야기만 했군. 그래, 제자들은 어떤
가?"

"성취가 나날이 나아지고 있습니다."

"그래? 내일 있을 영웅연 때문에 잔뜩 몸이 달아 있겠군."

"그렇지 않아도 벌써부터 청성의 제자와 말썽이 있었던 모양입니
다."

"결과는?"

단도직입적으로 잘라 묻는 악원홍의 말에 송현자가 어색한 미소를
머금었다.

"조수창이란 아이의 손목을 범태가 부러뜨렸다더군요."

"조수창이라면 창영조수(蒼影操手)의 제자 아닌가? 허허, 청성 장문
인의 직전제자를 건드렸으니 그 속 좁은 위인이 가만히 있을지 모르겠
구먼."

"그러게 말입니다. 한동안 보지 않아 속이 좀 편해지나 싶더
니……."

오래전 정사대전 당시 송현자와 지금은 장문인이지만 당시엔 청성
의 일대제자였던 가운평은 유독 사이가 나쁘기로 유명했다. 이를 떠올
린 악원홍은 빙그레 웃으며 입을 열었다.

"그래도 그 친구가 제자는 허투루 키우지 않았을 텐데 그간 자네 제
자들이 상당히 발전했나 보군. 아마 내일 있을 영웅연은 상당히 흥미
롭겠어."

"남영이도 출전합니까?"

"남영이뿐 아니라 군명이와 정영이도 나간다네."

"이룡일봉이 전부 말입니까?"

“원래는 남영이만 내보내려 했는데 장로들이 은근슬쩍 군명이를 부추긴 모양이야. 정영이는 보나마나 집에 끌려가기 싫어 참가하는 걸 테고.”

“알 만하군요.”

화산의 이룡 중 강남영은 당금 장문인인 악조량의 제자, 즉 속가제자였고 사군명은 본산제자였다.

이번 영웅연의 의미는 후기지수들의 실력을 가늠하고 비무를 통한 문파 간의 교류가 목적이었다. 따라서 영웅연의 결과가 오악대회에 미치는 영향력은 그리 크지 않았다. 하지만 만약 강남영이 우승하게 되면 이로 인해 속가의 위상은 더욱 높아질 것이기에 장로들은 이를 경계해 사군명을 출전시킨 것이었다.

“듣자 하니 이번엔 무당의 청심투룡도 출전한다더군요.”

“화산에 지기 싫어하는 무당이 어련하겠나.”

못마땅해하는 기색이 역력한 악원홍의 말에 송현자의 얼굴에 웃음이 떠올랐다.

같은 도가문파이면서도 화산과 무당은 예로부터 사이가 좋지 않았던 것이다. 딱히 충돌을 일으킨 적은 없지만 묘한 경쟁 의식이 작용한 듯 사소한 일들에서 대립이 잦았다.

“슬슬 일어나 봐야겠군요.”

“벌써 가는가? 오랜만에 이 늙은이와 상대 좀 해주지 않고?”

다탁 밑에서 바둑판을 꺼내는 악원홍의 모습에 송현자가 설레설레 고개를 저었다.

“사양하겠습니다.”

“열 점 깔아주겠네.”

"대체 상대도 되지 않는 저와 두는 바둑이 뭐가 재밌는지 모르겠습
니다."

"허허, 그래서 재미있는 것이지."

송현자의 얼굴이 묘하게 찡그려졌다.

"그런 겁니까?"

"그런 것일세."

약간은 심술 맞은 웃음을 머금고 있는 악원홍을 향해 송현자가 입을
열었다.

"열네 점으로 하지요."

"너무 과하네. 열한 점으로 하지."

"그럼 열세 점으로……."

"열두 점! 그 이상의 양보는 없네."

송현자가 자세를 바로 하며 바둑돌을 집었다.

"운검을 데려올 걸 그랬습니다."

"껄껄. 운검이 과연 그럴 정신이나 있을까 모르겠군. 그 무서운 두
영감들도 없겠다, 사부인 풍검도 없겠다. 지금쯤 아마 물 만난 고기마
냥 신이 나서 설쳐 댈 그 녀석들 감당하기도 벅찰걸?"

"알고 계셨습니까?"

"며칠 전 덕명 그 녀석이 서신을 보내왔네. 지금쯤 두 사람이 나란
히 꼴꼴거리고 있겠군 그래."

"글쎄요."

애매모호하게 웃는 송현자의 모습에 잠시 고개를 갸웃거리던 악원
홍이었으나 이내 바둑판에 열 점의 바둑알을 올려놓기 시작했다.

＊　　　＊　　　＊

“망할 자식.”

인기척도 없이 문을 열고 들어와 의자에 걸터앉아 대뜸 하는 소리가
욕이었다. 하지만 이런 일이 익숙한 듯 유철악의 맞은편에 앉은 노인
은 말없이 자신의 검을 닦을 뿐이었다.

부드러운 눈매와 유독 희끗한 귀밑머리가 인상적인 노인이었다.

노인이 입을 열었다.

“누구 말인가?”

“그 고집스러운 녀석이 결국 산을 내려갔네.”

“그래?”

“뭐냐? 그 다 알 것 같다는 말투는?”

“며칠 전 풍람이 이곳을 찾았네.”

“그래서?”

“뇌운검결에 대해 묻더군.”

노인의 대답에 눈을 가린 면포 위로 드러난 유철악의 눈썹이 역팔자
를 그렸다.

“망할 자식은 따로 있었군. 네가 바람을 넣었구나.”

노인은 말없이 웃음을 머금었다.

“그다지 말릴 생각이 없었나 보군.”

“그럼 다리라도 부러뜨려 놓고 억지로 주저앉힐까?”

노인을 향해 한차례 쏘아붙인 유철악이 의자에 기댄 채 다리를 꼬았
다. 그리고 땅이 꺼져라 한숨을 내쉬었다.

“제자라고 딱 둘 있는 게 하나같이 어찌 그리 한심한지. 아까 아란

그 계집애를 찾아갔더니 뭘 하고 있었는 줄 아나?"

스스로도 대답을 기대한 것이 아니었던 듯 유철악이 짜증스러운 얼굴로 말을 이어갔다.

"방 안에 웅크리고 앉아 있길래 가까이 가서 봤더니 글쎄, 눈물을 뚝뚝 떨구면서 토막난 월광사를 묶고 있더군. 그 한심한 꼬락서니를 보고 있자니 복장이 터져서 내 칠현금의 월광사를 뜯어서 줘버렸다네."

"아란답군."

"뭐가 아란답군이야? 이게 다 그놈의 진영인인가 뭔가 하는 형산파 얼뜨기 때문이라고."

유철악은 잠시 인상을 찌푸렸으나 이내 의미심장한 웃음을 머금었다.

그리곤 손가락으로 탁자를 톡톡 두드리며 입을 열었다.

"솔직히 궁금하지? 그 진영인이라는 놈에 대해서 말이야?"

노인이 검을 닦던 손을 멈추며 유철악을 바라봤다.

"어떻던가? 자네가 보기에."

"재미있는 놈이더군."

그 말을 끝으로 유철악은 딴청을 피우며 시간을 끌었고, 이에 노인은 슬쩍 웃으며 다시금 검을 닦기 시작했다.

결국 무료함에 지친 것은 유철악이었다.

"차 한잔 내오면 이야기해 주지."

"저번에 자네가 마신 것이 마지막이었네. 지금 남은 것 이것뿐일세."

노인이 탁자 한 켠에서 육포를 집어 유철악에게 던졌다.

이를 낚아챈 유철악이 입버릇처럼 나직이 툴툴거렸다.

"손해 보는 장사로군."

이빨로 육포를 뜯으며 유철악이 입을 열었다.

"뭐랄까. 상당히 묘한 녀석이었어. 처음 풍람과 아란이에게 들었을 때는 설마 정파에 그런 녀석이 있을까 싶을 정도로 보편적인 사고에 얽매여 있지 않은 자유로운 녀석이라 생각했는데, 정작 만나보니 웬걸, 아주 꽉 막힌 놈이더군. 조금의 융통성도 없이 고지식한 정파 놈들의 표본 그 자체였어."

열심히 질겅이던 육포를 목으로 넘긴 유철악이 다시금 입을 열었다.

"그래서 한번 흔들어보고 싶어지더군. 그런데 반응이 예상 밖이었어."

당시를 떠올린 유철악이 피식 웃으며 말을 이었다.

"처음엔 좀 흔들리나 싶더니 나중엔 나랑 같이 놀자고 달려들더군. 완전히 되로 주고 말로 받은 격이었지. 그뿐인 줄 아나? 마지막엔 아예 나를 가르치려 들더란 말일세. 제 가슴속에 있는 형산의 의미는 변하지 않는다나? 그리고 자네에 대해 살짝 흘려 반응을 살피려고 했는데 이런 말을 하더군."

잠시 말을 멈춘 유철악은 두어 번의 헛기침으로 목을 가다듬고 진영인의 말투를 흉내 내기 시작했다.

"그분이 어떤 연유로 형산을 등졌는지 알 수 없지만 그분 또한 자신이 스스로 형산 문하임을 잊은 적이 없었을 것입니다. 비록 그분에 대해 알지 못하지만 저는 이를 믿어 의심치 않습니다. 그것은 제가 그분과 같은 형산 문하이기 때문입니다."

앞을 볼 수 없는 대신 유달리 다른 감각이 뛰어난 유철악이었다.

순간적인 미약한 공기의 진동을 느낀 유철악은 그것이 노인이 들고 있던 검이 미미하게 흔들렸기 때문임을 알 수 있었다.

"감격스럽나? 아직도 자네가 형산 문도로 인정받는다는 사실이?"

유철악의 말에 노인은 나직한 한숨과 함께 탁자 위에 검을 올려놓았다.

"악취미는 여전하군."

유철악의 입매에 웃음이 더욱 짙어졌다.

"내 또 다른 악취미도 잘 알고 있겠지?"

지그시 자신을 응시하는 노인을 향해 유철악이 웃으며 입을 열었다.

"상황이 재미있게 돌아가고 있어. 사황곡주의 목을 가져오라는 그분의 전언일세."

그 말과 동시에 부드럽던 노인의 눈매가 딱딱하게 굳어졌다.

"굳이 내가 나서야만 하는 일인가?"

"당연하지. 나는 따로 할 일이 있거든."

잠시 뜸을 들이던 유철악이 음산하게 목소리를 깔며 섬뜩한 살기를 흘렸다.

"나더러 혁련세가주의 목을 가져오라고 하더군."

노인은 잠시 동안 말이 없었다.

그런 노인을 향해 입을 여는 유철악의 입매에 의미 모를 미소가 떠올랐다.

"단리종의 둘째 아들놈을 영뢰옥에 처넣었네. 그 와중에 알게 된 건데, 그가 아직 살아 있더군."

"……!"

"클클. 어차피 자네는 아직 그분과의 계약에 묶여 있다는 말일세."

유철악의 말에 과거의 이름을 버리고 지금은 사대명왕으로 불리우는 진현자의 눈썹이 파르르 떨며 잔 경련을 일으켰다.

'현검……'

第二十五章

오악대회(五嶽大會)

이른 아침, 창문을 타 넘은 부드러운 햇살을 받으며 눈을 뜬 안자명은 흐릿한 눈으로 건너편 침상을 넘겨보았다. 건너편이라고 해봐야 겨우 두 발짝이었지만 그럼에도 불구하고 있어야 할 사람들이 보이지 않았다.

"아이고 머리야."

밤새 퍼마신 화주의 숙취가 고스란히 남아 안자명은 아예 머리가 빠개질 지경이었다.

"대체 나만 빼놓고 어딜 간 거야?"

툴툴거리던 안자명은 문득 곽범태의 도와 안지명의 창이 보이지 않는다는 사실을 깨닫고 주위를 두리번거렸다.

문득 자신의 침상 머리맡에 놓인 종이 한 장을 발견한 안자명은 그 안에 적힌 내용을 읽고는 서둘러 자신의 혈산대부를 집어 들었다.

“아무리 오늘 내 시합이 없다고 해도 그렇지, 자기네들끼리만 가는 법이 어디 있어?”

경공을 펼쳐 달리자 머리가 지끈거렸으나 안자명은 쉬지 않고 영웅연이 벌어지는 연무장을 향해 달리고 또 달렸다.

“와아!”

연무장이 가까워지자 커다란 함성 소리가 들려왔다.

“윽!”

연무장에 들어서기 무섭게 안자명은 난관에 부딪쳤다. 연무장을 가득 메운 끝없는 인파를 헤쳐 나가는 것도 문제였지만 이 많은 사람들 속에서 어떻게 일행을 찾을지 막막했던 것이다. 더구나 네 개나 마련되어 있는 비무대 가운데 어디서부터 찾아야 할지도 선뜻 결정하기 힘들었다.

“휴, 어쩔 수 없군.”

크게 한숨을 내쉰 안자명은 대부를 등에 매고 단단히 고정시켰다. 그리고 훌쩍 뛰어올라 사람들의 머리와 어깨를 밟으며 달리기 시작했다.

“뭐야!”

“어떤 자식이 머리를 밟고 지나간 거야?”

안자명이 지나간 자리에서 저마다 욕설이 터져 나왔다. 하지만 안자명은 이를 무시하고 계속해서 경공을 펼쳤다. 하지만 생각과 달리 쉽게 일행을 찾을 수 없었다.

유달리 키가 큰 곽범태만 찾으면 될 거라 생각했는데 이상하게도 곽범태의 모습이 눈에 뜨이지 않았던 것이다.

이때 돌연 사람들 속에서 커다란 손이 불쑥 튀어나와 안자명의 발목을 움켜쥐었다.

"허걱!"

화들짝 놀란 안자명이 자신도 모르게 발을 뿌리치려 할 때 발목을 움켜쥔 손의 주인이 입을 열었다.

"나야, 사제."

"사형?"

그제야 안자명은 자신의 발목을 잡은 사람이 곽범태라는 것을 깨닫고 재빨리 그 옆에 내려섰다.

"그렇게 웅크리고 뭐 해요?"

안자명의 질문에 곽범태가 웃으며 자신의 머리를 긁적였다.

"내가 일어서면 뒤쪽의 사람들이 안 보이잖아."

"으이구, 내가 정말 못살아."

고개를 돌린 안자명이 배시시 웃으며 하운지에게 다가섰다.

"헤헤… 사저."

"저리 가. 술 냄새나."

휘휘 손을 내젓는 하운지를 향해 오히려 안자명이 히죽거리며 다가섰다.

"죽을래?"

하운지가 소매를 걷어붙이며 나직이 으르렁거리자 안자명이 흠칫하며 멈춰 섰다.

문득 안지명의 모습이 보이지 않는다는 것을 깨달은 안자명이 하운지를 향해 입을 열었다.

"어? 그런데 지명이는요?"

안자명의 질문에 대답한 것은 운검이었다.

"다음 비무를 준비하고 있다."

그제야 운검을 발견한 안자명은 난처한 표정으로 하운지를 바라봤고, 이에 하운지는 쌤통이라는 듯이 혀를 쑥 내밀었다.

"무슨 술을 그리 마신 것이냐?"

"저 그게… 앗, 지명이다!"

우물거리며 대답을 회피하던 안자명이 눈빛을 빛내며 비무대를 가리켰다.

이에 운검도 고개를 돌려 비무대 위로 오르는 안지명을 바라봤다. 하지만 이내 눈살을 찌푸리며 한숨을 내쉬었다. 게슴츠레하게 풀려 있는 안지명의 눈은 아직도 숙취의 흔적이 역력했던 것이다. 게다가 발걸음도 불안정해 보여 제대로 싸울 수나 있을지 걱정되었다.

내심 가슴을 쓸어내리던 안자명의 뒤통수에 불이 난 것도 그때였다.

따악!

"크윽! 왜 때려요?"

"어? 난 아닌데?"

하운지가 고개를 흔들자 안자명은 주위를 두리번거렸다. 분명 운검도 아니었고 곽범태도 아니었다.

이때 비무대 위에 있던 안지명도 갑자기 뒤통수를 감싸며 주저앉았다.

몹시 아픈 듯 눈물까지 글썽이며 뒤통수를 문지르던 안지명이 안자명을 노려봤다.

"자명이 너……."

"나 아냐! 난 아니라고!"

그런 두 사람을 보며 하운지가 입으로 손을 가리고 웃었다.

“사저!”

“난 아니라니까 그러네.”

“그럼 왜 그렇게 웃어요?”

“누가 쌍둥이 아니랄까 봐 숙취 증세도 비슷하다 싶어서.”

못내 의심스러운 눈으로 하운지를 바라보던 안자명은 그녀가 정색을 하며 잡아떼자 의아한 표정으로 고개를 갸웃거렸다.

'진짜 숙취인가?

이때 갑자기 찌를 듯한 환호 소리가 쩌렁하게 울려 퍼졌다.

“와아! 공동파다!”

“공동파 과자인이다!”

안지명과 달리 유명세를 등에 업고 비무대에 등장한 청년은 여유로운 모습으로 포권을 취하며 관중들의 환호에 답례했다.

“유명한 놈인가 봐요?”

“공동파 삼대제자로 복마검(伏魔劍)과 통천검(通天劍)이 특기지. 십영만큼은 아니더라도 대충 알려진 녀석인가 봐.”

하운지의 대답에 안자명이 신기한 표정으로 그녀를 바라봤다.

“어떻게 그렇게 잘 알아요?”

“네 번째 비무에서 저 사람이 나왔었거든. 아마 여섯 시합 전이었던가?”

“세요?”

하운지가 슬쩍 웃으며 살래살래 고개를 흔들었다.

고개를 끄덕인 안자명이 손짓으로 안지명을 불렀다.

“왜?”

안지명이 다가와 허리를 숙이자 안자명이 그의 귀에 손을 대고 입을 열었다.

"사저가 말하길 과자인인가 뭔가 하는 사람은 네 칠초지적도 안 된대. 그러니 그가 다치지 않도록 최대한 손속에 사정을 두래."

속삭이는 것 같은 모양새와는 달리 안자명은 과자인이 들으란 듯이 큰 소리로 외치고 있었다.

"내가 언제?"

발끈한 하운지는 문득 따가운 시선을 느끼며 비무대로 시선을 돌렸다.

자신을 노려보는 과자인을 향해 멋쩍게 웃어 보인 하운지는 이내 성큼성큼 안자명에게 다가가 그의 엉덩이를 걷어찼다.

아픈 엉덩이를 문지르며 안자명이 배시시 웃어 보였다.

"사저 참아요."

"내가 왜 참아야 하는데?"

안자명이 정색을 하며 입을 열었다.

"지명이의 승리를 위해서요."

따악!

"켁!"

또다시 안자명이 뒤통수를 감싸고 주저앉자 하운지가 신기하다는 듯이 안자명을 바라봤다.

"정말 특이한 숙취네."

"이게 대체 어딜 봐서 숙취란 거예요? 보라구요, 이 혹."

"어? 정말?"

안자명의 뒤통수를 쓰다듬자 큼지막한 혹 두 개가 만져졌다.

"시작할 모양이다."

운검의 말에 안자명과 하운지의 시선이 비무대를 향했다.

"공동파 과자인이오."

"아… 예."

숙취로 인해 만사가 귀찮았던지 안지명은 대충 고개를 끄덕였고 이에 과자인의 얼굴이 붉게 달아올랐다.

챙!

과자인이 검을 뽑아 안지명을 가리켰다. 이에 안지명은 마지못해 창을 거머쥐고 시큰둥한 태도로 기수식을 취했다.

따악!

"컥!"

창을 들고 있던 안지명이 머리를 문지르며 주위를 둘러봤다. 그런 그를 향해 안자명이 웃으며 입을 열었다.

"걱정 마. 그냥 숙취래. 아주 특이한."

눈물이 핑 돌 만큼 뒤통수가 화끈거렸지만 그 덕에 안지명의 게슴츠레한 눈이 본래의 빛을 되찾았다. 그리고 곧 안지명과 과자인의 비무가 시작되었다.

확실히 안자명의 격장지계(激將之計)는 효과가 있었다. 칠초지적이란 말이 신경 쓰였던 듯 과자인은 처음부터 과감한 공격을 펼쳐 왔고, 그가 상대적으로 큰 기술을 남발하는 덕에 안지명은 창이 지닌 이점을 충분히 활용할 수 있었다. 그리고 결과는 안지명의 완승이었다.

처음엔 공격일변도의 과자인과 수비일변도인 안지명의 팽팽한 거리 싸움이 이어졌다. 하지만 안지명은 좀처럼 과자인의 검격을 허용하지 않았고, 그가 서서히 지쳐 갈 무렵 갑자기 공세로 전환하여 그를 몰아붙였다.

대나무처럼 크게 휘어진 안지명의 창이 자신의 봉황삼점두(鳳凰三點頭)의 초식으로 이마와 가슴, 배를 동시에 찍어오자 당황한 과자인은 이를 검으로 맞받아치려 했다. 순간 안지명이 창의 궤도를 틀어 그의 다리를 걸어 넘어뜨렸고 그가 자세를 바로잡기 전에 목에 창날을 들이댐으로써 그의 항복을 받아낼 수 있었다.

"수고했다."

비무대를 내려서는 안지명을 향해 운검이 웃으며 축하를 건넸다.

"뭘요, 시시한 녀석이었는걸요."

씨익 웃어 보인 안지명은 안자명을 향해 다가섰다.

이에 안자명이 정색을 하며 입을 열었다.

"글쎄, 난 아니라니까!"

"이거."

"응?"

안지명이 내민 손바닥 위에 놓여 있는 작은 솔방울을 발견한 안자명이 의아한 표정으로 반문했다.

"이게. 뭔데?"

"숙취의 원인. 발밑에서 구르는 걸 발견했어."

그제야 안자명은 주위를 둘러보았다.

아니나 다를까. 근처에서 작은 솔방울 두 개를 발견한 안자명이 와락 얼굴을 일그러뜨렸다.

"대체 어떤 놈이야?"

으르렁거리는 안자명을 향해 운검이 다가섰다.

"무슨 일이냐?"

"아, 글쎄 어떤 놈이 지명이하고 저한테 이걸 던졌어요."

운검이 묘한 표정을 지어 보였다.

"누군지 몰라도 상당한 고수로구나."

"네?"

운검이 말을 이었다.

"솔방울은 가볍기 때문에 멀리 날아가기도 힘들뿐더러 충격의 위력도 적은데 이걸 암기처럼 쓴다는 것은 그의 내공이 얼마나 웅혼한지 짐작할 수 있다."

그제야 안자명과 안지명의 표정이 심각하게 변했다.

"더구나 지금의 너와 지명이는 능히 고수라 불리워도 손색이 없는 실력을 지니고 있다. 그런 너희들이 한 번도 아닌 두 번이나 상대의 공격을 허용했다는 것이 마음에 걸리는구나."

잔뜩 경계하며 주위를 둘러보는 안자명과 안지명의 모습에 하운지가 피식 웃음을 터뜨렸다.

"걱정 마. 적어도 너희들을 해치려 한 건 아닌 것 같아."

"아니, 사저! 그게 무슨 말이에요? 얼마나 아팠다구요."

"맞아요. 하마터면 뇌진탕으로 갈 뻔했다구요."

씩씩거리던 안자명과 안지명이 눈에 불을 켜고 주위를 살피기 시작했다.

그때였다.

쉭쉭!

등 뒤에서 들려오는 날카로운 파공음에 안자명과 안지명이 재빨리 돌아섰다.

따당!

창과 도끼에 부딪친 솔방울이 바닥을 굴렀다.

"거기냐!"

"죽었어!"

다른 이들이 말릴 틈도 없이 안자명과 안지명이 솔방울이 날아온 방향을 향해 쏜살같이 신형을 날렸다. 하지만 그들이 인파 속으로 사라지고 나서 으레 한바탕 소란이 벌어질 것이라 생각했던 것과 달리 한참 동안 아무런 일도 벌어지지 않았다.

그렇게 얼마나 시간이 흘렀을까.

"헉!"

"아악!"

인파 속에서 들려온 안자명과 안지명의 비명 소리에 하운지의 안색이 급변했다. 뭔가 일이 벌어진 게 틀림없었다.

"사형!"

"응."

그녀의 외침에 고개를 끄덕인 곽범태가 쌍둥이 형제가 사라진 곳을 향해 신형을 날렸다. 그리고 그들은 이내 놀라운 광경을 목격했다.

바닥을 구르는 도끼와 창은 안자명의 혈산대부와 안지명의 귀영마창이 틀림없었다.

뒤이어 이를 밟고 서 있는 사내의 뒷모습이 그들의 눈에 들어왔다. 하지만 정작 그들을 놀라게 한 것은 사내의 양손에 뒷덜미를 잡힌 채 쩔쩔매는 안자명과 안지명의 모습이었다.

안자명과 안지명 개개인의 무위는 곽범태와 하운지에 비해 반 수 정도 뒤처지긴 했으나 그들이 합공을 펼치면 이야기는 달라진다. 그들의 연환 공격은 곽범태와 하운지가 힘을 합치더라도 이십 합 이상을 버텨내기 힘든 가공할 위력을 지니고 있었던 것이다.

그런 그들을 불과 한 호흡이 될까 말까 한 시간에 제압하다니!

더구나 목뒤에 위치한 천주혈은 신경이 밀집되어 있어 자칫하면 반신불수(半身不隨)가 될 수도 있는 위험한 혈도였다.

"사매! 잠깐!"

곽범태의 만류에도 불구하고 하운지가 신형을 날렸다. 그리고 빠른 속도로 사내를 향해 달려갔다.

"멈춰, 사매! 그 사람은……."

곽범태는 보았던 것이다. 비록 꾀죄죄한 모습이었으나 사내의 옆에서 자신을 향해 반갑게 웃고 있는 소년의 얼굴을. 하지만 곽범태는 이내 자신의 걱정이 기우였음을 깨달았다.

하운지의 인기척을 느낀 사내가 안자명과 안지명을 붙들고 있던 손을 놓으며 천천히 돌아섰고, 하운지는 그대로 사내의 품에 날아가듯 안겼던 것이다.

털썩.

하운지를 안으며 쓰러진 사내가 웃음을 터뜨렸다.

"하하, 이 녀석아. 날 죽일 생각이냐?"

너무나 그리웠던 음성이다.

"사숙… 사숙 맞죠?"

자신의 품에 얼굴을 묻은 채 흐느끼는 하운지를 바라보며 진영인은 빙그레 웃음을 머금었다.

"녀석, 못 본 사이에 더욱 어린애가 되어버렸구나."

고개를 들어 자신을 바라보는 물기 어린 그녀의 눈빛을 마주하며 진영인은 그녀를 일으켜 세웠다.

소매로 눈물을 닦은 하운지는 뚫어져라 진영인의 얼굴을 응시했다.

틀림없는 진영인이었다.

곽범태가 웃으며 진영인에게 다가섰다.

"사, 사숙을 뵙습니다."

"오랜만이다, 범태."

"엥? 사숙이셨어요?"

"뭐야. 우린 그것도 모르고."

그제야 안자명과 안지명은 자신들을 제압한 사람이 진영인이란 것을 깨닫고 재빨리 집어 들었던 도끼와 창을 슬그머니 내려놓으며 멋쩍은 웃음을 지어 보였다.

따악! 딱!

그런 그들의 머리에 진영인의 꿀밤이 떨어졌다.

"크으……."

"사숙, 왜 때려요?"

진영인이 짐짓 험악한 표정을 지어 보였다.

"네 녀석들은 방금 기사멸조의 죄를 범한 거야. 그 흉측한 물건을 다짜고짜 들이대다니. 순간 가슴이 덜컥했다."

"쳇, 그럼 뭐 해요. 사숙한테는 스치지도 못했는걸요."

"맞아요. 근데 대체 어떻게 하신 거예요? 눈앞에서 뭔가가 번쩍 하는가 싶더니 그대로 당해 버려 어떻게 된 건지 하나도 모르겠어요."

곽범태가 놀라 입을 열었다.

"이, 일 합 만에?"

안자명과 안지명이 고개를 끄덕였다.

"그렇다니까요."

"그건 나중에 설명해 주기로 하고……."

웃으며 얼버무린 진영인이 한편에 서 있는 단리정을 향해 고개를 돌렸다.

"아정, 사형들께 인사해야지?"

단리정이 기다렸다는 듯이 앞으로 나섰다.

"단리정이 대사형과 사저, 그리고 사형들을 뵙습니다."

"오오! 이게 누구야? 우리 막내 사제 아닌가? 몰라보겠는걸?"

"히야! 그 쪼그맣던 녀석이 그새 이렇게 컸단 말야?"

진영인의 품에서 벗어난 하운지가 웃으며 핀잔을 줬다.

"헤어진 지 오 개월밖에 되지 않았는데 얼마나 컸다고 그래?"

"아니에요, 사저. 잘 보라구요. 예전엔 요만했는데 지금은 가슴까지 닿는다구요."

자신의 허벅지와 가슴을 가리키며 안자명이 너스레를 떨자 안지명도 거들고 나섰다.

"적어도 세 치 이상은 자란 것 같은데요?"

그제야 하운지도 의아한 듯 단리정을 바라봤다.

"그러고 보니 많이 자랐네."

진영인이 단리정의 머리를 쓰다듬었다.

"아정의 나이가 열넷이니 본래 이 정도 키가 되었어야 맞지. 아정은 예전에 정신적인 충격으로 인해 성장이 멈춘 상태였다. 하지만 그 충격을 극복하면서 놀라울 정도로 키가 크기 시작하더니 지금처럼 헌앙한 청년이 다 되었지."

청년이란 말에 단리정이 뺨을 붉적이며 쑥스러운 미소를 머금었다.

"그런데 사부님의 모습이 보이지 않으시더구나."

진영인의 질문에 안자명이 재빨리 대답했다.

"아, 장문인께서는 지금 태평궁(太平宮)에 계세요."

"태평궁?"

"각파의 장문인들과 장로들이 모여 무슨 회의를 한다던데요?"

진영인은 고개를 끄덕였다. 그리곤 단리정의 손을 잡고 비무대 쪽을 향해 걸음을 옮기기 시작했다. 곽범태를 비롯한 하운지와 안자명, 안지명이 그 뒤를 따랐고, 이윽고 진영인은 자신들을 기다리고 있는 운검 앞에 이르렀다.

"사형."

"역시, 너였구나."

운검이 웃으며 다가와 진영인의 손을 맞잡았다.

"어떻게 된 녀석이 연락 한번 없었느냐?"

"조금 바빴습니다."

운검이 고개를 끄덕였다.

"자세한 것은 사부님께서 오시면 듣기로 하지. 그런데 그 모습은 어찌 된 것이냐?"

"아, 이거요?"

운검의 말에 진영인은 엉망으로 해진 자신의 소매를 들어 보이더니 허리에 매어진 자전뇌검을 가리켰다.

"이 녀석 때문입니다."

"응?"

"검을 익히느라 이리된 것입니다."

"검을 익혔다고? 혹시 그동안 다른 검법이라도 새로 얻은 것이냐?"

운검의 질문에 진영인은 애매모호한 웃음과 함께 고개를 저었다.

"글쎄요. 기존의 것에서 새로운 것을 얻었다고 해야 하나요?"

“그게 무슨 말이냐?”

“뇌운검결을 다시 익혔습니다.”

운검은 의아함을 금치 못했다. 이미 뇌운검결을 최상승의 경지까지 익힌 진영인이 다시 뇌운검결을 익혔다는 것을 이해할 수 없었기 때문이다. 하지만 운검은 이내 고개를 끄덕였다. 누구보다 진영인을 잘 아는 그였기에 진영인이 그와 같은 말을 한 까닭이 있으리라 짐작했던 것이다.

“그래, 얻고자 하는 것은 얻었고?”

진영인이 고개를 저었다.

“시간이 너무 부족했습니다. 하지만 깨달은 것은 있습니다.”

“그게 무엇이냐?”

진영인의 입가에 떠오른 미소가 더욱 짙어졌다.

“강호는 넓다는 것입니다.”

“흠.”

운검은 새삼 진영인의 얼굴을 다시 바라봤다. 눈빛은 더욱 깊어지고 그 안에 갈무리된 심유한 안광은 부드러운 기운을 품고 있었다.

‘영인이 드디어 자신의 한계를 넘어선 모양이구나.’

운검은 자신의 사제가 더없이 대견스러웠다.

이때 비무대를 둘러싼 관중들이 엄청난 환호성을 터뜨렸다.

“와아! 유건명이다!”

“신흥십영! 점창의 섬전낙영이다!”

사실 관중들은 지금껏 소문으로만 들어본 신흥십영의 무위를 눈으로 직접 확인하기 위해 모인 이들이 대부분이었다. 따라서 신흥십영 중 처음으로 유건명이 나타나자 관중들의 분위기는 가히 절정에 이르러 있었다.

비무대 주변을 둘러보던 유건명은 곽범태를 발견하고는 차가운 웃음을 흘렸다. 그리고 검을 들어 곽범태를 가리켰다.

이에 곽범태는 자신의 도를 거머쥐고 훌쩍 비무대 위로 뛰어올랐다.

"저자가 범태의 상대인가 보지?"

진영인의 질문에 하운지가 고개를 끄덕였다.

"아주 건방진 녀석이죠."

"응?"

하운지의 냉랭한 음성에 의아해하는 표정으로 진영인이 반문했다.

"무슨 일이 있었습니까?"

"쯧쯧……."

진영인의 질문에 운검은 씁쓸한 표정으로 혀를 찼고, 그를 대신해 안지명과 안자명이 어제 유건명과 자신들 사이에 있었던 일을 진영인에게 설명했다.

"아, 그래서 범태가 저렇게 화가 나 있었군."

평소와 달리 딱딱하게 굳어 있는 곽범태의 얼굴을 보며 진영인이 빙그레 웃음을 머금었다.

"그럼 어디 범태의 도를 구경해 볼까."

느긋한 진영인과 달리 안자명과 안지명은 곽범태를 향해 크게 외쳤다.

"사형, 봐주지 말고 아예 박살 내버려요!"

"그래요, 그 얼간이한테 형산의 무서움을 일깨워 주라구요!"

곽범태와 마주 서 있던 유건명이 일순 고개를 돌려 안지명과 안자명을 노려봤다. 하지만 이내 인상을 찌푸렸다. 혀를 쑥 내밀고 있는 안자명과 자신의 엉덩이를 두드리는 안지명의 모습에 기분이 크게 상했기 때문이다.

그런 그를 곽범태가 불러 세웠다.

"형산의 곽범태요."

"유건명이오."

곽범태와 달리 짧게 자신의 이름만을 언급한 유건명은 검을 높이 들고 검극은 아래로 떨어뜨리는 특이한 자세를 취했다. 사일검법의 기수식인 후예만궁(後銳挽弓)이었다.

이에 곽범태는 중단으로 도를 들어 올리는 단순한 자세를 잡았다. 이것이 뇌룡도결의 기수식인 뇌룡개안(雷龍開眼)임을 알아본 안자명이 짧게 소리쳤다.

"엇? 사형이 뇌룡도결을 사용하려나 봐."

"뇌룡도결?"

진영인의 반문에 하운지가 대답했다.

"사형의 도법이에요. 총 일곱 개의 초식으로 이루어져 있는데, 그중 기수식인 뇌룡개안은 나머지 여섯 개의 초식 중 어느 것과도 연계가 가능하죠."

진영인은 고개를 끄덕였다. 하지만 다른 건 묻지 않았다. 비무대 위에서 느껴지는 팽팽한 긴장감이 두 사람의 격돌이 머지않았음을 암시하고 있었기 때문이다.

선공은 유건명으로부터 시작되었다.

유건명은 비천십이표의 신법으로 단숨에 곽범태와의 거리를 좁혔다. 그리고 한순간 검을 잡아당기는 듯하더니 그의 어깨로부터 한줄기

검광이 곽범태의 가슴을 향해 쏘아졌다. 사일검법의 다섯 번째 초식,
후예사일(後銳射日)이었다.

순간 곽범태의 도가 꿈틀하더니 날아드는 검을 향해 솟구쳤다.

슈악!

어마어마한 기세로 솟구친 곽범태의 도는 그대로 유건명의 검과 거
칠게 얽혀갔다.

카가가각!

불꽃을 튀기며 허공에서 뒤얽힌 검과 도 사이로 파란 불똥이 튀어
올랐다.

"……!"

유건명의 표정이 굳어졌다. 단번에 승부를 내기 위한 그는 자신의
검에 모든 내력을 실은 상태였다. 그러나 이 한 번의 격돌로 인해 어마
어마한 충격이 검을 타고 올라와 손목까지 저려오게 만들었던 것이다.

'홍, 힘으로 제압하겠단 말인가!'

단번에 조수창의 손목을 으스러뜨린 곽범태의 신력을 떠올린 유건
명은 내심 비웃음을 터뜨렸다.

유건명이 손목을 뒤틀었다. 그와 동시에 그의 검이 돌연 뚝하고 바
닥으로 떨어지더니 한순간 살아 있는 뱀처럼 튀어 올라 곽범태의 목을
향해 날아들었다.

굉격탄일(轟擊僤日).

불필요한 모든 동작을 배제한 지극히 빠른 사일검법의 마지막 초식.

화살처럼 쏘아진 유건명의 검은 금세라도 곽범태의 목을 꿰뚫을 것
만 같았다. 하지만 그 순간 곽범태의 도가 묵직한 울음을 토했다.

츠팟!

곽범태의 도에서 뿜어져 나온 도기에 비무대의 청석판이 돌 가루가 되어 흩날렸다. 동시에 곽범태의 도 아래쪽으로 스치듯 파고들던 유건명의 검이 허공으로 튕겨 올라갔다.

"크윽!"

벼락 맞은 뱀처럼 휘청이는 검을 들고 유건명이 황급히 물러섰다.

파바박!

상대를 잃은 곽범태의 도가 허공을 베었고, 도가 움직이는 궤적을 따라 청석판이 길게 갈라지며 돌 조각이 튀었다.

이를 본 유건명이 침음성을 삼켰다.

'이 정도 위력을 지닌 도기라니!'

곽범태가 자신의 예상을 훨씬 뛰어넘는 고수임을 깨달은 유건명은 안색을 달리하며 떨리는 검을 바로잡았다.

파앙!

두 발로 바닥을 박찬 유건명이 바닥에 낮게 엎드리다시피 하여 다시 한 번 곽범태를 향해 쇄도해 왔다.

쾌액!

일수초현(日輪超現)의 초식이 만들어낸 현란한 검영이 일순 곽범태의 발목을 쓸어왔다. 이에 곽범태는 그대로 도를 휘둘러 강맹한 도기를 뿌렸다.

콰콰콰!

눈앞으로 짓쳐드는 도기를 발견한 유건명이 반마만궁(反魔挽弓)의 초식으로 검을 기울였다.

쩌엉!

"크읍!"

강력한 도기가 검을 때리는 순간 유건명의 손에 들린 검이 급격한
변화를 일으켰다.

차챠챠챵!

굽이쳐 흐르는 물줄기처럼 아홉 번에 걸쳐 도기와 충돌한 유건명의
검은 구곡전척(九曲電擲)에서 곧바로 사양요요(射陽搖曜)로 이어졌다.

츠츳!

"됐다!"

고스란히 허점을 노출한 곽범태의 가슴을 향해 솟구치는 자신의 검
을 바라보며 유건명이 회심의 탄성을 터뜨렸다.

이미 자신은 완벽히 검의 간격을 점유하고 있기 때문에 곽범태는 뒤
로 물러서 검을 피할 수밖에 없을 것이다. 하지만 그 뒤에 곽범태를 기
다리는 것은 사양무광(射陽無光)과 역만거궁(繹挽巨弓)으로 연계되는
연환식. 누구도 피한 적이 없는, 유건명 자신이 가장 자신있는 공격들
이었다.

아니나 다를까. 곽범태가 한차례 허공에 도를 휘두르더니 황급히 뒤
로 물러섰다.

이를 노리고 있던 유건명은 도가 움직일 간격을 허용하지 않고 곧장
곽범태를 향해 신형을 날렸다.

취리리릭!

날카로운 소성과 함께 유건명의 검이 곽범태를 노리며 집요하게 따
라붙었다. 하지만 그 순간 유건명은 갑자기 알 수 없는 압력에 몸이 기
우뚱하며 기울어지는 것을 느꼈다.

'도풍(刀風)!'

뒤늦게 그것이 곽범태가 물러서기 전 휘두른 도가 대기를 베며 생성

된 후폭풍임을 깨달은 유건명은 유운신법(流雲身法)을 펼쳐 균형을 잡
았다.

이때 곽범태의 도가 유건명의 등을 향해 곧장 내리 떨어졌다.

"헛!"

콰아앙!

간신히 도를 피하긴 했으나 그 충격음에 유건명은 귀가 먹먹해졌다.
하지만 유건명은 검으로 바닥을 찍어 용수철처럼 튀어 올랐다.

예상외의 반격이긴 했으나 아직 승기는 자신에게 있었다. 베는 것에
주안점을 두고 있어 도는 검에 비해 투로가 단순했다. 반면 검은 도와
달리 찌르고 베는 것이 가능했다. 이미 한 번의 공격이 무위로 돌아간
데다가 곽범태의 도는 바닥에 박혀 있어, 이를 회수하기 전에 자신의
공격이 먼저 성공할 것이다.

츄릿!

유건명의 검이 다시 한 번 후예사일의 초식을 갖추어 곽범태의 어깨
를 찔러갔다. 하지만 유건명은 뭔가 잘못되었다는 것을 느꼈다. 분명
도를 움켜쥐고 있어야 할 곽범태가 아무것도 들려 있지 않은 양손으로
자신을 기다리고 있었기 때문이다. 더구나 곽범태의 눈에서는 그 어떤
흔들림도 찾아볼 수 없었다.

'이건?'

유건명이 의아해하는 순간 그의 등 뒤에서 엄청난 경기의 소용돌이
가 몰아쳤다.

"헉!"

고개를 돌린 유건명이 헛바람을 들이켰다. 바닥에 박혀 있어야 할
곽범태의 도가 자신의 등 뒤에서 엄청난 회전을 일으키며 짓쳐들고 있

었던 것이다.

무시무시한 압력을 지닌 경기의 폭풍은 일찍이 그로서도 경험하지 못한 파괴력을 지니고 있었다. 더구나 방어가 불가능한 사각으로 날아드는 도의 궤적은 도저히 눈으로 쫓을 수가 없었다.

'피할 수 없다!'

암담한 심정에 유건명이 질끈 눈을 감았다.

덥석!

순간 유건명은 엄청난 힘이 자신의 어깨를 잡아 뒤로 끌어당기는 것을 느꼈다.

콰아아앙!

동시에 엄청난 굉음이 비무대를 뒤흔들었다.

유건명이 천천히 눈을 떴다.

가장 먼저 눈에 들어온 것은 엉망으로 헤집어진 연무장이었다.

연무장을 집어삼킨 가공할 경기의 회오리는 마치 벽력탄을 터뜨린 것처럼 연무장의 청석판을 으깨놓았고, 이도 모자라 아예 한쪽을 박살내 주저앉혀 버렸다. 뒤이어 한 손에 자신의 도를 움켜쥐고 다른 한 손으로는 자신의 어깨를 움켜쥔 곽범태의 모습을 볼 수 있었다.

죽음 앞에서 자신을 건져 낸 사람이 다름 아닌 곽범태란 사실을 깨달은 유건명은 자존심이 산산이 부서져 내리는 것을 느꼈다.

만약 그대로 경기에 휩쓸렸다면 자신은 온전한 시신조차 찾지 못했을 것이 틀림없었다.

"져, 졌습니다."

곽범태가 포권하며 고개를 끄덕였다.

유건명은 어깨를 늘어뜨리며 비무대를 내려갔고, 곽범태는 쥐 죽은 듯 조용한 비무대 주변을 둘러보며 의아한 표정을 지어 보였다.

그렇게 한참 동안 침묵이 이어졌다.

"시, 십영이 졌다!"

하지만 잠시 후 누군가의 음성을 시작으로 지금까지와는 비교도 되지 않을 만큼 연무장이 떠나갈 듯한 함성 소리가 울려 퍼졌다.

"와아! 대단하다!"

"형산파가 이겼다!"

"새로운 십영의 등장이다!"

엄청난 환호를 뒤로하고 비무대를 내려서는 곽범태를 향해 진영인이 감탄한 표정으로 입을 열었다.

"마지막에 뭐였지, 그건?"

곽범태를 대신하여 하운지가 웃으며 입을 열었다.

"우공이산이에요."

"우공이산? 초식 이름이야?"

하운지가 고개를 끄덕였다.

이때 안자명이 툴툴거렸다.

"쳇, 원래는 우리 거였는데 사형에게 뺏겼어요."

"맞아요. 원래는 도끼를 날리고 뒤이어 창을 던져서 먼저 형성된 진기의 회오리와 거기에 더해진 상반된 진기를 충돌시켜 그 위력을 더하는 건데……."

하운지가 끼어들어 안지명의 말을 잘랐다.

"바보들. 저건 사형이 아니면 익힐 수 없었던 거야. 너희들은 복잡하다면서 처음부터 포기했잖아."

하운지의 핀잔에 안자명과 안지명이 입술을 삐죽였다.

진영인이 곽범태의 어깨를 두드리며 입을 열었다.

"엄청난 위력이군. 역시 너는 도를 타고난 게 틀림없어."

"제, 제가 뭘요……. 다 운검 사백께서……."

멋쩍은 웃음을 흘리는 곽범태를 향해 운검이 웃으며 고개를 저었다.

"아니, 네가 아니었으면 그 초식은 결코 세상 밖으로 나오지 못했을 것이다."

이때 비무대 주변 한쪽에서 차가운 비웃음 소리가 터져 나왔다.

"흥! 형산은 검파로서의 자존심도 버린 모양이로군."

조소가 들려온 방향으로 고개를 돌린 진영인은 날카로운 눈매와 뾰족한 매부리코를 지닌 강퍅한 인상의 노인이 자신들을 노려보고 있음을 깨달았다.

"뭐야, 저 영감은?"

짝! 짝!

중얼거리던 안지명은 눈앞에서 불빛이 번쩍이며 양쪽 뺨이 화끈해지는 것을 느꼈다. 한순간에 거리를 좁힌 노인이 안지명의 뺨을 후려친 것이었다.

"무슨 짓입니까?"

"형산의 문규가 엉망이라더니 사실이었군."

운검의 노호성에 청성파의 장문인인 가운평이 싸늘하게 받아쳤다. 곽범태에 의해 손목이 부러진 조수창이 그의 제자였다. 이를 벼르고 있던 가운평은 기회를 놓칠세라 안지명의 실수를 붙들고 늘어진 것이었다.

그제야 진영인은 가운평 뒤로 청성의 일대제자 여럿이 자신들을 잡아먹을 듯이 노려보고 있음을 깨달았다.

진영인이 안지명을 향해 입을 열었다.

"지명, 장문인께 사과해라."

진영인의 말에 안지명은 퉁퉁 부어오른 얼굴로 고개를 숙였다.

"형산 제자 안지명이……."

"되었다."

차갑게 안지명의 말을 자른 가운평이 운검을 바라보며 입을 열었다.

"네놈들의 사부는 어디 있느냐?"

여전히 안지명의 멱살을 붙들고 있는 가운평의 모습에 운검이 눈살을 찌푸리며 반문했다.

"저희 사부님은 왜 찾으시는지요?"

"그럼 이놈의 무례함을 그냥 보아 넘기란 말이냐?"

진영인이 실소를 머금었다. 눈앞의 이 꼬장꼬장한 늙은이는 안지명의 실수를 핑계 삼아 자신의 제자를 대신해 복수하려 하는 것이 틀림없었다.

진영인이 슬쩍 안지명과 가운평 사이에 어깨를 집어넣었다.

"흥!"

안지명의 멱살을 놓은 가운평이 망설임없이 진영인을 향해 손을 뻗었다.

진영인은 이를 충분히 피할 수 있었음에도 불구하고 태연하게 이를 어깨로 받았다.

뚝!

어깨뼈가 탈구된 진영인의 오른팔이 힘없이 늘어졌다.

창영조수라는 별호에 걸맞게 가운평의 손에는 지독한 경력이 실려 있었다. 더구나 일부러 독랄한 초식을 썼기에 한동안은 제대로 팔을 쓸 수 없을 것이다. 하지만 그런 가운평의 생각은 오래갈 수 없었다.

"뭐냐, 네놈은?"

"형산파 일대제자 진영인입니다."

웃으며 대꾸하는 진영인의 모습에 가운평은 잠시 의외란 표정을 지었으나 여전히 진영인의 어깨를 틀어쥔 손에 힘을 빼지 않았다.

"그럼 네가 저 운검이라는 녀석과 사형제란 말이냐?"

약관 정도밖에 되지 않아 보이는 진영인의 모습에 가운평이 반문했다.

"틀림없는 제 사제입니다."

운검의 대답에 가운평의 눈에서 날카로운 빛이 번뜩였다.

어떻게든 분풀이를 해야 하는데 운검은 폐인과 다름없어 그를 핍박하는 것은 체면이 서질 않았다. 그렇다고 이대제자들을 망가뜨려 봐야 자신은 일대제자를 잃은 셈이니 수지 타산이 맞질 않는다. 이런 상황에 때마침 진영인이라는 일대제자가 알아서 자신의 손아귀에 걸려들었으니 내심 제자의 빚을 받아내기 적당하다 생각한 것이다.

그때였다.

"무슨 짓이냐, 가운평!"

등 뒤에서 들려온 송현자의 일갈에 가운평이 비릿한 웃음을 머금었다.

"네놈은 대체 제자들을 어떻게 가르쳤기에……."

하지만 가운평은 말을 이어갈 수 없었다. 진영인의 어깨로부터 무지막지한 반탄력이 느껴지나 싶더니, 이내 무서운 기세로 자신의 손가락을 타고 올라왔기 때문이다.

'이 녀석이!'

“제자 영인이 사부님을 뵙습니다.”

불에 덴 듯 놀라며 진영인의 어깨에서 손을 뗀 가운평은 송현자를 향해 자연스럽게 예를 갖추는 진영인의 모습에 놀라움을 금치 못했다.

‘분명 어깨뼈를 탈구시켰건만!’

사실 그가 쓴 수법은 청성의 절기인 쇄비천수장(碎碑千手掌)과 절영수(絶影手)를 섞어 사용한 것으로 분근착골 못지않는 지독한 고통을 수반하는 것이었다. 하지만 이를 단순히 내력만으로 떨쳐 낸 진영인의 모습은 전혀 불편함이 없어 보였다.

“홍!”

차가운 코웃음과 함께 가운평이 송현자를 노려봤다.

곧장 진영인에게 다가선 송현자가 제자들 앞을 막아섰다.

“구파의 장문인이라는 사람이 후배들 앞에서 부끄럽지도 않느냐?”

“먼저 네 제자들에게 물어봐라. 저 버르장머리없는 녀석이 나에게 뭐라 했는지.”

송현자를 향해 다가선 운검이 안지명의 실수를 자세히 설명했다.

송현자의 노한 눈빛을 받은 안지명이 찔끔하며 고개를 숙였다.

나직한 한숨을 흘린 송현자가 가운평을 향해 입을 열었다.

“내가 대신 사과하겠네.”

“홍! 그 정도만으로 끝날 일이었다면 애초에 이렇게 나서지도 않았지.”

미간을 찌푸린 송현자를 향해 가운평이 말을 이어갔다.

“이렇게 하지. 청성 문하와 형산 문하 중 한 명을 뽑아 비무를 시키는 것으로. 그 결과에 상관없이 나는 형산 문하의 무례함을 용서하겠네.”

"무슨 속셈이지?"

송현자의 질문에 가운평이 야릇한 웃음을 머금었다.

"형산 역시 무림에 몸담은 문파 아닌가. 무림인에겐 무림인의 방식이 존재하는 것이고."

"거절하겠네."

단호한 송현자의 말에 가운평은 뜻밖이란 표정을 지어 보였다. 하지만 이내 비웃음을 머금었다.

"알 만하군."

신형을 돌린 가운평이 청성 문도들을 향해 입을 열었다.

"보아하니 형산은 이미 검을 버린 모양이야. 당연히 검으로 싸우는 걸 꺼릴 수밖에. 오악검파란 말도 이젠 옛말이군. 검을 포기한 문파가 어찌 오악검파라 불리울 수 있겠는가."

가운평의 말에 송현자의 눈에서 한광이 피어올랐다.

이때 진영인이 웃으며 입을 열었다.

"재미있겠군요. 검으로 승부하면 되는 것입니까?"

힐끗 고개를 돌린 가운평이 진영인의 허리에 매어진 검을 바라봤다.

'다른 건 몰라도 저놈의 내공만은 무시하지 못한다. 저 정도 내공을 지녔다면 검법이 미천하더라도 그 위력은 짐작하기 힘들 터.'

가운평이 인상을 찡그렸다.

사실 그는 진영인의 존재를 염두하지 못한 상태에서 형산에 시비를 걸어온 것이었다.

가운평은 영웅연에 출전한 형산 제자 중 검을 쓰는 이가 없다는 것을 이미 알고 있었다. 따라서 그들 중에 한 명을 선택해 자신의 제자와 비무를 시키게 되면 그 결과에 상관없이 형산은 오명을 면치 못할 것이 틀림없었다. 형산이 이기면 검을 버리고 강해진 문파라 매도할 것이고, 자신들이 이기면 오악검파에 불과한 형산과 구대문파인 청성의 검은 애초부터 격이 다르다고 떠벌릴 심산이었던 것이다. 하지만 진영인이 나서면 이 모든 게 틀어지고 만다.

"아정."

진영인이 단리정을 불렀다.

"몸을 풀어둬라."

"네?"

반문하는 단리정을 향해 진영인이 웃으며 입을 열었다.

"청성 장문인의 말씀을 듣지 못했느냐?"

"하지만……."

"보다시피 나는 어깨를 다쳐서 나설 수가 없구나. 지금 우리 중에 처음부터 검을 익혀온 사람은 사부님과 사형, 그리고 너와 나뿐인데 설마 네 태사부님이나 사백더러 직접 나서게 할 생각은 아니겠지?"

단리정은 의아함을 금치 못했다. 그도 그럴 것이 자신의 어깨를 두드리는 진영인의 모습에서는 그 어떤 부상의 흔적도 찾아볼 수 없었기 때문이다.

단리정을 향해 진영인이 눈을 찡긋해 보였다.

"모처럼의 값진 비무니 사양하지 않아도 된다."

"네."

고개를 끄덕인 단리정이 약간의 거리를 두고 물러섰다.

파파파파팡!

처음엔 어안이 벙벙하던 진영인의 사질들이 절도있는 연운십팔박의 동작으로 몸을 풀기 시작하는 단리정의 모습에 놀라 진영인을 바라봤다.

“사숙, 어째서 아정을!”

“맞아요! 너무 위험해요!”

“사형과 아정이 떠나 있던 시간은 불과 오 개월밖에 되지 않아요. 그간 검을 익혔다고 해봤자…….”

진영인이 웃으며 그들의 말을 잘랐다.

“걱정하지 않아도 될 거야. 아정은 강하거든.”

송현자 역시 고개를 흔들었다.

“너무 무모한 것이 아니냐? 청성의 검은 결코 무시할 수 없다.”

그러나 진영인은 모호한 웃음을 머금고 열심히 몸을 풀고 있는 어린 제자의 모습을 바라볼 뿐이었다.

‘오 개월이라고?’

가운평은 잔뜩 인상을 찌푸렸다. 하지만 이내 그는 생각을 달리했다. 근심 가득한 얼굴로 단리정을 바라보는 송현자의 모습을 보았기 때문이다.

‘어린 제자가 눈앞에서 망가지는 모습을 보게 되면 어떤 표정을 지을지 궁금하군.’

아직도 저려오는 손가락을 쥐었다 펴며 가운평은 결정을 내렸다.

“월산.”

가운평의 부름에 오 척 반의 작달막한 키를 지닌 청성 문하가 앞으로 나섰다. 하지만 그의 손가락은 굳은살이 가득했고, 형형한 안광이 번뜩이는 눈빛 역시 범상치 않아 그가 검에 대해 높은 성취를 이루고 있음을 짐작하는 것은 어렵지 않았다.

이에 송현자가 인상을 찡그리며 가운평을 바라봤다.

"진심이오?"

가운평의 입매에 잔혹한 웃음이 떠올랐다.

"그래도 형산은 오악검파인데 그리 검에 자신이 없단 말이오?"

"아직 어린아이요. 게다가 검을 잡은 건 채 오 개월도 되지 않았소. 반면 그 일월산이란 친구는 이미 무인검의 경지에 이르지 않았소?"

"당신들이 결정한 사항이오. 이제 와 번복한다면 형산의 꼴만 우스워지지 않겠소?"

송현자가 침음성을 흘리며 진영인을 바라봤다. 그러나 진영인은 오히려 가운평의 말에 고개를 끄덕이며 수긍했다.

"형산은 약속을 지킬 것입니다."

"그래야지."

가운평이 송현자를 향해 웃으며 입을 열었다.

"약식이긴 하나 이는 분명 문파와 문파 간의 자존심이 걸린 비무임을 염두에 두시오."

불쾌한 표정으로 입을 다물고 있는 송현자를 대신해 진영인이 마주 웃으며 고개를 끄덕였다.

"형산파와 청성파의 장문인들께서 입회하신 자리입니다. 더구나 주변의 수많은 관중들이 앞으로 이를 두고두고 증명해 줄 것이니 걱정하지 않으셔도 됩니다."

"좋다."

만족스러운 표정으로 고개를 끄덕인 가운평은 일월산이란 청성 문하를 향해 걸음을 옮겼다.

"영인, 정말 괜찮은 것이냐?"

근심을 담은 송현자의 질문에 진영인이 고개를 갸웃거렸다.

“글쎄요.”

“글쎄라니. 네 제자의 안위가 걸린 문제다. 저 가운평이란 작자가 어중간히 이번 일을 마무리 지을 거라 생각했다면 너는 크게 잘못 생각한 것이다.”

이때 완벽히 몸을 푼 단리정이 송골송골 땀이 맺힌 얼굴로 진영인을 바라봤다.

“제 제자는 이미 준비가 된 것 같군요.”

“영인!”

진영인이 고개를 돌려 송현자를 바라봤다.

“재능으로만 따진다면 아정은 저보다 훨씬 뛰어납니다. 더구나 강해지기 위한 마음 역시 누구에게도 뒤지지 않습니다.”

“음…….”

송현자는 애써 걱정을 추슬렀다. 진영인이 이렇게까지 말하는 데는 분명 이유가 있으리라 생각했기 때문이다.

“오오! 횡재로군!”

“청성과 형산의 공식 비무인가?”

“그런데 청성의 상대가 저 꼬맹이?”

“하하, 눈이 즐겁겠어.”

본래 싸움이라면 자다가도 벌떡 일어나는 무림인들이었다. 뜻하지 않은 형산과 청성의 비무에 관중들의 시선은 비무대를 떠나 단리정과 일월산을 향해 모아졌다.

“아정.”

단리정이 돌아보자 진영인이 웃으며 입을 열었다.

“내가 누구냐?”

단리정이 망설임없이 입을 열었다.

"진 자 성에 영인이란 이름을 쓰시는 분입니다."

"그리고?"

"제 사부님이십니다."

"좋다. 나 진영인이 인정한 유일한 제자가 너임을 잊지 말아라."

진영인의 그 한마디에 단리정의 얼굴에는 자신감이 가득 찼다.

반면 자신과 마주 선 단리정을 바라보는 일월산의 얼굴에는 못마땅한 기색이 가득했다.

'사부님께서는 대체 무슨 생각으로……'

사부의 명령인지라 마지못해 나섰지만 이번 비무가 영 내키지 않았다. 기껏 오 개월 남짓 검을 잡았다는 풋내기를 상대로 검을 든다는 것 자체가 수치스러웠기 때문이다. 사실 일월산은 사형인 조수창만 아니었다면 자신은 능히 십영의 자리를 꿰차고도 남을 실력이라 자부하고 있었다.

"시작해라."

가운평의 음성에 일월산은 마지못해 청운적하검(靑雲赤霞劍)의 기수식을 취했다. 이에 단리정 역시 어깨 위로 비스듬히 검을 기울여 뇌운검결의 기수식을 취했다.

"괜찮을까요?"

하운지의 걱정스런 물음에 진영인이 슬쩍 웃음을 머금었다.

"모르긴 몰라도 꽤나 재미있는 대결이 될 거야."

안자명이 끼어들었다.

"하지만 상대는 무인검의 고수라구요."

"혹시 아정도 검기를 다룰 수 있나요?"

안지명의 질문에 진영인이 고개를 저었다.

"제아무리 뛰어난 재능을 지니고 있다 한들 검을 잡은 지 오 개월도 되지 않아 검기를 뿌린다면 세상엔 고수 아닌 사람이 없겠지."

"에엑? 그럼 상대가 안 되잖아요?"

단리정과 일월산을 번갈아 바라보던 곽범태도 입을 열었다.

"이, 일단… 팔의 길이 때문에 검격에서도 큰 차이가 나고… 체중 차이에서 오는 검의 무게 역시 마찬가지. 거, 거기에 내공의 차이도 극심한데… 너, 너무 위험한 도… 도박 아닌가요?"

진영인이 예의 모호한 미소를 지어 보였다.

"두고 보면 알아."

이때 낭랑한 단리정의 음성이 울려 퍼졌다.

"형산파 이대제자 단리정입니다. 형산파 일대제자이신 제 사부님께 뇌운검결을 하사받았습니다."

일월산도 시큰둥한 표정으로 입을 열었다. 그래도 명색이 문파 간의 비무인만큼 격식은 갖춰야 하는 것이다.

"청성파 일대제자 일월산이오. 청성 장문인께서 제 사부 되시는 분으로 청운적하검과 칠십이파검(七十二波劍)을 전수받았소."

이를 시작으로 장내엔 팽팽한 긴장감이 자리잡았다.

그러나 한참의 시간이 지나도 단리정과 일월산은 제자리에 못 박힌 듯 움직일 줄을 몰랐다.

이윽고 제자리에 선 채 일월산이 한차례 가볍게 검을 휘둘렀다.

이에 단리정은 의아함을 금치 못했다. 사실 일월산은 어린 단리정에게 선공을 양보하겠다는 뜻으로 허초를 펼친 것인데, 공식적인 비무는 이번이 처음인 단리정은 그 의미를 깨닫지 못한 것이다.

일월산은 문득 이런 꼬맹이와 검을 섞어야 하는 자신의 처지가 우습
게 느껴졌다.

"먼저 선공을 해라."

"아!"

그제야 일월산의 허초를 이해한 단리정이 부끄러운 듯이 얼굴을 붉
혔다. 하지만 이내 차분히 눈빛을 가라앉히고 자신의 검극을 바라봤
다. 그리고 그 일직선상에 위치한 일월산을 향해 시선을 옮겨갔다.

"합!"

기합성과 함께 단리정의 자그마한 신형이 땅을 박찼다. 이에 일월산
은 곧바로 찔러오는 단리정의 검을 피해 훌쩍 뒤로 물러섰다. 이로써
일 초를 양보한 일월산이 곧장 단리정과의 거리를 좁히며 검을 내뻗었
다.

그것이 시작이었다.

<u>츠츠츠츠!</u>

대기를 쪼갤 듯 검극에서 뻗어 나온 홍광이 단리정에게 닿기도 전에
옷자락을 펄럭이게 만들었다. 바로 그 순간 단리정의 검이 파르르 떨
리더니 일월산의 검을 향해 마주쳐 왔다.

"……?"

일월산의 눈에 의아함이 서렸다. 검기에 대항하는 단리정의 검에서
는 그 어떤 기운도 느껴지지 않았다. 제아무리 명검일지라도 검기 앞
에는 무처럼 잘리고 마는데, 한눈에 봐도 자신보다 내공이 뒤떨어지는
단리정의 대처는 매우 무모해 보였던 것이다.

이때 그의 귓속으로 모깃소리만한 전음이 파고들었다.

"대충 봐줄 생각 하지 마라, 월산. 네 사형의 빚을 그대로 돌려받지

않는다면 너는 두 번 다시 청성에 몸담지 못할 것이다.”

가운평의 엄포에 일월산은 쓴 입맛을 다셨다.

‘날 원망 마라, 꼬마야.’

독하게 마음먹은 일월산은 자신의 검에 가능한 모든 기운을 더했다. 순간 그의 검극에서 붉은 검기가 구름처럼 일어나 단리정을 압박해 갔다.

츠츠츠츠츠!

“엇!”

“위험해!”

안자명과 안지명의 입에서 동시에 경악성이 터져 나왔다. 금세라도 검기의 구름에 휩쓸려 갈가리 찢기고 말 것 같은 단리정의 모습은 태풍 앞의 한 조각 이파리처럼 매우 위태로워 보였던 것이다.

단리정이 눈빛을 굳히며 자신을 향해 짓쳐드는 구름을 향해 검을 찔렀다.

째앵!

날카로운 소음과 함께 단리정의 신형이 팅겨지듯 뒤로 물러섰다.

“저런!”

이를 지켜보던 관중들이 경악성을 터뜨렸다. 하지만 가볍게 착지하는 단리정의 모습은 그다지 큰 충격을 받지 않은 것 같았다. 오히려 자신의 검끝을 바라보며 고개를 갸웃거리는 그 모습이 몹시 귀여워 관중들은 저마다 단리정을 응원하기 시작했다.

“어린 친구 힘내라고!”

하지만 정작 단리정은 이미 비무에 몰입해 있는 터라 이를 듣지 못하고 있었다.

단리정의 모습을 보며 일월산은 내심 감탄을 터뜨렸다.

‘스스로 몸을 가볍게 하고 검기와 충돌하는 반탄력을 이용해 뒤로 물러섰다. 게다가 검을 휘둘러 압력을 끊어내 좌우로 흘려버리고 오히려 그 여력을 바탕으로 자세를 바로잡다니……’

순간 일월산과 단리정의 시선이 마주쳤다.

분명 자신의 검기는 단리정 역시 목도했을 것이고, 그 안에 담긴 위력도 충분히 가늠할 수 있었을 것이다. 게다가 자신이 아직 상당한 여력을 남겨두고 있음 역시 모를 리 없었다. 그런데 눈앞의 조그만 꼬마는 단 한 조각의 위축감도 드러내지 않을 뿐만 아니라 오히려 침착하고 차가운 눈빛으로 자신을 응시하고 있는 것이었다.

일월산은 자신이 우습게 생각했던 단리정의 움직임을 돌이켜 보았다. 확실히 단리정의 신법은 날렵했다. 하지만 자신의 검이 쫓지 못할 정도는 아니었다.

하운지가 걱정스러운 표정으로 진영인을 바라봤다.

“사숙, 지금이라도 그만두게 해야 하지 않을까요? 사숙이 대신 나선다면…….”

“내가 나서면 반칙이나 다름없잖아.”

“하지만 아정은 절대 그를 이길 수 없어요. 저렇게 실력 차이가 엄연한데.”

진영인이 실소하며 하운지를 바라봤다.

“운지야, 그거 아니?”

“네?”

“한 달 동안 내 유일한 비무 상대가 아정이었다는 것.”

안자명이 놀라 끼어들었다.

"에엑? 사숙과 아정이 비무를? 그것도 한 달 내내요?"

하지만 이어진 진영인의 대답에 송현자조차 놀라움을 감추지 못했다.

"그사이 빠르게 발전을 거듭한 아정은 내 상대로서 전혀 부족함이 없었지. 물론 내공은 사용하지 않았지만 말이야."

놀라서 말을 잇지 못하는 일행을 향해 진영인이 입을 열었다.

"비무에 집중해야지."

진영인의 말이 끝나기 무섭게 서로의 눈빛을 주시하던 두 사람이 거의 동시에 검을 움직였다.

찌지직!

한차례 파르르 떨린 일월산의 검이 홍광(紅光)에 휩싸였다. 위아래로 흔드는 그의 검을 따라 붉은 검기의 노을이 자욱하게 전면을 덮었고, 그 기세 그대로 단리정을 향해 떨어졌다. 하지만 이번에도 단리정은 처음의 무모한 방법 그대로 검을 찔러 넣었다.

'어리석은!'

일월산은 내심 비웃음을 터뜨렸다. 같은 수법을 허용할 만큼 호락호락한 그가 아니었다.

'나를 만만한 상대로 봤다면 너는 이에 상응하는 대가를 치러야 할 것이다, 꼬마.'

그 어떤 망설임도 없이 일월산은 단리정을 향해 노을처럼 물든 검기를 떨어뜨렸다.

순간 진영인의 입매에 맺혀 있던 웃음이 짙어졌다.

"아정의 승리다."

'어디를 봐서 아정의 승리라는 거지?'

모두의 한결같은 생각이었다. 하지만 그 순간 누구도 예기치 못한 일이 벌어졌다.

쩌엉!

한차례 충격음이 울려 퍼지나 싶더니,

카라라락!

돌연 일월산의 검에 맺혀 있던 노을 같은 검기들이 폭죽처럼 터져 나가기 시작했던 것이다.

"헛!"

처음 겪는 낯선 경험에 일월산이 당혹성을 터뜨렸다. 원래대로라면 아정이 청운적하검의 가공할 검기에 삼켜지거나 아니면 처음처럼 물러 서야만 했는데 아정은 물러서지도 검기에 휩쓸리지도 않았다. 단지 검 끝으로 청운적하검의 한 부분을 가볍게 찍었을 뿐이었다. 하지만 이 단순한 대응에 자신의 청운적하검이 송두리째 흔들리고 있었다.

'이 녀석이 대체 무슨 사술(邪術)을!'

일월산으로서는 도저히 이해할 수 없는 현상이었다. 하지만 이미 그의 검에 맺혀 있던 홍광은 씻은 듯이 사라졌고, 대신 미친 듯이 요동치는 검으로 인해 손바닥이 찢어질 것만 같았다.

"크윽!"

일월산이 신음을 흘리며 급히 검의 방향을 틀었다.

쾌악!

흙바닥에 반이나 박히고 나서야 그의 검은 진동을 멈추었고, 그 순간 검을 거두고 흡족한 얼굴로 물러서는 단리정의 얼굴이 일월산의 눈에 들어왔다.

일월산의 눈에 악독한 빛이 떠올랐다.

'어린 놈이 감히!'

일월산의 손에서 은은한 적색의 기운이 맺히나 싶더니 그대로 단리정을 향해 뿌려졌다. 적의 심장을 갈가리 찢어 터뜨려 버린다는 청성의 또 다른 절기 최심장(摧心掌)이었다.

"앗!"

"저런 비겁한!"

모두의 입에서 다급한 경호성이 터져 나왔다. 이미 단리정은 검을 거둔 데다 뒤로 물러서고 있는 상황이었기에 기습적인 일월산의 공격은 절대로 피할 수 없었다.

아직 몸에 닿지도 않았건만 음험하기 이를 데 없는 최심장의 기운 앞에 단리정은 온몸의 피가 식는 기분이 들었다.

'사부님!'

단리정은 질끈 눈을 감았다. 하나 피분수를 토하며 쓰러진 것은 단리정이 아닌 일월산이었다.

꽈르릉!

웅혼한 우렛소리와 함께 한줄기 푸른 뇌전이 허공을 가르며 단리정과 일월산 사이에 내리 꽂혔고, 일월산이 뿌린 최심장이 뒤늦게 단리정 앞을 가로막은 한 자루 검을 때렸다.

꽈아앙!

"끄아악!"

굉음과 동시에 가슴을 움켜쥔 일월산이 비틀대며 뒷걸음질치기 시작했다.

"왁!"

입에서 핏물을 게워내는 일월산의 얼굴은 이미 보랏빛으로 변해 있어 살아날 가망이 없어 보였다. 그대로 되돌아온 최심장의 기운이 주인의 심장을 사정없이 터뜨려 버렸던 것이다.

풀썩.

썩은 짚단처럼 힘없이 쓰러진 일월산은 그대로 돌아올 수 없는 강을 건넜다.

"……!"

이에 가운평은 안색이 창백하게 변해 버렸다. 사소한 원한으로 인해 이십 년 넘게 공들여 키운 제자가 죽어버린 것이다. 게다가 남아 있는 다른 한 명 역시 형산과의 시비로 인해 폐인과 다름없이 망가졌다.

"이노옴……!"

상처 입은 야수처럼 으르렁거리며 가운평이 진영인을 노려보았다. 하지만 진영인은 가운평을 거들떠보지도 않고 곧장 단리정을 향해 다가가 등을 쓰다듬었다.

"수고했다, 아정."

"사부님!"

명문혈을 통해 흘러들어 오는 따스한 기운에 창백하던 단리정의 얼굴이 본래의 혈색을 되찾았다.

진영인이 눈을 돌려 가운평을 바라봤다.

"분명 검으로만 펼치는 비무라 들었습니다만."

"이……!"

막 입을 열려던 가운평의 안색이 급변했다.

진영인이 자신의 검을 향해 손을 뻗자 십 장의 거리를 두고 박혀 있던 검이 마치 살아 있는 생물처럼 그의 손을 향해 빨려 들어갔던 것이다. 그 가공할 격공섭물 앞에 중인들 역시 놀라움을 금치 못했다.

‘그러고 보니⋯⋯!’

뒤늦게 가운평의 얼굴에서 핏기가 사라졌다.

‘이, 이기어검! 이기어검이란 말인가!’

십 장의 거리를 격해 정확히 내리 꽂힌 진영인의 검을 떠올린 가운평이 믿을 수 없다는 얼굴로 진영인을 바라보았다.

순간 가운평은 언뜻 진영인의 눈동자가 투명해 보이는 것을 느꼈다.

“⋯⋯!”

가운평의 신형이 굳어졌다.

진영인의 눈에서 쏟아지는 소름 끼치는 살광! 비록 등을 돌리고 있어 형산파 일행은 볼 수 없었으나 정면에서 이를 고스란히 감당해야 하는 가운평의 얼굴에서는 어느새 식은땀이 흘러내리고 있었다.

더구나 진영인의 전신에서 아지랑이처럼 일렁이는 자욱한 살기와 압도적인 존재감을 지닌 칼날 같은 눈빛. 그 안에 배어 있는 끝을 짐작키 어려운 서슬 퍼런 분노와 위험한 냄새 앞에 가운평은 주체할 수 없이 몸이 떨려오는 것을 느꼈다.

“영인.”

이때 송현자가 진영인을 불렀고, 비로소 가운평은 숨통이 짓눌리는 듯한 가공할 살기로부터 벗어날 수 있었다.

송현자가 앞으로 나서 가운평을 향해 입을 열었다.

“이는 모두 자네가 자초한 것일세. 제자를 죽음으로 밀어넣고도 부끄럽지 않은가?”

송현자의 일갈에 가운평은 침음성을 흘릴 뿐 이렇다 할 대꾸를 하지 못했다.

“월산의 시신을 수습해라.”

결국 그가 할 수 있는 말은 이뿐이었다. 일월산의 시신을 들쳐 업고 떠나는 청성 문도들을 위해 관중들이 길을 터주었다. 그리고 그 뒤를 가운평이 따랐다. 처음과 달리 완전히 기가 꺾인 그의 모습은 측은함을 자아냈으나 비무대를 둘러싼 그 누구도 그를 동정하거나 위로하는 이가 없었다.

"우와!"

안자명과 안지명이 뛰어와 단리정을 덥석 안았다.

"대단해! 정말 대단해!"

"내 말이!"

멋쩍은 표정으로 웃는 단리정을 향해 안자명이 질문을 던졌다.

"막내 사제, 대체 어떻게 한 거야?"

"맞아. 나는 사술이라도 쓴 줄 알았다니까."

"그게……."

우물쭈물하던 단리정이 곤란한 표정으로 진영인을 바라봤다.

진영인이 웃으며 단리정의 머리를 쓰다듬었다.

"머리로 생각하기 이전에 몸에 밴 것이 자연스럽게 나온 것이니 아정이 스스로 설명하기엔 어려움이 있을 거야."

"대체 어떻게 그 지독한 검기의 구름을 와해시킬 수 있었죠?"

하운지의 질문에 대답한 것은 진영인이 아닌 운검이었다.

"아마도 청운적하검이 만들어낸 검기의 구름에도 일정한 흐름이 있었을 것이다. 아무리 강력한 태풍이라도 정작 그 힘이 시작되는 태풍의 눈은 고요한 법. 비록 아정이 검기는 다루지 못하나 검끝에 진기를 집중하면 짧게나마 검기에 필적하는 위력을 발휘할 수 있지. 아정의 검은 정확히 검기의 구름이 시작되는 가장 약한 곳을 골라 때린 것이고, 그 작은 충격이 일파만파로 퍼져 가며 순식간에 운집된 검기는 본래의 흐름을 잃은 것이지. 이에 검기가 서로 충돌을 일으켰고, 와해되며 역류한 진기가 일월산 그자의 내부를 진탕시켰을 것이다.”

“과연, 사형. 정확히 보셨습니다.”

진영인의 감탄에 운검이 웃으며 고개를 흔들었다.

“하지만 이와 같은 단순한 무학의 이치로 설명한다 해도 실상은 그리 간단하지 않은 법. 아마도 청운적하검의 약점은 바늘 끝처럼 매우 협소해 눈으로 찾기 힘들었을 것이다. 이를 검으로 찍으려면 엄청난 집중력과 정교함을 요구하지. 더구나 그 흐름을 완벽히 읽어내는 타고난 감각 없이는 결코 성공하지 못했을 것이다. 그리고 이를 위해서는 수많은 연습을 통해 초식을 완벽히 몸에 익혀 뜻하는 데로 펼칠 수 있어야만 하고.”

“오오!”

안자명과 안지명은 새삼 단리정을 다시 보게 되었다.

이때 송현자가 진영인을 향해 다가서며 입을 열었다.

“대체 어떤 수련을 했기에 이처럼 아정이 몰라보게 달라진 것이냐?”

“간단합니다. 매일같이 저와 비무를 했습니다. 마치 필생의 적처럼 하루하루를 으르렁거리며 보냈죠.”

“허!”

빙그레 웃으며 고개를 끄덕이는 단리정의 모습에 송현자는 할 말을 잃었다.

‘엄사출고제(嚴師出高弟)라 했던가! 참으로 엄한 사부에 독한 제자로고……’

송현자는 애써 태연함을 유지하려 했으나 얼굴에 드러난 뿌듯함은 감추기 힘들었다.

송현자는 감회가 교차하는 눈을 들어 하늘을 응시했다. 금세라도 눈을 뿌릴 것 같은 희뿌연 구름이 가득했으나 그 위에는 분명 청명하고 드넓은 하늘이 펼쳐져 있을 것이다.

이제부터 시작이었다.

과거의 아픔을 딛고 일어선 형산은 그야말로 새로운 도약을 바라보고 있었다.

오랫동안 바라 마지않던 욱일형산(旭日衡山)의 꿈.

그 꿈을 향해 한 걸음 내디딘 것이다.

〈제3권 끝〉

청 어 람 신 무 협 판 타 지 소 설

제1회 신춘무협 공모전에 『보표무적』으로
금상을 수상한 작가 장영훈의 신작!!

일도양단(一刀兩斷) / 장영훈 지음

한 겹 한 겹 파헤쳐지는
음모의 속살을 엿본다!

『일도양단』
(一刀兩斷)

그의 이름은 기풍한.

**천룡맹(天龍盟) 강호 일급 음모(一級陰謀) 진압조(鎭壓組)
질풍육조(疾風六組)의 조장이다.**

임무를 위해 출맹한 지 사 년이 지난 어느 겨울날 새벽,
돌아온 그에게 천룡맹 섬서 지단 부단주가 말했다.

"질풍조는 이미 해체되었네."

그리고…
그의 존재를 알던 모든 이들이 죽었다.